非人生活

周蕾 著

江苏凤凰文艺出版社

图书在版编目(CIP)数据

非人生活 / 周蕾著. —南京：江苏凤凰文艺出版社，2024.4
ISBN 978-7-5594-8233-4

Ⅰ.①非… Ⅱ.①周… Ⅲ.①长篇小说-中国-当代 Ⅳ.①I247.5

中国国家版本馆CIP数据核字(2024)第008394号

非人生活

周蕾 著

出 版 人	张在健
责任编辑	孙建兵
特约编辑	王晓彤
责任印制	杨 丹
出版发行	江苏凤凰文艺出版社
	南京市中央路165号，邮编：210009
网 址	http://www.jswenyi.com
印 刷	徐州绪权印刷有限公司
开 本	787毫米×1092毫米 1/32
印 张	9.75
字 数	201千字
版 次	2024年4月第1版
印 次	2024年4月第1次印刷
书 号	ISBN 978-7-5594-8233-4
定 价	68.00元

江苏凤凰文艺版图书凡印刷、装订错误，可向出版社调换，联系电话 025-83280257

没有出路,只有路。

目录

第一部 谭

终究要去一趟摩尔曼斯克

1. 英雄城 　　　　　　　　　　003
2. 房间 　　　　　　　　　　　009
3. 酒吧 　　　　　　　　　　　016
4. 雪场 　　　　　　　　　　　024
5. 极光 　　　　　　　　　　　033
6. 北冰洋 　　　　　　　　　　040

飞机上的一个人

7. 从摩尔曼斯克飞往广州 　　　048
8. 从广州飞往摩尔曼斯克 　　　059
9. 从广州飞往莫斯科 　　　　　066

莫斯科善后

10. 可惜他不是来旅行的 　　　　072
11. 电话铃在响 　　　　　　　　078
12. 谁都不想接的活儿 　　　　　084
13. 不得不去的地方 　　　　　　090
14. 偶发事件 　　　　　　　　　098

15. 或许他确实是他的朋友　　　108

16. 从一个天花板到另一个天花板　　115

17. 别人的终点　　　129

18. 莫斯科河畔　　　135

第二部　陈

萨拉热窝的游魂

19. 房东　　　143

20. 邻居　　　150

21. 女鬼　　　157

22. 作家　　　166

23. 游客　　　177

24. 孩子　　　184

飞机上的另一个人

25. 从萨拉热窝飞往莫斯科　　　192

26. 从莫斯科飞往萨拉热窝　　　200

27. 从广州飞往莫斯科　　　208

莫斯科意外

28. 好久不见　　　216

29. 一千个红场中的一个　　　226

30. 被遗忘的脸　　　234

31. 莫斯科郊外的晚上	241
32. 不眠夜	247
33. 不速之客	252
34. 直到莫斯科河畔	261

第三部　Z
飞机上的两个人

35. 概率论	271
36. 失眠的人	281
37. 做梦的人	290

尾声

38. 某种永恒	300

后记　　　　　　　　　　　　　　301

人物关系图

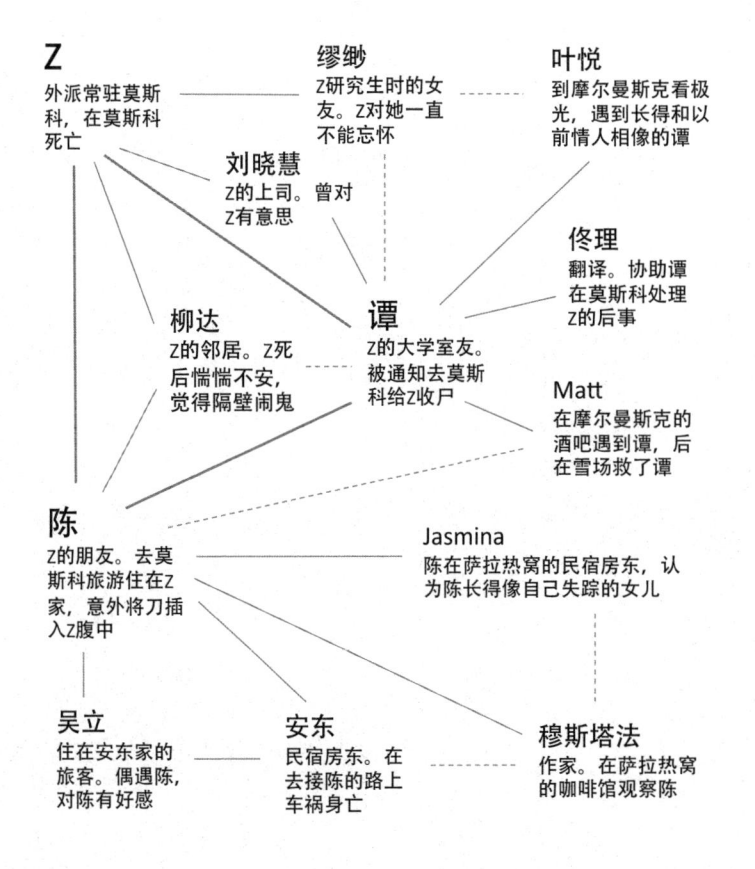

Z
外派常驻莫斯科,在莫斯科死亡

缪鄋
Z研究生时的女友。Z对她一直不能忘怀

叶悦
到摩尔曼斯克看极光,遇到长得和以前情人相像的谭

刘晓慧
Z的上司。曾对Z有意思

佟理
翻译。协助谭在莫斯科处理Z的后事

柳达
Z的邻居。Z死后惴惴不安,觉得隔壁闹鬼

谭
Z的大学室友。被通知去莫斯科给Z收尸

Matt
在摩尔曼斯克的酒吧遇到谭,后在雪场救了谭

陈
Z的朋友。去莫斯科旅游住在Z家,意外将刀插入Z腹中

Jasmina
陈在萨拉热窝的民宿房东,认为陈长得像自己失踪的女儿

吴立
住在安东家的旅客。偶遇陈,对陈有好感

安东
民宿房东。在去接陈的路上车祸身亡

穆斯塔法
作家。在萨拉热窝的咖啡馆观察陈

第一部 谭

终究要去一趟摩尔曼斯克

1. 英雄城

俄航的飞机在摩尔曼斯克机场着陆了。

这是谭第一次到摩尔曼斯克,却不是第一次到俄罗斯。他倒情愿这是他第一次到俄罗斯。第一次,是在一年前,目的地是莫斯科。

摩尔曼斯克飞机场是北极圈内最繁华的机场。乘客下飞机后需步行至到达大厅,逗留在唯一的一条行李传送带旁,等待着自己命途多舛的行李。

机舱门还没开,舱内的过道上就已经站满了等不及要下飞机的人。谭还坐在自己的座位上,凝视着窗外的停机坪……

摩尔曼斯克。

他终于到了摩尔曼斯克。他竟然也到了摩尔曼斯克。这个"竟然也"的心情很是诡异,机票是他自己订的,行程是他自己安排的,去摩尔曼斯克的念头,也是一年前就有的。而现在,在降落于这个北极圈内的小机场后,他心里却生出了一股"竟然"感。至于"也",那是因为还有一个人,在去年差不多这个时候,来过这里。那个人是谭来摩尔曼斯克的原因和目的。

在这一年间,谭无数次梦到俄罗斯,梦到莫斯科以及从没去过的摩尔曼斯克。如今，望着眼前的摩尔曼斯克，谭反倒觉得自己像是置身于梦中。

俄航的飞机谭不是第一次坐，所以也不是第一次领教战斗民族的民航"战斗机"。飞机降落时的那个俯冲角度，使安全带切实地勒到了他的肚子。刚才飞机落地时，乘客中的俄罗斯人集体鼓掌欢呼，那动静就像从一场灾难中存活下来一样。不过，莫斯科转机过来的这一趟，前一晚暴风雪的余韵还没完全过去，确实很颠。话又说回来，就算航程平稳，降落的时候，他们也会鼓掌，毕竟空难是会发生的，就算概率再小，毕竟遭遇空难是难以生还的，没有理由各齑手掌心。

走出机舱之前，谭拉上了外套。在低头把拉链末端塞进拉链头的同时，他看到了自己忘记拉上的裤门拉链。

在脚从舷梯踏到地面时，谭那种"竟然也"的心情不知不觉地消失了。摩尔曼斯克常年积雪，地面上的冰踩起来和莫斯科的不同，摩尔曼斯克的冰在皮靴踩上去的时候不会发出咯吱的呻吟。不过这一点点小差异只有个别心细的莫斯科人才能发觉，对于谭这种在莫斯科待过不到一个星期的人来说，是感觉不到的。

摩尔曼斯克机场的工作人员有个特殊癖好——开箱"检查"行李。打得开的要打开看看，那些上了锁打不开的，就更要撬开看看了。万一里面有一些行李主人不需要的东西，而开箱检查的地勤人员又正好需要，那么后者就会对此物资进行合理"调配"。并非每个人都了解摩尔曼斯克机场的这一特色，例如谭。

谭立在行李传送带旁，大脑放空。两个中国人的声音飘进了他的耳朵,她们在谈论摩尔曼斯克机场工作人员的特殊癖好。这些话,让谭涣散的目光开始重新黏合、凝聚。

　　传送带开始动了起来。谭聚精会神地盯着出来的每一件行李。刚才那两个中国人,其中一个的行李出来了,她边拿边说:"被撬开过了。"这时,谭看见自己的黑色牛津布行李箱出现在了传送带上。随着行李箱离他越来越近,他的眉头越拧越紧。还没等行李箱完全转到他跟前,他就一把抓起提手拿了下来,然后小心翼翼地平放在地面上。密码锁已经被撬坏了。他以前从来不给行李上锁的。他迅速拉开拉链,从被翻乱的行李里抱出一个气泡膜包着的白色瓷罐。气泡膜已经被划开了。他检查了一下瓷罐,完好,又打开瓷罐盖子往里面看了一眼,而后呼了一口气,面部表情松弛了下来,血液也慢慢地回到了脸上的毛细血管里。他用被划破的气泡膜重新把瓷罐包起来,又从箱子里翻出毛衣,仔细套在气泡膜外面,用毛衣的两只袖子围着瓷罐紧紧地打了个结。至于箱子里的其他东西,他连看也没看一眼。

　　谭约的车已经在机场外面等他了。现在是下午一点多。谭有点饿。这班飞机上没有餐食,每个人只有一瓶冷冰冰的纯净水。他上了车,和行李箱一起,坐在后排座上。他对司机说:先去那个最北边的麦当劳。

　　机场的楼只有两层,靛蓝色的楼顶上立着同色的俄文字牌。司机说那字牌上写的是:英雄城摩尔曼斯克。谭望着这矮矮的长条形机场,脑子里闪现了另外一个低矮的长条形建筑,那建筑门口立着个人民英雄纪念碑似的雕塑。机场从后车窗消失了,谭把对着车窗往后眺望的头，转了回来。

机场离市中心有四十分钟的车程，中途会经过一个北极圈的地标。那圆柱形地标光秃秃地立在公路当中，顶上有个雕像。虽然车开过地标处时，刻意减了速，但是谭还是没能看清那个雕像到底是什么。几天后，在去机场的路上，他依旧没看清。圆柱下面有一块棕灰色的牌子，上面写着：68°58′N 33°03′O。这种坐标谭很熟悉，经纬度常常出现在他大学时的课堂上。时间是一点半，车窗外是摩尔曼斯克的正午。谭见到的，是处于极夜状态的摩尔曼斯克。

天色具有欺骗性。天确实是亮着的，但比起钟表上显示的时间，只能说"好像是亮着的"或者"还是有一点亮"。这天色，像广州冬天的傍晚六点。谭看着窗外的天空，这个北纬69度的地方，比他记忆中莫斯科的冬季正午似乎要亮堂些。尽管摩尔曼斯克的纬度远高于莫斯科。

太阳很遥远……他想到"遥远"这个词的时候，眼前浮现出了那个人模糊的脸。太阳光从遥远的地方，穿过大气层、穿过重复无规则的云层、穿过空气中的浮尘，斜着眼瞟了一下这个坐落在极地的城市。飞机降落时出现的那种难以置信感，又回来了。窗外，积着雪的秃枝，零星地立在雪地里。网，一切都像是一张网。谭闭上眼。

通常来说，在这个时间点到达目的地的旅行者，下飞机后第一件事是去旅馆安顿下来，休整一会儿再出门溜达。但很明显，谭不是这么想的，他要先到市区去瞅一眼各个景点。

所谓"世界上最北的麦当劳"其实和普通麦当劳也没什么区别。俄罗斯的麦当劳，有一样特别好吃的东西——薯条。他们卖的薯条有两种，一种是我们通常吃的法式薯条，另外一种是俄式薯条：土豆不规则地切成大块，炸过的香脆表皮，衬托出内里的柔软、细腻和多汁。这种薯条会让人禁不住感叹：原来土豆也是充满汁液的！

谭点了两份俄式薯条、一个双层牛肉吉士堡、一杯可乐，打包。在车还没启动之前，他问司机吃不吃，小伙子摇了摇头。从机场过来的路上，司机问谭是不是来看极光的。毕竟这个季节，一个外国人来摩尔曼斯克大概率是旅行，而旅行者，多数都是冲着极光来的。谭无意识地摇了摇头，随即又点了点头。虽然不是为了极光而来，但极光他是打算去看的。俄罗斯人普遍英文不怎么好，在极圈这种地方尤其如此。他们聊了两句，没能继续接下去，也就都不说话了。

谭坐在车上，吃着俄式薯条。车载着谭，去了火车站、列宁号核动力破冰船、灯塔纪念碑。摩尔曼斯克市很小，市内景点很集中。说起来，谭确实是去了这些地方，可除了进麦当劳买吃的，他就没从车上下来过。到一个景点，司机停下来，他就坐在车上往窗外看，边吃边啃汉堡、嚼薯条，番茄酱沾到了手上，插在可乐杯里的吸管被吸得吱吱作响。他看够了就叫司机开车去下一个景点。直到车开到了二战纪念碑。纪念碑在山上。谭拿出麦当劳的餐巾纸，擦干净手上的番茄酱。可乐汉堡薯条都已经吃光了。

他打开行李箱，拿出那个白色瓷罐塞进背包里，而后下了车，走向位于高处的士兵雕塑。

二十分钟之后，谭回到车上，把瓷罐重新严严实实地包好，放回行李箱。

去酒店的路上，司机停在了路边的一个公共座椅旁，指着长凳上那个雕塑，用弹着舌头的俄式英文向谭解释说："这是谢苗猫。它的主人当年带它去莫斯科时它走丢了，主人没找到它就只好先回来了，六年之后它伤痕累累地出现在了主人家门口。莫斯科离摩尔曼斯克有两千多公里。"当然，他说得没那么顺溜，说了半天，谭才听明白了这个故事。雕塑中的猫，看起来皮毛褴褛，有一双流浪动物才有的眼睛。司机说完，发动引擎准备开走，谭让司机停下来，他自己下了车，在那个冷冰冰的长凳上，在那只猫旁边，坐了好一阵。天太冷了，谁也说不清楚在这种零下十多度的室外，好一阵到底是多久。

2. 房间

酒店到了。

Yes. Thank you. Thank you... 箱子、包,还有麦当劳的垃圾。

酒店看起来还行,不像那两晚在莫斯科住过的酒店。

这前台小姐有点心不在焉啊。问这么一大堆问题,还要填表?好吧,填吧。还能怎么办。这是房卡吗?好的。幸好,是房卡,不是钥匙。不想再拿一把钥匙了。如果一个旅店,房间是用钥匙开门的,那它一定和另外那些用钥匙的旅店类似。嗝——可乐应该去冰的。垃圾扔哪里?哦,那边,是吧?看到了,好。那土豆块真好吃。为什么中国的麦当劳里没有?

噢,还没把箱子放下来,一直提着,都忘了。现在得放下来了。房卡呢?刚才放裤袋里面了吗?没有啊。衣服口袋里也没有。护照呢?护照在包里。哦,房卡夹护照里了。没反应,还是没反应,不会吧……好了,开了。

谢天谢地。房间和网站照片上的一样。

暖气开得真足,比广州室内暖和。出汗了。脱了先。不忙,先不忙,先看看……天花板,天花板得仔细检查。必须检查天花板，免得同样的噩梦发生两次。好像没事，是好的。天花板上好像也没有裂痕，暂时没看见。把灯都打开再好好看看，这里也是俄罗斯，这地方还不如莫斯科呢。没有，天花板没有问题。得把衣服脱了，越来越热了。

不知道房间隔音做得好不好，刚才门没有发出"吱呀"的声音，天花板也没事，嗯，没事。仰着头毛衣不好脱。耳朵好像有点发烫。为什么感觉摩尔曼斯克没有莫斯科冷呢？虽然天气预报显示温度更低……到去年为止，莫斯科是我去过的最北的地方，也是第一次去那么北的地方。是因为第一次总是让人印象更深刻吗？各种事情的第一次。也不见得，有时候反而会把第一次忘了，第一次喝酒是什么时候？完全没印象了。也许是在我爸把他那杯他喝不了的应酬酒递给我之前，那时候我念三年级，那就是在九岁之前。这种天啤酒只能在室内喝，有一个喝啤酒的笑话：常温的还是冰冻的。在摩尔曼斯克，麦当劳的可乐居然还要加冰，放出去"常温"一下不就行了吗？不该加冰的。嗝——一股薯条味。

一坐下来就不想动了。还是先去洗个澡吧，在机场过夜真是不舒服，莫斯科机场旅馆那个小房间里有股脚臭味儿。当时真应该换一间。Z也脚臭，哦，不，不是Z，是胖子，胖子脚臭。Z。Z……

我得去洗个澡。

这水放了半天还是凉的，还好没有先脱衣服。好了，水温可以了。刮胡刀还在箱子里。箱子还没打开。先把罐子拿出来吧。

反正赤裸相对也不是第一回了。学校澡堂的水从来不用等，男人之间也不干互相搓背的勾当，叫搓澡大爷来搓明显合适得多。好久没有搓背了……Z，你在莫斯科的时候去哪里搓背，和我一样吧——没地方搓。谁能提起兴致专门找个地方搓背呢？还是把罐子放回箱子里算了，免得打扫的人不小心。还是包起来吧，就用毛衣套上，反正这件毛衣我可以不穿。你穿吧。

——哎哟，这水有点烫！哎，真舒服啊……哎哟，烫！
——你闻胳肢窝干吗？
——三天没洗了，闻闻不行啊！
——你真是骨骼清奇……

Z，你知不知道你把你的怪毛病传染给我了。那时出野外的条件真是，一言难尽……男人洗澡的时候一般不互相看，至少不明目张胆地互相看。但在公共浴室你闻自己的胳肢窝也能闻得这么嚣张，Z。

坐了那么长时间的飞机，浑身不舒服，还在机场过了一夜，黑面包这种酸不拉几的东西，连我都吃不下，真不明白你怎么会跑到莫斯科去。为了缪缈吗？当然，肯定是因为她，不然还能有什么其他原因。

那张照片，那张脸，和我记忆中的脸对不上。其实我根本就不记得缪缈的脸，只记得"漂亮、好身材，C cup"这些词语。C cup，你竟然帮女人洗胸罩，你也真是好意思把她的胸罩带回宿舍洗。那照片让词语和记忆都复活了，或者，重生了。我后悔没带走那张照片，但我本来就不该带走它，所以也没什么好后悔的。

头发还是得吹一下。

今天不出门了，一进酒店就不想出门。先去市里转转是明智的。哎，胡子忘了刮。算了，不刮了。还好，没有工作上的事。微信群里那些废话也不用看了。眼睛都睁不开了，最好一觉睡到明天早上。

被子真薄，不过暖气这么足，应该也够了。不用睁开眼睛真是轻松。你也觉得吧，Z？你为什么来摩尔曼斯克？来看极光吗？市里那些东西，没什么好看的。那家麦当劳你去过没？肯定去过了吧。二战纪念碑你也是去过的吧？三月份那阵四川那边还挺冷的，信号也没有，山上还在继续落石头，下面全是杂草丛。你也在二战纪念碑那里往下面看了吧，既然上去了，肯定是要往下面看的，港口的样子和一年前有不同吗？估计一模一样吧。这里冬天太冷了，白天太短，莫斯科也是，和广州不一样，和南京也不一样。俄罗斯的冬天是会让人想要自杀的，酸不拉几的黑面包，黏糊糊的红菜汤，雪下个不停，没完没了……

得起来去烧点热水。肚子有点疼。

只有从水龙头接水了。刚才应该去买点矿泉水。

竟然就已经在摩尔曼斯克了。小腿好酸，脚底板也不舒服。摩尔曼斯克是我想象的那样吗？来之前看的那些攻略，怎么玩，去哪里吃住，怎么追极光、滑雪、坐驯鹿、坐狗拉雪橇，还有那些女人的自拍……照片和本人总是有差距的。文字、词语都只是概念，就像死亡、疾病一样，都只是概念，直到它们真实发生。就像现在。有一次梦到的摩尔曼斯克很清晰，在下雪。是个噩梦。这一年里不知道做了多少次和俄罗斯相关的梦，绝大多数都是噩梦，还有少数是春梦和噩梦在一起……

水开了。不会拉肚子吧？

烫得很。口渴。窗户能打开吗？放到外面去"常温"一下。今天我去的这些地方你都去过吗？那只猫，那只猫你看到了吗？一只猫，竟然能步行两千多公里回家，在冰天雪地里。它是怎么找到家在哪里的？它的方向感一定很强。如果我是一只猫，我真没自信能像它一样找回家。可惜我是人，而且连猫都不如。比猫差远了，差太远了。你看到极光了没？这是你生前最后去的地方。为什么是这里？你是做决定之前来摩尔曼斯克的吗，还是回莫斯科之后做的决定？这一切和摩尔曼斯克究竟有什么关系？还是在摩尔曼斯克发生了什么？到底为什么？你叫我去，我却连你为什么去都搞不清楚。好像有一首歌叫《北极光》吧，一个女歌手唱的，是谁唱的呢？查查看。噢，莫文蔚。我好像听过这首歌，好多年前，和一个女孩坐在明湖边……她叫什么名字来着？想不起来了。反正对我来说，她们，没有一个像缪缈对你来说那样。她把耳机塞了一只在我耳朵里，后来她哭了，我记得她哭了起来，我没带纸巾。只有你身上才时时刻刻都揣着纸巾。我只觉得厌烦。后来怎么了我记不清了，还能怎么了，和其他女孩子一样呗。

肚子又开始咕噜了。外面真冷，这已经成一杯冰水了。摩尔曼斯克，一年前你也在摩尔曼斯克。哎，天花板这边上也有个像裂缝一样的痕迹，这么小应该没关系吧。莫斯科那个天花板太吓人了。一朝被蛇咬……

极光这东西，看不看都无所谓。说到极光，一般人想到的都是北欧：芬兰、瑞典、丹麦、挪威。没有摩尔曼斯克。天已经黑透了，趴在窗户上能看见极光吗？你该不会是专程来看极光的吧？因为"一生中一定要看一次极光"吗？不，这不像你。但人是会变的。我以前不抽烟，现在还是不抽烟。你后来是开始抽烟了吗？也不像你。一句交代都没有，一句话都没留，真的要拉肚子了。现世报。

万年不拉一次肚子，没带治拉肚子的药。拉出来应该就好了。再躺一下缓缓。北纬69°。广州是北纬多少度？南京呢？汶川呢？飞机坐得人头晕。网上说俄航不好，其实挺好，飞机上还发了一次性拖鞋和眼罩。我们当时那个项目评审是得了"良"吧，那几个老家伙叽叽歪歪的，非说得改，都是你改的，一下午就改完了。胖子他们那项目，几个人一起熬了好几个通宵改，结果才勉勉强强拿了个"合格"。随机都能跟你分到一组，我真走运。俄罗斯有什么好？百科上说摩尔曼斯克有极夜、极光、极地空气，还有贵得要死的鱼子酱。你转给我的那笔钱，是预约转账的吧。你个家伙，鱼子酱是鱼蛋腌的，你不可能爱吃。但人是会变的，谁知道呢？我以前从来不给箱子上锁。

现在可以上维基百科了。我回去把你毕业之后发的几篇文章都读了，毕业了你还发，确实是学霸，不，学霸不足以形容你，当年要不是你，我能毕得了业才有鬼了。结果你一个解释都没给我，就让我去收摊。我根本收不了，都搞砸了，我记得你说过的梧桐树，可我就是个孬种。你告诉我到底为什么？为什么？你怎么会……

不行，睡不着了，得去洗个脸。

眼睛更红了。肚子又开始叫。已经不疼了。饿了。

谭穿上衣服。出门之前，他把瓷罐从毛衣里拿出来，重新严严实实地裹了一遍。

3. 酒吧

他走进来的时候我杯子里还剩最后一口螺丝起子。

在俄罗斯如果不是直接喝伏特加的话，起码也要来一杯伏特加基底的鸡尾酒。老实说，这玩意儿酸得很，我还是更喜欢啤酒。酒吧里暖气很足，甚至可以说是热了，旁边那几桌在抽水烟，抽得雾气腾腾。这个季节啤酒不用放冰箱。我们在家的时候就那样，把一整箱啤酒全扔院子里，不一会儿就都是冰啤酒了。摩尔曼斯克或许比我们阿拉斯加更北，但没有更冷。

他走进来的时候我并没太注意他，他也坐在吧台，就在我旁边，中间隔了一个空位。这是个亚裔男人，很像是中国人。我对中国人是很敏感的。我在中国待了三年半，在重庆。一般来说，外国人去中国都是去北京、上海、广州，我后来也去过，还去过云南、江浙，云南倒是很有意思，但我还是最喜欢重庆。可能是因为性格，重庆人的性格和阿拉斯加人有某种相似性，阿拉斯加人少地大，出来玩，碰个头要开半天车，大家就省略了谈话过程中那些有的没的，直奔主题。重庆人也一样，他们说话直接，表达也直接，喜欢就喜欢，不喜欢就开骂。这一点让我觉得亲切。虽然重庆人口密集，这一点和阿拉斯加恰巧相反，但它是在山上的城市,民风彪悍也在情理之中。不过话又说回来,旧金山也在山上……所以啊,没法儿说。

以前,我也不太分得清中国人、韩国人、日本人,但在中国待了三年多之后,想分不清也难了。坐在我旁边的这个男人,应该就是中国人。不要问我怎么去区分,这种东西太细微,我说不好,我们阿拉斯加人不喜欢去说那些细微的事情。反正我就是知道这人是中国人,而且把握很大。

这些都是后来我才观察到的。他走进来的时候我只是瞟了他一眼。没办法,谁叫他跟我坐得那么近。他对着酒单看了半天,说他要啤酒,no ice no cold。不冰的啤酒怎么喝?不过,这不关我的事。我喝完那最后一口酒,琢磨着要不要去跟角落里那两个抽水烟的俄罗斯妞搭讪。俄罗斯妞确实漂亮,不过这两个不是那种典型的金发俄罗斯妞,一个棕色头发,一个红色头发。酒吧灯光很暗,从她俩嘴里喷出的烟,使得她俩的脸若隐若现。棕色头发那个有着精致的五官,是那种会吸引人眼球的标准美女,而红头发那个,你的目光一旦被她的目光摄住,就很难再移开了。搭讪这种事,跟用鱼叉在河里叉鱼一样,你必须得选定一个目标,不然什么也捞不着。我也要了一瓶啤酒,决定再观察一下,想想开场白。酒保刚给旁边那个中国人开了一瓶啤酒,这会儿问我,是不是也no cold。开什么玩笑,不冰怎么喝。

我边喝边时不时地往角落里瞟,有意思的是,那两个女人也在往吧台这边看。我笑着举起啤酒瓶向她们示意,她们也笑了笑。后来我才搞清楚,那不是回应的笑,而是应付的笑。在我的啤酒瓶快要见底的时候,那红头发妞站起身,往吧台走了过来,而且在往我这边看。真好运,我简直要吹口哨了。她经过我身边,黑色高领毛衣,我看着她,她也看着我,她看我的时候还眨了一下眼,不是抛媚眼那种眨眼,而是缓慢地阖上眼,又缓慢地睁开,就好像是我在盯着一团浅蓝色的火焰,那火焰渐渐要熄灭了,又忽地燃了起来,燃得灼人。真要命。没错,那个是漂亮,可这个要人命。她拉开我旁边的高脚凳坐下,在我正准备问她要喝点什么的时候,她转过头去,问旁边那个中国人,要不要请她喝杯酒。

我是在这个时候才开始细细打量起旁边这个中国人的。如果不是像我一样长期生活在中国的话,可能看不出他是个中国人。这家伙的面孔没有亚洲人的扁平感,轮廓清晰,而且看他刚才走进来时的侧影,好像也不比我矮,虽然一米八的我在阿拉斯加人里面也不算高的。如果是亚裔女人主动跟他搭讪(中国女人似乎主动出击的很少,不过重庆确实是个特别的地方),我倒是完全能get到,但是欧美的女人主动跟亚裔搭讪……俄罗斯女人算是欧美女人吗?应该算吧。我也长得不像本地人,以姓氏来看我祖上可能是普鲁士人,没想到竟然不如旁边这个中国男人受欢迎。人呐,真是不能去猜测命运女神的手到底会往哪里放。

中国人问红头发要喝什么。鱼已经自己游进了网里,如果网不是破的,夜里就有大餐可享用了。她说威士忌。他跟酒保要了一杯威士忌。酒来了,浸在威士忌里的圆柱形冰块也泛着金黄。她后脑勺对着我,头发红得跟晚霞一样,我看不见她的脸,这类女人是会直接盯着对方眼睛看的。瞧,跟我说的一样,你的眼睛不能落在她的眼睛上。那男人肯定也在看着她。她举起酒杯说了一句"Cheers",他俩碰了个杯。他问她坐哪里。看来吧台要只剩下我一个人了。她指了指角落的桌子。他没有起身,而是问她不要回去陪她的朋友吗。那红头发低声跟他说了句什么,他笑了笑,摇头。他说他不是一个人来的,而她正坐在他和他朋友之间。红头发转过头来看着我,眼睛里的火星灼得我脸发烫。谁是他朋友?居然拉我当挡箭牌,也是个老司机了。我举起啤酒瓶碰了一下她的杯子。她问我要不要和他一起过去跟她们坐。中国人看着我,他没朝我递眼色,但他看着我的那种眼神,本身就是眼色。我耸耸肩,她端起那杯威士忌一饮而尽,走了。我看着那个中国人,他也看着我。我问他作为朋友是不是中间不该隔个椅子,他举起酒瓶挪到我旁边说今天的酒算他的。我的泡妞计划就此破灭,还一不留神,跟这个叫谭的家伙,在摩尔曼斯克吞云吐雾的酒吧里,聊了一整晚。

我没能忍住我的好奇心,为什么他不接受邀请?或者他现在后悔还来得及,我们点一瓶威士忌过去。他说算了。我问他是不是因为这妞不是他喜欢的类型。他没回答我,又叫了一瓶 bear no cold,随即问我要什么,我说我要 cold bear。这妞正是我喜欢的类型。"你看到她那个朋友了吗,你喜欢那种类型吗?"我还在努力。他摇头。"你不喜欢外国女人?"我问。"我在这件事上没有种族歧视。"他说。好家伙,有意思。

我们两个人最后走出酒吧的时候,一共喝了快两打啤酒。他们说俄罗斯年年冬天街上都会冻死醉鬼。阿拉斯加也冷,但我们很少在街上喝。谭很惊讶我喜欢重庆。他点头说重庆确实很特别，还说他也去过。他问我是否知道2008年的汶川地震。我当然知道。他说当年他曾去参与过那边的灾后援建项目，后来顺路和朋友去了一趟重庆。

他说他是2010年去援建的，去的不是汶川，是旁边临近的绵竹市。项目不在绵竹市区，在下面的乡里。乡的名字他也说了，但我忘了。他们那项目已经是第四批援建项目了，他说他们不是志愿者，那时候他在念研究生，是做导师接的活儿。

谭开始聊了起来，脸上浮现出一个回忆往昔的人常常会有的神色：似乎他并不在此刻，也不在这个北极圈的酒吧里，而是回到了当年。

他说，当时他们的项目是去勘察一座被地震震得松散了的山体，评估发生泥石流的可能性，给出治理方案。当时他和一个同学负责那项目，村子里的人本来就不多，地震后更是全都撤离了。四川地区确实多地震，听朋友说2008年地震那时，重庆也有震感。阿拉斯加也有地震，只是我们没那么多人。他说自己和同学住在一栋没有家具的房子里，那房子地震的时候被泥石流冲击过，是一栋空楼，他们住的地方，只有两张木板床，没别的家具，也没地方洗澡。

"我们一周都没洗澡，我难受得浑身发痒，我那个同学说你别去想它呀，越想越痒。这也能行?！但我确实从来没听他喊过身上痒。我们每天早上吃当地老乡送过来的白煮鸡蛋和馒头，然后再去那地方唯一的简陋小卖部里买一点快要过期的面包带着。每天早上有车把我们送到山下一个比较空旷的平地。晚上到约定好的时间司机再来接我们。那地方挺危险的，山体已经被震得不稳了，石头会不时地往下滚。除了草丛和东倒西歪的树，山上什么都没有。手机没信号。他去勘测，我在旁边做记录，做完就发呆、聊天，等着车来接。我们连着去了好几个星期。有天下午勘测完了，他去撒尿，我坐在一棵倒地的树干上，整理前几天记录的数据。突然身后传来一阵奇怪的响声，我看见他向我冲过来，猛地把我推开，那石头碾过我刚坐着的那段树干，滚了下去。后来项目计划全是他写的，专家预评审的时候让我们改，也是他改的。他说这些人提的建议其实反而考虑不周，但对方是评审专家，又不能不按他们说的去改，最后他把改掉的这部分内容换一个形式放进了项目的其他部分，评审就这么过了。我们那一期五千多个项目，只有两百多个得了'良'，我们的就是其中之一。"

谭嘴角浮起得意的笑。我想他说的那个人一定和他关系很铁，就像 Mug 和我，可是我没能回去参加 Mug 的婚礼。他说那是他最好的朋友，大学同班，研究生同实验室，要是没有这个朋友他连毕业都毕不了，命也可能没了。他说这话的时候，脸上的笑意全部消退了，眼睛也渐渐暗淡了下去。"那现在你朋友在哪里，也在广州吗？"我问。他灌下一大口啤酒，没有回答。

我说我也去过地震遗址，不是专门去的，是和几个朋友一起开车经过那里。其实也不算是经过，我们自驾去川西，沿途绕路过去看了一眼。是其中一个女的坚持要去的，车是她的，自然可以。那女的是朋友的朋友，我想不起来她的名字了，但对那个地方我印象深刻。

那地方很荒凉，没什么人。那些空楼，外面长满了杂草和青苔，其中有一栋，没有屋顶，空地四周围着残断的墙壁，空地上还长出了一棵树来。那地方原本是住人的。另外一栋楼的水泥楼体上长出了青苔，破损的墙壁上露出红砖，砖已经褪色了，只在破损的边缘还保持着一抹红，楼体上全是裂纹，震碎的窗台板歪歪扭扭地斜在墙体上，钢筋全呲了出来。那女的在这里把车停了下来。下了车。我们都下了车，远远地看着那栋房子，只有那女的走近了那栋楼，但她也没进去。后来，一路上，很长时间大家都没说话。

谭说他去的时候也没什么人，当时全国的新闻报道都在关注灾后援建。他们到当地时，看到的是灾后的破败和荒凉。我说我去的时候，已经是发生地震的七八年之后了，那地方作为地震遗址保存了下来，但感觉很少有人去。谭说灾难过后，大家都会选择忘记，直到灾难再次发生。我突然觉得这句话很熟悉。当时我们离开汉旺一路开车往川西走，大家都沉默着。最后是开车那女的打破了沉默，她说了类似的话，大概意思也是灾难后大家都更愿意去忘记。我记得她的样子，是个耐看的女人，我还记得她是个药剂师，记得她那辆SUV是白色的，也记得当时出了一场有惊无险的车祸，却怎么想不起来她叫什么名字……

酒越喝越多。现在回想起来，有些话，我已经分不清到底是谁说的了。别人说过的话和他说的重合在了一起。是谁说的也并不重要，就当是他说的吧。

他说很多时候人们会选择去忘记痛苦，如果能做得到的话。我同意这个观点。这是一种自我保护机制。回忆也是极其不可靠的。说实话我觉得波罗的海啤酒不怎么样。回忆里面只有片段没有真相。只有笼统的感受或者个别被放大的细节。每次回忆都是一次涂抹，越来越失真，直至面目全非。我也不记得这些话是他说的还是我说的还是别人说的还是我从书上看的或者是我喝多了梦见的。没有真相。只剩下碎片。我们反复地去回忆的碎片堆里翻拣，不愿意承认一切都是枉然。

我们肯定聊到了关于"真相"。他说他来摩尔曼斯克是想要寻找真相。他说他也喜欢重庆，但重庆的食物太辣了。他还说他不喜欢旅行。不喜欢旅行来摩尔曼斯克干吗？他还说重庆的姑娘也漂亮。他说到了姑娘，终于说到了姑娘。但也就只说了这么一句。他说比起逛重庆，他更怀念去援建的时候，虽然援建他是被安排去的。并非所有人都是被安排去的，他那个同学就是主动要去的，但是主动的人远远不够。

最后，我们俩聊得前言不搭后语了。再喝下去要醉了。我怀疑他已经醉了。角落那一桌的红头发妞早就已经走掉了。我们出了酒吧，各自打了车，我记得我一直在说再见。这样的相逢如果没有留下联系方式根本就不会有再见之时。有些时候我们知道当下的道别就是永别，而另外一些时候却对此浑然不觉。

我关上车门，把手机上酒店的地址给司机看。明天早上我一定会头疼。你看，其实预测未来比回忆过去要简单得多。起码未来看起来，还有机会。

4. 雪场

Matt 说得对，有时候预测未来比回忆过去要简单得多。而除开这些"有时候"，未来真是难以预测。就拿谭来说吧：在今天早上出发时，在一个月前定滑雪行程时，在半年前去广州室内雪场学滑雪时，在一年前看到 Z 家里的滑雪板时，他都没预料到，今天他会在中级道的大拐弯处摔倒，也没预料到脚上的两只滑雪板都摔得飞了出去，更没预料到自己会摔得那么远，以至于摔出了雪道，掉到了山崖下。万幸的是，山崖不高，树丛也矮，再加上不久前的暴风雪，雪积了半人高，又松，又软。

这是谭今天第四次上这个中级道，他很想顺溜地滑下来，但他的滑雪技术不足以实现他的愿望。毕竟广州的室内练习场和摩尔曼斯克的室外雪场是有差别的。反正找理由总是天底下最容易的事之一。那弯道很陡，他没能掌握好速度，临近弯道时，他听见耳朵边上的风，像马一样的嘶鸣声，他下意识地用双腿去控制脚下的力度，以阻挡惯性……于是我们看到谭就这么连人带板一起摔了出去，人板分离，滑板落在了雪道上，他掉下了山崖。

今天是个好天气。冬季摩尔曼斯克的白日虽短，但仍是有太阳的，不像昨天 Matt 口中那"蜀狗吠日"的重庆。只是中文的成语用英文解释起来，多少还是差那么点儿意思。今天出太阳了，阳光很好，简直可以说是阳光灿烂。对阳光来说，走到摩尔曼斯克要穿过更多的阻碍，跨过更远的路途，但也有一个特别的好处，就像现在，太阳已经偏西了，阳光一路上遭遇的阻碍越多，落日显现出来的颜色就越红。这种现象，越到极地就越发明显。这落日，会把雪地染得和它自己一样红。

谭是一个人来雪场的。现在他仰面躺在树丛里，一动不动，脸上和身上都落着雪。笼罩天地的红，正在一点点黯淡下去。

鼻子有点痒。屁股痛。不仅屁股痛，膝盖更痛。冷。眼睛睁不开。我在哪里？天上有血。Z的血。他们说Z的血在体腔里凝固了。雪。鼻子。树。这里不是雪道。

头还能动。手也可以。耳朵嗡嗡嗡的。左腿能动。右膝盖没感觉了，动不了。屁股也没感觉了。屁股总不会骨折吧。去年也摔了一屁股。腰还好，应该没事。好，现在坐起来试试。OK。膝盖还是没感觉。我把积雪摔出了一个坑。

雪道呢？呵，这么远。滑雪板应该是刚才摔飞的。脚踝还能动。幸亏滑雪板摔飞了。膝盖疼。好安静。手机呢？手机还在口袋里。开不了机了。太冷了。把手机揣进秋衣里试试。

"Help!" 没有回应。只有我自己的声音。一片寂静。怎么才能回到雪道上？得试试站起来。膝盖好痛！还能爬得回去吗？血。那不是Z的血，Z的血早就流尽了。太阳很快就要全落下去了。要落尽了。呼。得站起来。慢点，慢慢来，好，好……好，能站起来。算了,我还是再坐一会儿。不能再坐了……

"Help!"仍然没有回应。等太阳完全落下去,雪道上就没人了。怎么办?不行,还是得站起来。我不会死在这儿吧?不行,得想办法回到雪道。右膝盖还能受力,就是疼,忍一忍。好,往雪道那边走。居然会摔得那么远。雪这么厚,根本没法走。

滑雪,我从第一次去学就不喜欢。真不知道Z怎么会喜欢滑雪。我以前还打打篮球,跑跑步,他呢,什么运动都不做,有空的时候就坐在阳台上发呆,只要他能找到一个阳台。为什么不从阳台上跳下去呢?快得多。

难不成我也要死在俄罗斯?我得爬到上面去。不行,抓不住。天越来越黑。脱一只手套试试。好像这儿能受力。好,继续,这一下比刚才摔得还痛。右膝盖又没感觉了。

手机。噢,能开机了,太好了!包车司机的电话。这是在说不在服务区吗?还能打给谁?酒店。这么快又自动关机了?!

太阳已经落山了。天仍旧红彤彤的。雪道上大概已经没人了。又喊了几声之后,我突然不想再喊了。我会死在这里么?司机见我没回去应该会来找我吧,到时候可能我已经冻死了。也可能没那么快。别喊了,坐一会儿吧。

如果我冻死在了摩尔曼斯克,我的后事又会是谁来处理呢?生出我来的那两个只顾自己的家伙?停止求救和自救,算是自杀么?如果我现在什么都不做,算是在自杀么?自己决定要死。自己把自己冻死。把自己冻死。或者让自己失血过多致死。不作为的自杀……不,我并非故意从雪场往悬崖下跳。好冷。薯条……

谭坐着,一动不动。然后,他趴下,把脸,埋进了面前的雪堆里。埋的时间不长。因为很快他就听到了人声。

几乎所有阿拉斯加人都会滑雪。这玩意儿是刻在基因里的。就像所有的重庆人都吃辣。说摩尔曼斯克的这座希内比山是这里最大的山脉,还可以。也就还可以吧。但是还可以了。滑雪这种运动,最令人享受的是滑下来的时候,其次是日出和日落,嘿,冰啤酒也可以并列第二,如果有随身携带的话。今天忘了,真是失策。

在阿拉斯加,我常去滑雪的地方是没有缆车的,我们都自己爬上去,扛点啤酒,矿泉水会结冻,啤酒只会变成冰啤。坐在山顶上喝啤酒,看日出,享受那一刻的静谧……然后开始滑。滑下去,咻——全是风,自己也成了风。不用早起。反正太阳出来得晚。这里也一样。今天这天气再好不过了,雪也好。滑雪对我来说,是一种和自己独处的方式,那感觉非常宁静,只有我和我自己。日落也是个好时机,就像现在,alpenglow① 的红,费力爬上山顶,就是为了享受这一时刻。缆车当然便捷,不用爬山,但太容易的事又会让人觉得少了点什么。这是今天的最后一滑了。这个中级道还没试过……

"喂,伙计,你还好吗?你能听见我说话吗?"这人十有八九

---

① 染山霞,日升或日落时雪山上的红光。

是受伤了或者歇菜了,头都嵌进雪里了。他好像听到我叫他了。他把头从雪里抬了起来。世界真小。是酒吧里遇到的那家伙——谭。他茫然了一秒钟,然后哑着嗓子答应了一声。我对他说我们得想办法把他弄上来。他点头。我问他有没有受伤。他说他不知道。他说右边膝盖很痛。我让他试着站起来。他龇牙咧嘴了一番,但毕竟还是站起来了。他说他应该能走。我费了很大的劲儿才把他弄上来。天已经擦黑。他看起来真是糟透了,血已经在鼻子周围凝固了。我告诉他我们得快点走,我们还得先爬回去拿上滑雪板。天马上就要黑了,雪太厚,走下去太慢了。我问他能不能跟着我慢慢滑下去。他咬牙点头。我看得出来他很疼,他在极力忍耐。

回到山下营地的时候,天已经黑尽了。我们还了滑雪板。他的鼻血已经擦干净了。他喝了杯热饮,脸色缓和了些。他问我怎么回去。我看了看时刻表,我已经错过最后一班公交车了。他说他包车过来的,让我跟他一起回摩尔曼斯克。也好。

从基洛夫回摩尔曼斯克,得开三个小时车。如果两个人曾经一起喝过啤酒聊过天,其中一个人还刚救过另外一个人,那么当他俩并排坐在同一辆车的后座时,就会像我俩现在一样——聊一路。

我问他是怎么摔出去的。他说是他的脚突然抽筋了。他问我怎么找到他的。那么大个弯道上,散着两只空滑雪板,肯定是有人出事了。我远远地看见滑雪板就停了下来,那时候雪道上几乎已经没人了,我本来不想管的,但似乎又听见有声音从那边传过来,就想着还是过去看看,万一有人呢。说实在,你也真是好运。我也出过这种事,最后没人来,我自己花了三个小时爬了上去,好在我那次时间早,天亮着。如果天黑了就很麻烦。这么冷,越高的地方,越听不见声音。他点了点耷拉在后座靠背上的头。

我问他当时怕不怕。他说怕。他说一开始是懵的,后来怕,再后来又不怎么怕了。他说他也不知道怎么去形容这种"不怎么怕了"的感觉,说那时候他就把头埋在雪里,想着如果要死就死快一点。他说这样他也可以体验一下死亡。好像死亡也没那么可怕,就是冷。他说冷比死亡可怕。我猜他是把脑袋摔坏了。死亡不是一个适合体验的东西。我有朋友有过濒死体验,那只是因为他走运罢了,走运是濒死体验,不走运就是人没了。

我说完这句话后,他突然转过头来,问我:你的朋友里有没有人自杀过?

说实话,有闹过自杀的,但真正自杀死了的,没有。我交往过七八个女朋友,其中起码有两个闹过自杀。当然,都不是因为我。我在谈恋爱这件事上一直不怎么走运,老是被问题女人吸引,最后她们都好像是来我这里疗伤的,伤一好就出院了。那两个尝试过自杀的,都是在小时候遇到过性骚扰,童年生活又很不幸,父母离异。我觉得她们也不是真的就为了求死,自杀的目的不是死亡,而是逃避,逃避痛苦;又或者是寻求出路吧,如果死亡也可以算作出路的话。他说那天晚上那个来搭讪的俄国妞,看起来也很麻烦。哎,看来我果真是喜欢麻烦的女人。难道他是因为怕麻烦才拒绝的？说不过去呀。这种情况最多只是一夜情。难不成还要在摩尔曼斯克交个俄罗斯女朋友吗？也许是他觉得那女的不够漂亮没有吸引力不对他的味口，也许他已经有女朋友，或者已经结婚了。但他手上并没有戴结婚戒指。他说不是因为这些。我觉得他说话的语调，就像是在叹气。但是他并没有叹气。他还说他交往的上一个女朋友已经是两年多以前的事情了。哎，我想我以后得避免被那种类型的女人吸引，不然这事儿就没完没了了。

谭说他从来没到过这么北的地方。他说自己其实不喜欢滑雪。这一点和我正好相反。不喜欢滑雪为什么要来滑呢？他说他是为了来寻找一个答案或者一个真相。类似的话昨晚在酒吧他也说过。但和现在一样，他并没有说他要找的是什么答案。也许他自己也不清楚吧。如果一个人闹不清楚自己要找的是什么，又怎么能找得到呢？我问他找到了吗，他说他不知道。我想他要找的东西可能并不在摩尔曼斯克，而且这种寻找恐怕是容易落空的。

他问我喜不喜欢滑雪。我说那是我最爱的运动。滑雪就像瑜伽一样，在这个过程中我体会到了安宁，体会到了自己。他说他感受到的是紧张和失控。瑜伽，他说他从来没做过瑜伽，还说他曾经听人说过，不戴氧气瓶的潜水像瑜伽，因为要闭气闭好几分钟，在那几分钟里会觉得很宁静。但他从没听谁说过滑雪像瑜伽。

"自由潜像瑜伽"这个说法我也听人说过，而且也是在冬天，也是在车上。但我记不起是谁说的了。我想我永远练不了这种水下瑜伽，小时候在河里溺水的经历还会偶尔在梦里重现。据说还有人在结冰的基奈湖①上凿出个冰窟窿，背着氧气瓶往里跳。真是疯子。但谁又不是呢？

谭对我说谢谢。我耸耸肩：你好运罢了。他说Z也救过他。他说Z是那天在酒吧跟我提过的朋友。我记得，你最好的朋友，他把你推开了。他说：对，就是他。

我问他知不知道雪崩和泥石流很像，他说知道。雪崩很可怕，我说，如果你看不到滚下来的雪的顶部的话。他问我知不知道中文里面还有另外一个词叫"血崩"，是大量流血的意思。两个词读音一样，字不同。中文真是很有意思。

人聊天的时候就是天马行空地从一个地方扯到另外一个地方，然后等待的时间、路途的时间、一切需要消磨的时间就这样被打发掉了。我们没有再去喝酒。车停在麦当劳门前，我们进去买了晚饭，都没坐在那儿吃。他买了三份土豆块，是有多爱吃土豆啊。哎，可惜这里不产三文鱼。话又说回来，产又怎么样呢？难不成能比阿拉斯加做得好吃？阿拉斯加的三文鱼是世界上最好的三文鱼，阿拉斯加的三文鱼干是世界上最好吃的三文鱼做法，这是毋庸置疑的。

最后司机把我送到酒店楼下，我跟他握手，他跟我道谢，我们甚至拥抱了一下。我对他说："兄弟，想开一点，没什么过不去的。"说完又觉得自己这话说得没头没脑的。他抿着嘴，点头。我们加了微信。我想也许以后我们还会再见的。昨天从酒吧出来，

---

① 位于阿拉斯加南部。

我认为没可能再见了,结果没想到那么快就见面了。后来,事实证明,我又错了。有时候人们认为是永别,结果很快又相见了,而另外一些时候,一次不经意的道别,就是永别。

    人总是搞错。

5. 极光

我又见到了他。

车在摩尔曼斯克市区时,天还亮着。云层很矮,很厚。阴沉的光透过云的缝隙漏下来。车一开出摩尔曼斯克,就进入了一幅白茫茫的景象中。公路上结着冰,冰壳之下,路面本身的青黑色依稀可见。路的两旁全是积雪,偶尔有低矮的灌木丛,光秃秃、灰扑扑。十二月的摩尔曼斯克,一切都枯萎了。没有树,很少有树。路两旁的雪地,向各自的方向无边无际地蔓延开去。Глушь и снег...① 路的前方是一模一样的路,路的两旁是一模一样的荒凉。云层压得很低,在路的尽头和大地连在一起,如果真的有个尽头的话。

一离开摩尔曼斯克市区,我就感觉这个地方是世界的尽头,路不知道是从哪儿通过来的,也不知道要通向哪儿去。其实,极圈本就已经接近世界的尽头了,而这个尽头,却给人一种没有尽头的感觉。我每天都看着车窗外重复的景色,仍旧日日入迷。坐在我对面的男人,也和我一样,双眼几乎没有离开过车窗。

---

① 到处是一片白雪和荒凉……(出自普希金的诗《冬天的道路》)

我记得这个人,他是跟我坐同一班飞机从莫斯科来的。他的侧影和背影,和那个人,那个曾和我纠缠在一起的人,太像了。

那天下飞机,在往到达厅走的路上,他走在我前面,他的背影……那一霎那,我的心脏漏跳了半拍,接着,开始狂跳,像爵士乐的鼓点。

他不应该在这里,他已经回去了,怎么会还在这里?!不能让他看见我!

后来,在等行李的时候,我看清楚了,这不是他,是另外一个人。我松了口气,感到心安,同时,更多的是失落。失落!我竟然在失落!我被这感觉搞糊涂了。

世界上的事,就是那么巧。我计划来摩尔曼斯克的时间,正好和他重合,他还发信息问我,要不要在摩尔曼斯克见。见?他怎么能这么轻巧地说出口?!怎么见?见什么?为什么要见?见了又怎么样?除了越抹越脏,难道还能重新再来吗?不,我不能承受那些过程再发生一次了,任何一点都不能,包括最初的甜。最初的甜尤其不能。雪上加霜而已。死水总好过洪水。我改了机票改了行程,为了不跟他在同一时刻身处在同一个摩尔曼斯克。

我的眼睛屡次扫过眼前这个人。这个男人的五官比他更为立体,但少了一丝邪气。我忍不住反复打量这个男人,而实际上,我知道,我看的根本就不是眼前的人。假如,假如这个人就是另外那个人……我望向窗外,就像对面的男人那样。

我看过他的朋友圈,他在摩尔曼斯克的那些天,天天都会在朋友圈里发照片,他说他喜欢摩尔曼斯克,喜欢这里的天空,喜欢这里的极夜。他说这里的极夜和彼得堡的完全不同。是，确实不同。四年前，我离开彼得堡，回了国。去年我又回到莫斯科。莫斯科已经不是我十多年前曾待过的莫斯科了。十多年前，在莫斯科做交换生那一年，生活完全是另外一种样子，那时候我还在念大学，那时候每天挂心的事无非就是学习，以及老是跟着缪缈一起翘课出去玩会不会被老师逮住。在那之前我从来没翘过课。如果当年我没有习得缪缈那种把翘课不当一回事的态度，我就不会遇到他……真希望我从没遇到过他。他还说他喜欢摩尔曼斯克的壮丽。他拍下了这些壮丽。彼得堡离这里一千三百多公里。我现在正在看他一周前看过的"壮丽"。然而，我所看到的，不是壮丽，是荒凉。我每天都在看他一周前看过的荒凉。

摩尔曼斯克的日落，和我去过的任何地方都不一样，特别红，不仅仅红，还有橙、紫、灰、蓝，一种不真实的渐变色调，更确切地说，是一种色调渐变的不真实，像是置身于梦里，或是在一个结了冰的童话里。这童话没有美好的结局。这童话根本就没结局。无穷无尽之上，还笼罩着一层寒冷的迷离。

车经过一个地方，那地方和其他地方没有什么不同，唯一引人注目的是雪地里站了个人，拿着一弯镰刀，面对着一架汽车残骸，那车没有车玻璃，前车门和天蓝色的引擎盖也脱落了，生着锈，一半裸露在外，一半被雪覆盖。我问司机，司机听我说的是俄语，回答得特别热情，他说那不是真人，只是人家做着好玩儿的，没什么特别的意义。我是背靠着司机座位坐的，我问完转回头，正碰上对面那男的的目光。我听见他问我。用中文。他问：

"司机怎么说?"他的声音和那个人不像,比那个人低沉。我复述了一遍司机说的。他似乎在对我说,又似乎在自言自语,他说:"那是死神,拿着镰刀,穿着荧光黄条的警服,在雪地里,如果不认真开车,就会被收割。"坐在我旁边的萍萍立马应道:"真的哎,你说得很对!"然后自报姓名,又问他叫什么名字。"谭。"他回答。萍萍接着问他是不是暴风雪那天早上从莫斯科到的摩尔曼斯克。原来她也对他有印象。他笑笑,把头转向了车窗,没有再说话。

车一路开一路停,路上经过的那几个小景点,前两天我们就已经看过了。

我来摩尔曼斯克,是来看极光的。极光这种东西,一辈子总是要看一次的。莫文蔚有一首歌,叫《北极光》:"得不到,也不甘,去淡忘……"

来之前我查了极光预报,选了十二月里极光爆发可能性最大的那几天。来看极光的人,大多都会选那几天。那个人也是。于是,我不得不改期。我只能改期。我必须改期。于是,现在,我在摩尔曼斯克的郊外,在第三次去追极光的路上。昨天天气晴朗,但没能看到极光。天气预报说明天会有雪。今天是最后的机会了。

八点多,向导把车停了下来,指着天边,说:"看,极光。"那个叫谭的男人坐在门边的位子上没动,让我们先下。顺着向导指的那个方向,我没有看到极光,只看到云,灰白色的弧形条带,低悬在天边。"那不是云,那是极光。"向导说。那条灰白色的条带就这样悬在天上,如果它是云,它下面一定有座山,否则它不可能呈现出这样的弧形。向导说没有山。那只能是极光了,一抹淡淡的灰白色的"云",几乎是静止不动的。相机曝光需要很长的时间,屏幕上呈现的画面,那道光是黄绿色的,不是肉眼所见的灰白。

我感到失望。极光就是这样的吗?像一片暗淡的云。如果照片上那些绚烂光华,只有相机镜头才能看见,那直接在家里看图片就好了,根本就不需要专门到极圈来。萍萍倒是很兴奋,车上另外那对情侣也一直在拍照,而那个叫谭的男人背着背包,杵在雪地里,一动不动,望着极光。那背影真的很像。我无法自控地去联想,一周之前,他是不是也像这个男人一样,站在雪地里,望着极光。不同的是,他并非独自一人。或许,他与他的女朋友更像是那对情侣吧,拍照、嬉笑、为对方拍照……他竟然在这样的状况下,问我要不要在摩尔曼斯克见面。

大约过了一刻钟,我开始觉得冷,手机里的天气软件显示现在是零下十度,我们在户外,温度应该更低。下午的云已经散去了,天空清澈澄明,繁星满天。我对这极光失去了兴趣,把注意力转向了星星,长久地望着它们。我发现,原来那些看起来似乎大小相同的星星,实际上却远近不一。那一丁点儿肉眼几乎不可见的差距,也许就是几百个光年的距离。我们看到的那些光,都是几百年前的光,都是死了的光。如果光也会死的话。澄净的天,显得又冷又空荡。星星、星团、星系,就这么横在、缀在宇宙中,看起来一动不动。天空中那条灰白色的"云",也同样静止着。

变化出现在半小时后。那条灰白色的"云",开始呈现出隐隐的淡绿色，非常非常淡的绿。但那是绿，我知道那是绿，灰白的绿，不容否认的绿。它开始跳舞。那条光带，开始跳舞。华尔兹夹杂着踢踏舞，横向地滑动，像溪流，上游和下游不停地调换位置，那些个白色的灰绿，在暗淡中浓重着、流动着，滑来滑去。和照片拍出来的一点儿也不像，肉眼看，没那么鲜艳，却瞬息万变……

不知道过了多久，向导在身后叫我们，说香肠烤熟了。我坐到篝火旁，火烧得很旺，很温暖。那男人也坐在那里。他拿着铁签从铁丝网上穿起一根……递给了我。我连忙道谢，火让我的脸发烫。他头也没抬，又穿起另外一根，自己开始吃了起来。他吃得很认真，没有要说话的意思。我也闷头吃了起来，是灌了很多面粉的便宜香肠，但吃起来很香。我一边吃一边盯着火堆里跳跃的火焰，红色和橙色在不停地舞动，跟极光一样，变幻莫测。我瞥了他一眼，他也注视着火焰，脸颊和瞳孔都被火光映得通红。

"叶悦，快来啊！"萍萍在叫我。我站起来，离开篝火堆，向极光的方向走去。冷空气让我清醒。极光在变换姿态。它跳了起来。它垂直地向上攀升。它把手臂伸得老长，直直地，它要去够那些星星。我以为它要去够那些星星，但它马上又缩了回来，缩进了袖子里，缩进了条带的体内。在垂直攀升的同时，它也在横向流动，流向两端。每一个光点都有自己的方向。在这一秒，观者会忘记上一秒它的样子，下一秒，又会忘记这一秒它的样子。对极光来说，本就没有所谓的上一秒和下一秒，只有这一秒的流动。无穷无尽的无常，和在无穷无尽的无常中的，恒常。天空是一块球形的幕布，空旷无边，它在上面随心所欲地伸展、舒卷，只有它自己，没有星星，星星不在那张幕布上。它也从未试图去够星星，星星是星星，它是它。是的，你是你，我是我。

那个男人，那个谭，他说他叫谭，一直坐在篝火前，每次我看他的时候，他都在盯着面前的火焰，那堆篝火似乎比极光对他有更大的吸引力。

极光爆发持续了大约40分钟。然后那条带淡了下去，又回到了静止不动的灰白状态。那绿，那无法付诸于画笔的绿，消失了。至此，我的人生愿望又实现了一个。极光很美，特别是它的流动，同时，却也不过如此。那绿，太淡。我们看到的东西，去过的地方，遇到过的人，做过的梦，干过的事，都无一例外地，流淌在我们的生命当中，在每一个鼻息之间，无法磨灭、不可销毁，同时，也无可追回。就算追回，轨迹仍会是一样，和过去，和现在，一模一样。不能追回了。那歌词写得真好：得不到，也不甘，去淡忘。但如果真能忘记，谁会愿意记得？可惜不能够。忘记不了的，全都扫到布满阴影和灰尘的黑暗角落里去。就这样了吧。就这样吧。一切。不然还能怎样？

我再回头看他的时候，他仍旧坐在那堆将要熄灭的篝火前，怀里抱着白色瓷罐。那个瓷罐，在秋千那儿的时候，我也见他抱在手上。他没有荡秋千，甚至没有靠近秋千，只是站在海边。那背影给我留下了深刻的印象。站在岸上的溺水之人。一面镜子。不知为何，往后，在我的记忆里，这一印象，紧紧地和极光联系在了一起。

6. 北冰洋

"北冰洋是在北方的海面上飘着浮冰的白色海洋。它与地球上其他任何的海洋都不相似。极圈内靠着北冰洋的俄罗斯城市,摩尔曼斯克,是个不冻港,因为有北大西洋暖流经过。"

我没有选文科,但我记得中学地理老师说过北冰洋,那男老师长得像毛利小五郎①,说普通话时舌头老是捋不直。男孩子选什么文科呢?是啊,男孩子选什么文科呢?

此刻北冰洋就在眼前。"毛利小五郎"肯定没来过北冰洋。大学教水文课的朱老师总是组织暑期科考,不去南极也不来北冰洋,只去贝加尔湖。贝加尔湖冬天是要结冰的。我们都很羡慕能去参加贝加尔湖暑期科考的那些人。

"喂,Z,作业给我看一下。"
"桌上。"

这就是北冰洋了,北冰洋就在这里,在我面前。这才是北冰

---

① 日本漫画《名侦探柯南》中的角色。

洋。Z，你是不是也站在这里看过这片海？

这个在北冰洋边上的秋千，估计是个打卡的景点吧。有好几辆旅游车都停在这里。秋千够高，绑在下面的木头蹬板也够宽。我从来搞不懂，怎么才能在不用别人推的情况下，让秋千荡起来。

现在轮到那女人荡了。我不知道她叫什么名字，我没有问。她让我想起缪缈。Z，她和缪缈一点也不像，却让我想起缪缈。而关于缪缈我又能想起什么呢？——你。你把她新买的胸罩带回宿舍洗，黑色的，晾在宿舍的阳台。你这家伙，竟然帮女人洗内衣！究竟是神魂颠倒到了什么程度？当然，你在炫耀。就算你没在炫耀你也在炫耀。大家起哄问你是什么罩杯，你努力控制着嘴角的笑意，不回答。后来胖子趁你不在时收下来看了：C。

还有那张照片。你把它贴在天花板上。她躺在地上看着你，于是你就可以躺在床上看着躺在地上看着你的她，对吗？后来呢？你在俄罗斯到底见到她了吗？你是有多忘不了，才把她贴在天花板上。贴在天花板上这种事，也只有你想得出来。你把她贴在天花板上，是为了睡前最后一眼和起床第一眼见到的都是她？还是为了干我干的那件事？我不该干那件事。她能起到助眠的作用吗？她能。我试过，对我来说，她能。而你，她只会让你失眠吧。但她帮了我，Z，她帮了我……

手冷。得把手套取下来。那个女人还坐在秋千上，她没能把秋千荡起来，她那朋友在后面推她，蹬板在她屁股下面倾斜了，秋千一摇一晃，一摇一晃……

这里是北冰洋的边缘，海面上没有漂浮着的冰块，就算没有冰块，它仍然和其他地方的海不同。

车开出摩尔曼斯克市区后，一路往北。说得好像我找得到北似的。风景和前几天看到的一样——什么也没有，只有雪地和劈开了雪地的公路。以前以为雪景会是白茫茫的一片，其实不是，雪地是什么颜色取决于天上落下来的光。天光刚才还是浅蓝中带着一丝黄，把一切都染成了一种暧昧不明的碧绿。现在已经一片灰蓝了。一辆车能否在这片无边无际的雪地里无休无止地行驶下去？可是，要去哪里，又能去到哪里呢？

答案来得很快。死神像警察一样，拿着镰刀在路边站岗。如果是自杀呢？Z，你滑雪的水平如何？如果昨天没有被救，我是不是就已经见到你了？据说冬天的早晨，俄罗斯的路边总能发现被冻死的酒鬼。摩尔曼斯克，到处都是白雪覆盖的荒原。昨天，有那么一刻，我觉得离你很近。并不可怕，反而感到一阵突然的轻松。除了冷。

那女人从秋千上下来了。不知道今天能不能看到极光，看不看得到又有什么区别？你看到极光了吗？Z，一切都太难了。越容易越难。你让我不得不睁开眼睛看自己。但没有用，我一点办法也没有，睁开眼睛只有痛苦。死的决定是你自己做的，所有的决定都是你自己做的。我从来不想读理科，但是我没有办法。去年那时候我也没有办法，Z，我该想办法的，但是我没有办法。

又来了一辆车，车上还下来一只狗。那女人去逗狗了。念书的时候你曾经出去和她同居过。你们养狗吗？啊，你们好像养过一只猫，你说是从水果摊旁捡来的，后来再没听你提起过。那只狗正在往那女人腿上扑,她抚摸着它的头和它棕色的长耳朵。那不是一只流浪狗,和那只流浪了六年才回到家的猫,完全不同。

没有风。海浪拍到岩石上,落了回去,又拍过来,再重新落回去。岩石缝里结了冰,冰又从石头缝漫延出去。这些白色的冰和拍上来的浪花是那么相像,它们本身也是没能落回去的海浪。那个阿拉斯加人说,冰川下溶解的水,会在流淌的路途中,再度结冰。阿拉斯加原本也是俄国的。你的缪鲛也会说俄语。你去了俄罗斯。冰融解成水,水又再度凝结。活着的可以死去,可以去死,死了的却活不过来了。

车开出摩尔曼斯克市区不久,天就已经放晴了。现在太阳快要落下去了。和昨天一样,太阳快要落下去了。天空中的那些色彩,没有画家能画得出来。

膝盖还在疼,躺着会疼,走路更疼。昨晚没怎么睡着。黑白的菱形地板让人头晕,天花板上那个裂缝应该不是裂缝。雪和烈火同时出现在眼前……我没有做梦就体验到了那场景:我躺在棺材一样的不锈钢洞里,洞门缓缓关上,关得没有留下半点挣扎的余地。我动弹不得,四周开始朝我喷火。我睁着眼睛,看着火焰在熊熊燃烧。在烧我。那火,让我觉得冷,就像把头埋进雪里那样的冷,骨髓在火焰中渐渐结冰。冷,也一样灼人。

Z,你看,海在流动,没有结冻。那边被礁石围住的洼地,里面的水回不了大海,全都结结实实地冻成了冰。驯鹿肉的膻味还搁在我胃里。那女人的朋友在给她拍照。她在脸旁比划了一个兔耳朵。世界上的女人有两种,拍照时比画兔耳朵的和不比画的。

你肯定会说这个句式用在哪里都行。没错,用在哪里都行。那两张照片里,缪缈没有比画兔耳朵。北冰洋也是那种永远不会比画兔耳朵的女人。北冰洋让我想起了一张脸,这张脸注视着我,面无表情的脸孔上表情包罗万象。熟悉的脸,太熟悉了,熟悉得几乎像我自己的脸,而我却辨认不出这张由无数面孔组成的脸,到底是谁的。Z,现在连你的脸我也记不清了,白布和碎屑却历历在目……

谭枯站在离海很近的地方,手里抱着个瓷罐。就是那个白色瓷罐,那个他忙不迭地从刚拿到的托运行李里取出检查的白色瓷罐,那个他抱着爬上二战纪念碑的白色瓷罐,那个他在酒店里从箱子里拿出来又"穿上"毛衣放回去的白色瓷罐,那个在他家里放了一年多的白色瓷罐。

到摩尔曼斯克的那天下午,他抱着它爬上二战纪念碑所在的山顶。山顶上,人很少,风很大,纪念碑前的长明火焰被风吹得几乎快熄灭了。山下,一侧是港口,另一侧是城市。他站在似乎随时会被吹灭的火焰前,对着那罐子叽里咕噜地说着。

那只狗围着那个女人又转又跳。海边这个巨大的秋千,是给人拍照用的。女人一路上坐在他对面,和他一样,看着窗外;和他一样,不经意地瞟向对方。面包车里暖气开得不够足。从车上下来的旅人,都聚集在秋千附近:拍照、闲谈、荡秋千。只有谭,独自站在远处的海边。

如果我们在拍电影,把镜头拉近,我们就能清晰地看到谭的背影，还能通过他的肩膀，猜测他那张面对着大海的脸上的表情。他的肩膀起先就跟他这个人一样，看上去一动不动，在我们走神的刹那，那肩膀开始了轻微的颤抖，然后又不动了，过了一阵又开始颤抖，继而开始抽搐。谁都有肩膀抽搐的时候，谁没有过呢？肩膀的主人在极力控制着那个自顾自的肩膀。那肩膀平直宽阔，却已不堪重负。

谭站在一块半边没入海水里的岩石上。他打开了白色瓷罐的盖子。瓷罐里有个透明封口袋，封口袋里装着一堆灰白的粉末和碎屑。他把封口扯开。温暖的水珠，沿着脸颊滑落，在下坠中冷却，滴在瓷罐表面、袋子外面、袋子里面……

狗跑到离谭不远的另一块岩石处抬起腿。那岩石靠海的一侧结了冰，另外一侧长着黑色的苔藓。狗尿完又往秋千跑去，它留下的那些液体很快也将结成冰。

谭把他没戴手套的右手伸进了封口袋……

人的手不会无缘无故发抖。疼痛和寒冷，都会引起手抖，还有那些我们体会过的其他原因。就像肩膀抽搐一样，谁都有手发抖的时候。

那只哆嗦着的右手，拽得太紧。拳头里的碎屑，硌手心。谭朝着大海伸出手，却怎么也打不开握住的拳头。那五只蜷缩起来的手指，挡不住手心里细小尘埃的流逝。他把控制肩膀的力气全都用来松开发白的指关节……

千万年前就已经形成的北冰洋，霎时吞没了从他手心里散落下去的尘埃。他的肩膀完全失了控。

天空晴朗，无风。

隔了好久，谭才继续下去。一把又一把。温暖咸涩的雨，越下越大。北冰洋带走了他撒下的每一把灰。浪花漫不经心地和岩石击完掌，又冷冷地退回海里。北冰洋非常平静，除了沉默之外，没有予以任何回应。封口袋里还剩下一丁点，他把袋子拿出来，袋口开始往下斜，斜到一半，他停止了动作。良久，他把袋子又重新装回了白色瓷罐。

谭擦干脸颊上的泪，上了车，面孔对着车窗，不再看那个女人。天色越来越暗，在天光的反方向，寂然的黑正在从地平线往天顶漫延，渐渐压住了整个地面。夜色像阴影一样笼罩下来，只剩下车头灯往前照射的微光，映在被夜色染黑的雪路上。

今夜也许会出现极光，也许不会。那个女人想。

飞机上的一个人

7. 从摩尔曼斯克飞往广州

一路很顺利。没有晚点。没有暴风雪。据说,往返摩尔曼斯克的航线,运气好的话,能看到极光。可惜,谭的飞机从摩尔曼斯克出发的时候,是中午。不过就算是晚上,就算幸运地出现了极光,他也看不到。难得地,他从摩尔曼斯克一觉睡到了莫斯科。后来,在回广州的飞机上,他又睡着了。

刚下飞机他就觉得饿,谢列梅捷沃机场,来的时候也在这儿转的机。餐厅都逛过一遍了。机场里的食物大同小异,不能指望它们能有多好吃,但也还能找到一些差强人意的。他走进那家他曾在店门口徘徊过的俄式餐厅,金发的服务员姑娘把菜单递给他。东斯拉夫人的金发,就像需要重新抛光的黄铜:柔和,朦胧,破败。

谭要了黑面包和罗宋汤。准确地讲,是红菜汤。红菜汤传到中国,被改良成了罗宋汤。红菜汤配黑面包,典型的俄式吃法。食物上来了。黑面包挺拔地立在藤编小筐里,红菜汤上有可疑的白色漂浮物,像奶油。他用勺子沾了一点,伸出舌尖碰了碰——酸的。居然有人爱吃发馊的奶油。他把那些白色的东西一点点地往外舀,舀不出来的,无可挽回地溶化在了汤里。黑面包很正宗:

酸、硬、实。

谭一边吃着，一边尽力说服自己：这玩意儿有它好吃的地方。但不怎么成功。红菜汤的味道一言难尽，吃起来感觉很有重量，黑面包也是。看起来都不怎么油腻，吃下去却沉甸甸地搁在胃里。旁边那桌的俄罗斯人，和他点了几乎一样的食物，还叫服务员在汤里多加了两勺酸奶油。那玩意儿叫酸奶油，只是酸而已，并没有馊。谭学着俄罗斯人的吃法，拿黑面包在红菜汤里沾了沾，塞进嘴里……没有用，没有任何帮助，仍旧难以下咽。谭在国内吃过罗宋汤，还可以接受。而面前这一碗红菜汤，太过正宗了。谭硬着头皮吃了半碗。这不是他第一次来俄罗斯，但，极有可能，是最后一次。

现在，谭坐在回广州的飞机上，穿着一次性拖鞋，脑袋耷拉在颈枕上，睡了过去。在摩尔曼斯克的几天，不是醉酒，就是失眠。一个在飞机上几乎从来睡不着的人，此刻睡得跟昏死过去似的。不稳定的睡眠环境，容易让人做梦，比如在飞机上。谭现在就在做梦：连续不断的梦，重复出现的梦，在一个梦里梦见另一个梦，别人梦里的梦，梦里的别人也在做梦。

如果我们可以进入别人梦中……各位，为什么不呢？

广州的室内雪场，谭从门口走了进来。他已经缺了两次课了。"太忙了""没时间"是永远适用的借口。

"张教练呢？什么？你就是张教练？"

两个星期不来，张教练还是张教练，但已经不是张教练了。好，行，他就是张教练。只是身材长相声音变了而已，但他就是张教练，我知道他是张教练。

没问题，来吧，开始吧。是的，是的，没抽出时间，太忙了。之前的动作？之前的动作我记得，记得。当然，你要是再示范一遍就更好了。

嗯，就是这样，对，好，来吧，谭，我们上雪道。

我转头看张教练，我看不清他的脸，只听见他说："先滑一次，从这里，对，这里。滑吧，滑下去。"

谭摆好姿势，开始往下滑，雪道越来越长，坡度越来越陡，雪场越来越宽，空间越来越广。希比内山的索道，掠过头顶。就梦境而言，从广州的室内雪场，一脚滑到了摩尔曼斯克希比内山的中级雪道，并没什么值得惊讶的。但做梦的人还是略微吃了一惊，就在他失神的当口，那个熟悉的巨大转弯正快速向他奔来。

风，掠过耳旁。谭没戴帽子，没戴围巾，也没戴护目镜。没关系，这是在梦里。他顺利地过了那个弯道。就在过完弯道的那一秒，他听见四面八方发出砰砰声，接着，噗通——他的心脏，跳了出去，掉到了刚才经过的弯道上。速度太快了，没办法倒回去捡起来，但坡道顷刻间就倾斜了，上下颠倒了。重力使得谭开始后退，他身体没能反应过来，失去了平衡，眼看就要仰摔下去了——一只手扶住了他的背。

"小心。"陌生又熟悉的声音。

我转过头——Z。

"你学得不怎么样啊。"Z边说边让雪道平稳下来，然后协助我调转方向。"喏，你的。"他手里拿着漫画一样的粉红色心脏。"这东西不能丢了，要帮你装上吗?"他把如纸片般薄的心脏，往我胸口一拍，"啪"的一声，拍进去了："别让任何人在你心脏里滑雪，血管的道又窄又陡，只够你自己滑的。"

山上的雪开始变红，起先是血一样的红，一条被无限放大了的血管，血在奔涌，穿过了谭和Z的身体，仔细看，会发现：其实，只是奔涌的血的投影穿过了他们的身体，他们毫发未损。天空的颜色渐渐变浅、变柔和、变成了迷幻渐变的红。极地的落日，悬于天边，映照雪地。谭跟在Z身后，往前滑，两人身上都笼着一层红日的光晕。雪板在雪地上留下了延绵的Z字形。雪道变换着方向和角度，渐渐开始像过山车一样，腾空翻滚。

我从来没有过这样的感觉：失重，瑜伽，风……我笑出了声。Z回头看了看我，也一脸快活。我不再需要掌握什么技巧，抑或是我已经在滑的过程中掌握了。我大声问他是怎么来的，他指着太阳，转头对我说着什么，我只听见"吱吱吱"的噪音和"呼啦啦"的风声……

接着，瞬息间，Z在一个拐弯处冲出了雪道！雪道即刻变成一片深蓝。北冰洋倒挂在天上。Z倒立着，一只手抓着同样倒挂着的悬崖……

停下来，我必须立马停下来！我试着去抓住他的手，但是，我够不到。

脱下滑雪板竟然需要费这么长的时间！我跳起来，再跳，再跳——终于，我拉住了Z的手。他比我想象的重。我得把他拉回来，我要救他！但我却在一点点地，往北冰洋所在的天空滑。

Z平静地看着我，突然间，瞳孔放大，喊："快看！"

我不由得扭头……

他挣脱了我的手！

"Z！！！"我听见自己在呼喊，却张不开嘴，发不出声。北冰洋在咆哮。

"你好，能不能让我出去一下。"窗边的乘客轻轻拍了拍谭。谭睁开眼，过了两秒钟才想起自己是在哪儿。他把腿挪向走道侧，让那人过去。

在见到漫山杂草前，谭刚刚来得及闭上眼。山顶。他和Z坐在山顶，马上要日出了，很静。没有人说话，在这种时候，他的一堆问题，竟一个也问不出口。就在他犹豫摇摆的片刻间，不知怎的，他居然又在雪道上了。他不想滑，但惯性和重力不放过他。他看向四周——哪里有什么雪，全是碎石、杂草、断木……似曾相识。

背后响起轰隆声，他回头——雪崩！

你不可能把泥石流认成雪崩，但在梦里，你知道那泥石流就是雪崩，夹着泥携着沙裹着石头，汹涌而来。

Matt的声音在喊：Hurry! Hurry up, Buddy! Run! 那声音从

天空中传来、从后面追赶着谭的那一团越滚越大的泥浆里传来。谭害怕极了，拼命往前滑。滑雪板下，全是杂草。他没来得及发出半声呼喊，整个身体就被吞没了……

得把尸体找出来。

谭在雪地里，翻找着自己的尸体。他拿着一本书当作雪铲。雪堆里终于露出一只手——他自己的手。要把尸体找到带回去。带回去是带回哪儿去？他不知道。他顺着这只手往下挖，胳膊、肩膀、上半身……最后，挖是挖出来了，尸体穿着他那件军绿色的毛衣，可是怎么也看不清脸。把尸体的最后一只脚从雪地里拔出来后，他看到那只脚下面，还有另一只手……

谭拿着深蓝色封皮的书，接着挖，那书上的字全是基里尔字母，他一个也不认识。雪地被他刨出了一个坑，他费尽力气，拖出另外一具尸体，和前一具一模一样，都是他自己的尸体，但是脸，完好无损的脸，却怎么也看不清。这时，一只驯鹿从他身旁走过，那驯鹿只有一个角，角上发着荧光。荧光下，那两张脸显现了出来——长在两个谭的尸体上的两张不同的脸——发青的那张是 Matt 的脸，发灰的那张是 Z 的脸。唯独没有谭自己的。谭跌坐在地上，右脚踢到了不知是哪具尸体的膝盖，他感到自己的膝盖生疼。

谭看了看自己的膝盖，睡着睡着已经抵着前面的座椅靠背了。这几天晚上都疼得难以入睡，回去得去医院看看……

医院有两栋楼，前面一栋是门诊楼，后面修得像政府大厦的那栋，才是主楼。站在主楼门口，我打了个寒战。我不想进去，但又觉得应该进去。还是进去吧。

得先挂号，挂号的地方在哪儿？

找咨询台。

还没等我开口，咨询台的护士就问我要不要把背上的人先放下来。

背上的人？我转过头，Z 在我背上驮着，一脸灰白。

他们推来了一张轮椅，谭一边把 Z 放在轮椅上，一边问：像这样的情况要挂什么号？对方不以为然地回答说不用，说这里根本不用挂号。谭搞不懂那人说这个是什么意思，一扭头——Z 不见了。

"你们把他推哪儿去了？"谭惊恐地问。前台回答说：去他该去的地方。"什么是他该去的地方？他该去哪儿？他在哪儿?!"谭开始愤怒。前台那人在谭的质问声中，像声波一样，晃晃漾漾，最后竟消失得无影无踪。

"Z！"

谭大喊着，像无头苍蝇一样，到处乱撞。一楼空荡荡的，什么都没有。他顺着楼梯往上狂奔，二楼的病房，根本不像是病房，每一间的墙壁，都呈现出一股长期烟熏火燎的青黑色。他心里生出越来越不祥的感觉。

"Z！"谭边跑边喊。他推开三楼最角落的房间，里面有张床，病人坐在窗前，他问他，有没有看见 Z，那人转过头——一脸烧焦的炭黑。谭吓得连连后退。在退出房间的时刻,谭眼角的余光瞥到了几分钟前就已经推进电梯的轮椅。电梯上的数字显示着"7"。谭拍打电梯按钮,毫无反应。于是,他冲进楼梯间的消防通道,拼命往上跑,3楼、4楼、5楼、6楼、6楼、6楼、6楼……6楼之后的每一层,还是6楼。

"Z,你在哪儿?!"谭一身汗,分不清是跑出来的热汗,还是急出来的冷汗。在不知道上了多少个6楼之后,谭到了面前这层——没有楼层号,通道门是关上的,门里有人声和噼啪声。他从门缝往里瞧,里面有好几个坐在轮椅上的人,全都面色灰败,Z在最前面。Z面前有个炉子,炉子的添柴口,有半个通道门那么高,炉火烧得通红——他们要把Z投进那炉子里烧掉!下一个就是Z!

谭开始拼命踢门、撞门。最后他退到墙角,使出吃奶的力气往那道门撞去。轰!门应声倒地。而门里,完全是另一种光景:红头发的俄罗斯女人躺在酒店的床上,眼波流转,看着闯进来的谭。她穿着黑色的蕾丝文胸和内裤,黑色吊袜带下面勾着一双黑色细网丝袜。身姿妙曼的她在等着一个男人。而那个男人,就是谭。

谭愣住了。他不明白这一切是怎么回事,他转身想退回门外,可哪儿还有什么门!——他身后是贴着曼陀罗暗纹墙纸的墙壁。女人露出引逗的笑,头发像火一样红……

谭认出了这个房间,这是多年前曾经反复出现在他梦里的房间:红色丝绒落地灯罩,会变幻的墙纸,墙纸上绘着正在生长、含苞、开放的花朵,花蕊会自行放大、变形,就像奥基夫①的画那样;银灰色的丝质床单上,躺着只穿内衣的女人,戴一顶鲜红色假发,在等他来。而面前这女人的头发是真的。他记得在他重复过无数次的梦里,这个房间曾是他的领地,他在这里反复体验着令他沉迷的快感。而现在,他只觉得,这是个陷阱。这简直就是个陷阱!

那女人在用肢体语言叫他。然后转过身背对着他开始解文胸的挂扣。他冷冷地看着她,问她是怎么进来的。她转回头,"嗤"地一下,笑出了声来,嘴角向下一瘪,露出不屑,说:"和你一样。"那张脸,是那个荡秋千的女人的脸,是留了一套粉色床品在他家的那个女人的脸,是Z那女上司的脸,是另外一些他想不起到底是谁的女人的脸……这些脸混在了一起,成了一张他熟悉的、却从未见过的脸。那女人的头发开始显出另外一种红——廉价假发的红。隔壁传来笑闹声、呻吟声、喘息声……这个没有门可以出去的房间,竟然还有一个更为可憎的隔壁!

那女人站起身,朝谭走来。高跟鞋在地毯上发出刺耳的"噔噔"声。

谭闪身躲进厕所,关门,上锁。

那女人在拧门把手。门把手在不停地晃动,发出越来越尖利的金属摩擦声。谭坐在马桶上,闭着眼睛,不由自主地仰面深呼

---

① 乔治亚·奥基夫,20世纪美国女艺术家,以带给人感官享受的花卉特写绘画而著名。

出一口气——天花板上有张照片。他的尿，尿不出来。地上开始漫水，黄色的透明的温暖的可疑的水，越漫越高。谭动弹不得。门把手还在被不停地扭动着……

谭站在飞机的厕所门前。全都有人。他在等。他快要等不及了。当他站在马桶前，听到自己身体倾泻下来的水声时，松了口气。马桶里那黄色透明温暖的水，毫不可疑。

在吃过配有黑面包的俄航飞机餐后，谭又不由得闭上了眼。他在摩尔曼斯克的五天，真正睡着的时间，连十二个小时都不到。谁能想到摩尔曼斯克是一个不让人睡觉的地方。

极光。谭只去了一次，就看到了。虽然那天他的注意力并不怎么在极光上，但他毕竟还是看到了那奇景。就像 Matt 说的：走运。

谭坐在篝火旁，抬头往天上张望，一片漆黑，没有星星，也没有低悬的条带状灰云。

不远处立着一个人影——Z 站着在暗夜里，等着极光。

天空出现了一条细线，那细线的左端有一个光点，光点像只瓢虫一样，往右爬，然后又朝上爬。在爬到球形幕布的半中央时，光点开始变大、四散：起初是灰白的绿色，逐渐变成绿——黄绿——黄——橙黄——橙——红。最后，天空中那片光华，只剩下了橙色和红色，跳动着，就像篝火。就是篝火！天空着火了。火势开始迅速向地面蔓延。

谭"嚯"地站起来:"Z!!!"

Z立在天地间,像一条把天火引向地面的导线,顷刻燃烧起来。谭朝着Z站的方向狂奔。Z看上去近在咫尺,谭却怎么也跑不到他站的地方。风吹着火焰,迎风的那一边,隐约能看见Z身躯的轮廓。谭流着泪,开始往反方向跑。

反方向是北冰洋,我看不见,但我知道,那边是北冰洋,在我反应过来的那一霎那,我就听见了海浪。我要把火浇灭!不能烧!不能烧!!不能烧!!!

北冰洋的巨浪,卷向烧透的苍穹,一浪高过一浪……最后,天空变成一片深蓝,火焰尽灭,而刚才着火时还能看见轮廓的Z,已无处可寻。

"Sir, Sir."一个沙哑的女声在谭耳边响起。他睁开不知道被什么东西糊住的双眼,看见一张陌生的脸。那张脸上通红的嘴,在用弹着舌头的英文跟他说话,让他调直座椅靠背,飞机要降落了,然后从围兜里摸出一张纸巾递给他。他接过来,不明白她递纸巾给自己干吗。

恍惚间,谭听见机舱广播在用英文说摩尔曼斯克快要到了。我快要到摩尔曼斯克了。他睁开眼,想看看窗外的摩尔曼斯克是什么样子,可他旁边是走道,不是窗。他在醒过来。在他醒过来的过程中,他产生了一种感觉,觉得自己还没有去过摩尔曼斯克,这不是回程的飞机,这是去程的。

8. 从广州飞往摩尔曼斯克

我又坐上了去莫斯科的飞机。仍然是俄罗斯航空。空姐化着浓重的妆，一张仔细描绘过的面具可以掩盖脸上的疲倦和不耐烦。我曾交往过一个空姐，最初她穿着制服化着妆的样子也很诱人，还有那双长腿，后来她不化妆也不穿制服了，渐渐也就没有后来了。俄罗斯的空姐并不比中国的更漂亮。

我去莫斯科转机，下一程飞摩尔曼斯克。一年前我就想去摩尔曼斯克，但那时必须得回了，没有那么多假期，重复的工作，项目一个接一个，时不时地出差，频繁加班……没完没了。只有Z能做到从不加班，就像他那女上司说的那样。不该托运的。裹成那样应该不会摔碎吧，行李应该不会丢吧，不会的，应该不会那么倒霉。还是该把它放在随身行李里的，但去年在莫斯科机场遇到的麻烦……

我已经习惯在飞机上戴降噪耳机了。去年从莫斯科回来，飞机上遇到的那个女的，就戴着这么一个耳机。我买了同款。她说这耳机可以让世界安静。她还说不带氧气瓶的潜水会让世界彻底宁静下来。当时在飞机上我试了试她的耳机，耳机里放着一首飘忽的粤语歌。那歌叫什么来着？想不起来了。也许我根本就没问过，应该是没问过。这一年里我竟然屡次想起那女的。也许当时，我应该再听听她手机里的其他歌，或者留下她的联系方式。留下联系方式……然后呢？即便留了，又有什么用？留来干吗？毫无意义。当时在飞机上聊了些什么，我已经不记得了。反正人所记得的东西，从来不是具体的词句。

我没有听音乐。戴上耳机后，起飞时只有震动，没有嗡嗡嗡。这个空姐，应该算是这架飞机上最好看的了。到处都是噪音。停尸间里倒是很安静，就是冷。他就纯粹只是去摩尔曼斯克旅游的吗？他请了长假，但是假没休完他就回来了。这难道都是事先计划好的吗？他是能够计划好的，只要他愿意，他什么都能计算好，这一点丝毫不用怀疑。如果这要事先计划，需要计划多久呢？去摩尔曼斯克我计划了一年，不过这和季节有关：我得和他一样，冬天去。莫斯科的冬天已经是雪地冰天了，摩尔曼斯克在莫斯科以北两千公里。摩尔曼斯克，第一次听说这个地名，应该是在高中的地理课上吧。那时候的我，怎么能料到自己有一天会去这个遥远的极北之地。去年，直到去年，"摩尔曼斯克"才成了一个具体的地方，一个不只是出现在高中课本上的地方。摩尔曼斯克。

长途飞行真是累。旅行本身就是一件折磨人的事情，竟然还有人乐此不疲。靠过道的座位是最好的，可以随时起来活动，唯一的不足，是需要不时地让坐在里面的人进出。反正我在飞机上也睡不着。而且今天这一排就只有我一个人坐。看看有什么电影吧……好，就这部，这部好久没看过了。

眼睛不舒服。那些在飞机上看书的人也真是厉害。那本诗集，普希金，我始终没能看完。选择那样的方式，居然是因为喜欢一个诗人，真是难以想象。更难以想象的是，当事人竟然是Z。Z竟然会做出这样的事。还是个俄罗斯的诗人。但人是会变的，什么都会变，简直措手不及。也许他确实喜欢这个俄罗斯的太阳①，他自己也有一个俄罗斯的太阳，他的缪斯。Z，你那太阳几乎要成我的太阳了——以另一种方式。她救了我。如果你知道会是什么感想？Z，你会有什么感想？估计你也就笑笑罢了，或者笑我。我想过去找她，问她知不知道，问她你们在俄罗斯有没有见到，问她知不知道你为什么，问她你们之间到底发生过什么。现在，但凡存心要找一个人，并不难，还是校友。但因为那原因，我不想去找她。我不能去找她。这件事不能超过让你笑笑的范畴。我也害怕去找她……而且，事已至此，就算那些问题全都有了答案，又有什么用？起码能知道真相。真相又有什么用？能当月光宝盒用吗？如果时光真能倒流就好了。还可以去弥补。现在，现在不论怎样都于事无补了。就算坐上这趟飞机，也于事无补，甚至更糟。我不知道，我没有其他办法了。

鸡肉饭还是牛肉面？鸡肉饭。不要在飞机上点面。饭只是不好吃，而面简直无法下咽。啤酒。不，不要冰。餐盒里依旧有黑面包。Z曾经说：啤酒是苦的，葡萄酒是酸的，白酒度数太高……挑剔成这样，你是怎么在俄罗斯生活下去的？

---

① 此处指的是"俄罗斯诗歌的太阳"，即普希金。

窗外一片湛蓝，下面全是云，层层叠叠。知道它们层层叠叠，却看不见它们层层叠叠。既然看不见，那所谓的"知道"真实吗？云层如同一片笼罩着烟雾的雪地。平流层的蓝，大概是世界上最纯净的蓝了吧。

这首《The Dark Side of the Moon》我不知道听了多少遍。一首歌竟然能这么长。40多分钟的进度条，看着就费劲。一开始硬着头皮，后来也就习惯了，也蛮好听的，越来越好听。听完一首歌，地铁就到站了。

回想起在莫斯科的那几天，简直跟做梦一样。回国之后，又在梦中反复回到那几天。梦的内容，醒来后常常就不记得了，偶尔有一些记得的，还有一些，老是在重复。有时在一个好梦里，我终于做了那时没做到的事，没有去火葬场。醒过来后，这种好梦，连噩梦都不如。

胖子生了对双胞胎，两个儿子，够他忙活一辈子了。他摆满月酒请我们，问我去不去，我说我去不了。他又问我知不知道你最近在干吗。他说他联系不上你。我听见自己的声音在机械地说："我不知道。"我没有办法跟任何人说，我说不出口，一个字也说不出口。

生活永远可以使人沮丧。月亮没有暗面，所有的一切，全是乌漆墨黑的。我可以假装什么事情都没发生，Z还猫在那该死的莫斯科，追着他的太阳。一切还和从前一样。可是，我怎么假装？我不能假装，我假装不了。我不知道自己这一年是怎么过的，只知道不能再这样过下去了。

从谢列梅捷沃机场的F航站楼到B航站楼很有点距离。下午五点多,不是俄罗斯人的吃饭时间。晚上十点多,也不是中国人的吃饭时间。谭背着随身行李,从登机口出来,转机。同一个登机口,外面坐着的人,等着登机出发;里面出来的人,已经下机到达。

谭还不饿,但要等五个小时,早晚都得吃点什么。一个个免税店,烟、酒、化妆品……那些女人用的瓶瓶罐罐,不少都是他看起来熟悉的,虽然家里已经很久没出现过这些东西了。上次到机场,他一秒钟也没逛,连机场的样子都不太记得。今天他会在机场里到处逛逛,不然,转机的五个小时要怎么打发呢?

谭走进一个卖食品的店铺,货架上摆满了各种巧克力。他记得在自己曾经的那些女朋友里,有爱吃巧克力的,但他自己不是巧克力爱好者。牛奶巧克力太甜,黑巧克力又太苦。货架第二层,有一排巧克力的包装纸上画着一个裹着绿色头巾的娃娃,胖嘟嘟的脸。他记起了这种包装的巧克力,它们曾在莫斯科的冬日里救过他。他随手拿了一块。结账的胖姑娘问他是不是就这一块,他点头。那姑娘大约心情不错,她如果不是心情不错,不会和陌生人说那么多。她说这种俄罗斯本地巧克力很不错,可以多买几块,带给朋友或者女朋友。这姑娘肯定是真心的,她会是那种拿巧克力鼓励自己的人。谭笑着道谢。

大约两年前的一个凌晨,谭的前女友打电话来说分手。谭觉得自己在做梦,梦里接到女朋友的电话,她声音沙哑鼻音浓重,一直在说。而谭自己,在一个不知道她说了什么的间隙,含混地说了声"好",没等对方继续下去,就挂断了。太困了,在梦里也困。醒来后,过了好久,他才想起这通电话。一查通话记录,原来不是梦。她也没有再打来。也好。谭现在不需要一个女朋友,过去其实也不需要,过去他需要的是女人,不是女朋友,女朋友只是因为方便,他从来没有真的需要过一个女朋友。而现在……现在的他就更不需要了。

谭拆开包装纸,塞了一块进嘴里——牛奶巧克力。他皱着眉头,又掰了一块放进嘴里,发现无论怎么努力,都没办法把嘴里的味道和一年前在莫斯科河畔吃到的味道重合在一起。垃圾桶在五米开外。

谭在机场里闲逛,留意着各个餐厅。有一家俄式餐厅,生意很好。他探头进去,看了看食客们桌上的食物:红色的汤、煎饼、黑面包、啤酒、扁扁的肉饼。那些学俄语的人,那些待在俄罗斯的人,是否都会渐渐习惯这些食物?他离开了那家俄式餐厅,继续觅食。后来,他在一家高加索餐厅和一家美式餐厅之间犹豫不决,再后来,我们看见他把一块撒着香肠片的 pizza 塞进了嘴里。

谭坐在登机口,等待着。离他不远处,坐着另外一个男人。谭打量着那个男人。应该也是个中国人,年轻的脸,花白的头发,那头发白得很均匀,看上去如同灰色一般,娃娃脸总是会让人显得年轻。那人也和谭一样,独自去摩尔曼斯克。那人去摩尔曼斯克干什么呢?还有周围的这些人,神情疲惫,稀稀拉拉,都是要去摩尔曼斯克的。他们去摩尔曼斯克做什么呢?我又是为什么要去摩尔曼斯克？谭收回目光，拿出耳机，套在头上，闭起眼。

谁能预料到自己要乘坐的飞机会延误。延误虽是常态，可在发生之前，没人愿意去这么预想。摩尔曼斯克暴风雪，起飞时间待定。广播里干巴巴的声音，在说完正事之后，例行公事地说着抱歉。抱歉有什么用。谭说了无数次抱歉。而最不能原谅他的，是他自己。后来，待定的起飞时间，变成了明天。

机场有付费的小隔间，那种样子的小隔间总是付费的，不论是不是在机场。好多年前，还在念书那阵，谭带Z去过一次小隔间，谭选了个腿长的姑娘，Z不知道该选哪个姑娘。谭不是第一次去也不是最后一次去，Z和他正好相反。念书那阵，大家都想不明白，Z到底是如何跟那样的缪缈好上的。

谭不知道自己到底有没有睡着。这种情况时常出现，这一年来尤甚。除了那些彻底失眠的晚上，和那些确定睡着了的晚上，剩下的夜晚，都和在这个局促狭窄的机场付费小旅馆里一样：到底睡着了没有呢？

在去摩尔曼斯克的飞机上，也许能睡一下吧，谭心想，行李，还有行李。

9. 从广州飞往莫斯科

谭是打车去白云机场的。一夜无眠。中午十一点多的飞机,清晨七点不到他就出发了。坐在出租车上,他木然地望着窗外闪过的楼宇和千篇一律的绿化带。他经常出差,经常去白云机场,经常打车。但今天,一切都显得特别陌生。他坐在车上,第一次觉得白云机场是那么远,就好像念书时从禄口机场坐巴士回学校,路途特别漫长,就像怎么也到不了似的。这种感觉在今天还会屡次出现,直到他到达了他的目的地。可是,到底什么才是目的地,目的地究竟在哪里?他手上只有一个陌生国家陌生城市的陌生地址,那地址是俄文的,他一个字母也看不懂。

太阳升起来了。广州的冬天,街上穿什么衣服的都有。短袖和羽绒服擦身而过,习以为常,谁也不多看谁一眼。谭是那类穿羽绒服的人,里面单穿件长袖T恤。今天他在T恤外加了件羊绒开衫,也没觉得热。

机场到了。大清早通常是不堵车的。他拿下他的随身行李箱。平时出差他很少带箱子。关车门时,司机叫住了他:背包。背包忘了拿。

机场门口,几个抽烟的人,面颊时不时地往里凹陷,抓住最后的机会把尼古丁往肺里吸,吐出来的烟雾,飘向了正在穿过机场自动玻璃门的谭。谭没有像平时一样绕开,也没有蹙眉,他压根儿就没闻到烟味。

值机柜台前排着队,队伍并不很长。他站在队伍里,眼睛失焦地停在前面那个巨大的粉色行李箱上。队伍缓缓前移。粉色行李箱的四个轮子滑动到了安检柜台前。轮子离地、回到地面,再次离地、又再次回到地面。他盯着那轮子,看得太专注,以至于根本就没在看,也没看见轮子那艳丽的主人投来的求助目光。于是,轮子的主人不得不再次自食其力。最后,那轮子终于横躺上了托运传送带,没了踪影。

谭拿出身份证递给值机人员,对方看着他,他也看着对方。"护照,先生。"谭开始在羽绒服的兜里摸护照。没有。他把身上所有的兜全翻了一遍。还是没有。办理值机的小伙子脸上残余的耐心正在一点点消退。终于,他想了起来——护照在羽绒服内兜里。"十一点五十飞莫斯科?""十一点五十飞莫斯科。"他点头重复。"有托运行李吗?"他看了看自己的小箱子:"没有。"

安检队伍比值机队伍长。时间还早,窗口没有全开。谭把身份证、护照、机票一并递了过去。电脑要拿出来,靴子得脱下来,安检。这双工作靴,是去工地和出野外时用的,已经很久没穿过了。他把电脑装回背包,松垮垮地系上鞋带。

背包背在背上,箱子拉在手上,谭站在 T2 航站楼的自动人行道上,一动不动地前进着。落地窗外的停机坪平坦、繁忙、灿烂;执勤的电动车从他身旁开过;穿红色衣服的男人,上了年纪,满头斑白，面对着落地玻璃，散坐在地；垃圾桶在一米远处，有人把捏成一团的纸巾投了进去；蝴蝶兰开着，这一株是玫红色，那一株是白色；女人坐在候机椅上，抱着睡着了的小孩，孩子的口水，濡湿了她的前襟。谭第一次发现，机场里，竟然有医务室。

陶陶居没开门。没吃早餐的人走进一间卖粤式点心的店，虽然他并不觉得饿。他随手指了指两个离他最近的蒸笼。

他把叉烧包慢慢地塞进嘴里。不好吃，但无所谓。

星巴克排着长队。拿铁。他忘了像平时一样额外加一份意式浓缩咖啡。

登机口到了，他坐下来，没有玩手机，也没有看书。他就这么坐着，等着。他在这里，同时，又根本不在这里，他在河流中，他在努力游回河流的上游，时间的河流，记忆的河流。

俄航从广州飞到莫斯科的飞机一排有 8 个座位。谭的座位靠窗。他竟然忘了在值机时选靠走道的座位。座位正上方的行李架没地儿了，他往后走了六七排，才找到一个能放下他行李箱的空间。不过话说回来，飞机上，又哪有什么空间可言？仓促之间，能买到今天飞的机票，已属幸运。

谭坐回自己的座位，邻座是个俄罗斯人。飞机延误了大半个小时才起飞，却提前了大半个小时到达。起飞的噪声震得他耳鼓膜疼，他捏住鼻子，一次次地往耳朵里鼓气。窗外，广州越来越远。透过机窗，能看到划过机身的云，被速度冲破，被气流切割。平流层一望无垠，阳光愈发刺眼。谭合上机窗，再阖上眼睑。十个小时，得像熬过失眠的夜晚一样熬过去。在局促的飞机座位上，个子高是种劣势，腿没法伸直，怎么放都不舒服。旁边的俄罗斯人，也和他一样。

飞机在轻微地震荡、摇晃。人会因为睡眠不足而显得迟钝，也会因此变得敏感，或者，两者同时存在，兼而有之。飞机，从出发地通往目的地，悬在半空，既不在这里，也不在那里。所有的目的地都是暂时的，一个目的地之后还有下一个目的地，无止无休。直到有一天，到达了那个每个人都要去的、不可回避的目的地。谭依旧合着眼，眼球在眼皮底下震颤、轮转。

俄航的每顿餐食都有黑面包。哈尔滨人管那玩意儿叫大列巴。谭没吃过。他不知道自己马上将吃到，还将屡次吃到。就像他不知道在一万米的高空中，真相曾经近在咫尺；也不知道自己将在一年后去到摩尔曼斯克，为了那再也不可追寻的真相，和从来不可追寻的救赎。他撕开餐盒里的黑面包，咬了一口：酸的，硬。不是法棍那种硬，而是煮熟了的广式香肠那种硬，起渣。他把它放回了透明包装袋里，嘴里的那一块儿，和着唾沫咽了下去。

飞机上的厕所照例局促，但还算清洁，提供有一次性牙刷和牙膏。谭拿起一套来，拆开，刷牙。他刷得很仔细。他很少刷得那么仔细。气流颠簸，他的尿也跟着偏离了航线，他看了看地上的水渍，冲了冲指尖，出了厕所。

谭时不时地打开遮光板，窗外，光线一次比一次柔和。他把第二次餐食发的黑面包捏在手上，隔着透明包装袋，不停地搓揉，双眼凝望着平流层的夕阳。他在想。他想得太多，回忆像醉酒后的呕吐物一样，不断往喉头翻涌。一辆又一辆列车，碾过他的脑仁，车厢里装着的，全是发了黄的过去的时光，有些完整地保留着故事的片段、情节、场景，有些只剩下一闪而过的光影、画面、声音。

谭看着窗外，高空让他觉得不真实，他现在正在飞往莫斯科这个事实，也让他觉得不真实，他要去莫斯科做的事，更是不真实到了极致。现实与回忆之间，隔着一层玻璃，而真实与不真实之间，隔着一层空气。塑料袋里的黑面包，越来越细碎越来越黏糊，最后成了棕色的泥。黑面包从来不是黑色，只是颜色发暗而已。从机窗往外俯瞰，莫斯科城越来越近，灯火通明。

一下飞机，谭对时间的感觉就出现了变化，似乎刚才那9个多小时的旅途，并不像在飞行过程中所感受到的那么漫长。谭将在莫斯科度过漫长的时间，在回程的飞机上，他会觉得时间快得跟做梦一样，事情发生得也跟做梦一样。可惜，种种证据，都指向同一个事实——那不是梦。

这是谭第一次到谢列梅捷沃机场。满眼都是陌生的文字、陌生的人种、陌生的面孔。他没有托运的行李。周围全是外国人。噢，不，他才是外国人。他也去过国外度假，但没有哪一次有这么强烈的异乡感。谭在飞机上似乎没睡着，要是果真没睡着的话，那他就已经不止24个小时没睡觉了。他的疲倦被强烈的陌生感冲淡，神智如回光返照般清醒。

傍晚6点，莫斯科的天已然黑尽。谭在叫车点叫的出租车来了，他把行李箱扔进后备箱。车开得颠簸，恍惚中，他渐渐合上了眼。眼皮之下，眼珠子不再躁动……不可琢磨的命运让谭来到了莫斯科，去收拾另一段更不可琢磨的命运的残局。

莫斯科善后

10. 可惜他不是来旅行的

如果你来莫斯科旅行，那你恐怕不会错过以下这些景点：特列季亚科夫画廊、麻雀山、莫斯科大学、莫斯科河、阿尔巴特大街、新圣女公墓……还有不可能不去的红场。红场不只是红场，红场上还有克里姆林宫、亚历山大罗夫斯基花园、列宁墓、莫斯科国家历史博物馆、古姆国立百货商场和那个著名的洋葱顶——圣瓦西里大教堂。

假如一个熟悉莫斯科的人带你游览，极有可能第一站就会去红场。假如你们是乘地铁去，那么你很可能会在大剧院站或是革命广场站下车。是的，莫斯科大剧院和红场离得很近。这两个地铁站本身，也是值得一看的。

如果你是白天去的红场，又碰上了个阳光灿烂的好天气，那么你在看到它的那一刻，是很难不被它震惊的。你会觉得你所看到的一切都不像是真的。你见过红场许多次，在电视上、在旅行攻略上、在杂志上……但是，那些都不算数。在你本人亲临红场时，你会明白，之前看过的那些关于红场的图像、视频都只是具形不具神的拙劣模仿物——在你身临其境之前，你从没见过它。

红场南面，圣瓦西里大教堂的洋葱顶，从某种程度上来说，长得像冰激凌球，但如果冰激凌球鲜艳到这洋葱顶的程度，肯定是没几个人敢吃的。傍晚，夕阳会为饱满欲滴的洋葱顶镀上一层柔和的金色光晕。如此一来，圣瓦西里大教堂便更加不像是一个世间所存在的真实之物。它的独特，世间唯有彼得堡滴血大教堂能勉强与之媲美。而滴血大教堂就是300多年之后照着圣瓦西里大教堂的风格建的。据说，后来失手杀掉自己儿子的暴君伊凡雷帝，在圣瓦西里大教堂竣工之后，下令刺瞎了建筑师的双眼——为了保证不会再出现一个比圣瓦西里大教堂更美的教堂。他的确做到了。

踏着红场上的石板路，就会来到对面的莫斯科国家历史博物馆。朱红色的塔楼，左右对称，塔楼上错落有致的尖顶全是白色的，就像是红丝绒蛋糕上浇了一层奶油。晚景凄凉已然过世的朱可夫[①]，正气宇轩昂地骑着青铜马，昂首楼前。国家历史博物馆旁边是克里姆林宫和列宁墓，光是参观克里姆林宫，就能消磨掉半天时间。

克里姆林宫对面是古姆国立百货商场，典型的俄式风格建筑，外面看着像个米黄色的宫殿，里面的天顶是玻璃的，半空中有三条长廊衔接着三层商场。商场里有各种专卖店、餐厅，还有一进去就会克制不住要买来吃的甜筒冰激凌，口味繁多，任君挑选。

古姆一楼的小喷泉旁是约会的好地方，克里姆林宫另外一边

---

① 苏联著名军事家、战略家，苏联元帅，四次荣膺苏联英雄称号。

的亚历山大花园也不错。莫斯科适合约会的地方倒是很多,麻雀山那么大,莫斯科河畔的人行道那么长。歌剧、芭蕾舞、话剧、马戏团、博物馆、美术馆也在选择之列。不论时代变化得有多快,守旧的人总还是有的,所以马雅科夫斯基地铁站外的马雅科夫斯基雕像下,永远都有在等人的人。

单单一个红场就已经令人目不暇接了,再加上市区的各个景点和近郊的各种故居、古迹、花园、庄园、教堂……莫斯科绝对是一个值得观光的地方。

可惜他不是来旅行的。

冬天也从来不是莫斯科最佳的旅行季节。

太美的东西容易让人有不真实感,红场就是一个例子。陌生的地方也容易让人有不真实感,谭就正在感受这种不真实。他听到有人在对他说话,他睁开眼,看着前排转过脸来的白种人面孔,不明白自己身在何处。刚刚发生的那些事都只是梦吗?刚才到底发生了什么事呢?梦中的情境,被眼前这陌生的现实冲散了,消失得无影无踪。谭看到前面那人搭在方向盘上的手,手指在不耐烦地敲击着。司机,这是个司机。出租车司机。莫斯科,这是莫斯科。该下车了,地方到了。这次,谭没有忘记自己的背包。

酒店是一栋五层楼的方形建筑,门口竖着几根旗杆,旗杆上飘扬着六七个不同国家的国旗。谭拖着轻飘飘的箱子,进了酒店。在前台办理完入住手续后,他拿到了 把自己房间的钥匙。是的,钥匙,扁平的老式钥匙。钥匙上挂着一块塑料牌:304。他上学那会儿住的宿舍也是304，也是用钥匙开门。老式电梯空间狭小，大约能容纳三四个人，如果他们没有大件行李的话。他坐电梯上了3楼，304，钥匙插进锁孔，习惯性往左拧，拧不动，随即往右，一圈半，门发出吱呀的呻吟声，开了。他走进房间。

对于这样的房间，"旅馆"是一个比"酒店"更贴切的词语。房间里有书桌、冰箱、沙发、床、电话、热水壶、暖气、电视机，还有一个窄窄的小阳台，进门处有穿衣镜、鞋凳，厕所里有浴巾、毛巾，所有物品一应俱全。但浴室里干湿没分区，只挂了一条底部变了色的白浴帘；桌子是深褐色的廉价薄板拼成的；灰绿色的窗帘太长，垂到了地面，又从地面往房间里蔓延；朝向阳台的窗户四周包着塑料窗套，那窗套旧得白里泛黄……

谭把行李箱随手一放，卸下背包。一屁股坐在床上，呆望着这个房间。今晚，他将听到楼道上的走动声，还会听到左边房间的电视节目，右边房间没有传来噪音，因为根本就没住人。今晚，他会和现在一样，想着他要换一个房间，准确地说，是要换一个住处。不只今晚，明天、后天他会一次又一次反复地这么想。如果不是发生那件事，他很可能会一直这么想着、打算着……直到离开莫斯科。今天太累了，今天不折腾了。他住过更差的地方，这里远远好过大学宿舍。最差的，是援建时的临时住处，援建……

谭站起来，脱掉外套，从外套兜里掏出手机，打开微信发了条信息，烧了壶开水，又坐回了床上。塑料烧水壶的白色外壳也已经发黄了。他打开QQ，看着那个一直呈现灰色下线状态的老鹰头像,那头像恐怕是不会再亮了。他点开那只老鹰,盯着聊天记录,统共就那么短短的两句话,他已经反复看了不知道多少次。每一次看,他都在试图寻找字词之间的隐含信息,一无所获。其实根本不用再看了,他已经能背下来了,但他还是抱着明知无用的期望,无数次徒劳地重复着这个动作。为什么用的是QQ,而不是微信?如果是微信的话,也许他就会及时回复,也许一切就会不一样。

微信里,各个被谭屏蔽掉的微信群不断地在闪出更新的消息,谭刚才发出去的信息还没有被回复。房间里暖气还算足。水开了。谭坐在床上,没动,他的眼珠在房间里漫无目的地游动,游过每个角落,但他并没有在看,自然也完全没注意到天花板。就在他准备躺倒在床上,重新进入出租车上的梦乡时(如果梦对他来说可以算是"乡"的话,这一点有很大的商榷余地),他听见自己的肚子发出咕噜咕噜的叫声。有很长时间没吃东西了。装那块黑面包的透明塑料袋,最后在飞机上被他捏破了。

他将下楼去寻觅食物,将路过一些他看不懂招牌的店铺。他一路犹豫。莫斯科的冬夜寒风阵阵,八点还称不上是夜,但这是高纬度地区的冬天,是他因为一个匪夷所思的原因而来到这个陌生地方的第一晚,他不愿在食物上再去冒任何风险了。他一路迷茫,直到看到了那个熟悉的黄色"M"招牌。在国内他很少吃肯德基、麦当劳之类的东西,如今,却像他乡遇故知一般,推开门,一头扎了进去。在这里,他吃到了人生中最好吃的薯条——那种切成大块的俄式薯条。很难想象对于一个成年中国人来说,薯条这种玩意儿会成为最爱的食物。只能说,那一晚在麦当劳偶遇的俄式薯条,成了谭毕生最爱的土豆类食物。而土豆本身,在他所喜爱的食物排名中,并不靠前。

在出门觅食之前,他再次查看微信,那人仍然没有回复。他翻出那人留的电话号码拨了过去,通了,无人接听。他挂了电话,把开水倒进玻璃杯。很烫。先去放个洗澡水再来喝。浴室里没有拖鞋,也没有牙膏、牙刷,应该在飞机上拿一套的。走出厕所,他端起杯子,抿了一小口。

重拨。谭的耐心正在被每一声"哔"之间的间隙吞噬。响了七八声,就在他准备挂断时,电话接通了,接电话的人显然是刚从睡梦中醒来,声音透出一股子迷迷糊糊的憏劲儿。谭开始讲话,用一种不带任何感情色彩的语气,平板单调,公事公办。这个瞬间让谭有种似曾相识的感觉,他却想不起来为什么自己会有这样的感觉。他当然想不起来,情景是类似的情景,但角色调换了,当时,谭是在睡梦中接到电话的那一方。

11. 电话铃在响

　　深灰色的床单，浅灰色的被套，枕套的颜色和床单一样。这套床上用品，谭已经不记得是哪一任女朋友买的了，柜子顶上闲置的那套粉红色的，他倒是记得。他现在蜷在床上，睡得很熟。睡着的人，是什么都不记得的。已经熬了几个夜了，项目的交付期限日益临近，前面的人拖延了工期，轮到他这儿时，时间已所剩无几。所幸终于如期赶了出来。他回到家的时候是中午。他准备冲个澡再睡。他坐在床上脱衣裤，然后失去了知觉。太阳一点一点地，往西边斜，渐渐全无踪影。

　　广州，冬天，傍晚7点，天刚擦黑。

　　谭时常在梦中听见电话铃响。有时候他会伸手去够电话，意识从迷糊转为清醒时，那铃声就消失了；而另外一些时候，他选择不去管它，醒来后会发现红色的未接来电提醒。这种情况现在又发生了。电话铃在响。谭翻了个身，企图通过翻身使电话铃声停下来，这招偶尔会管用，但不是今天。铃声还在响，不知道响了多少声，终于，停了。

　　谭在梦里看见图纸在天上飞，那些电脑里的设计稿，全都变成透明的薄片往天上飘，他在后面追，追着追着，他停了下来。

不能再往前了，面前是悬崖。他眼看着薄片变成符号在空中飘荡，越来越淡，最终被空气稀释、溶解……

铃声再度响起。如果是连着响了两次，而中间的间隔时间并不太长的话，这多半不是梦。可是，多长才算"不太长"呢？身在梦里的人，体验到的时间是不同的，半小时可以是一分钟，也可以是一辈子。谭再度翻转身，面朝放手机的床头柜，睁了睁眼。来电的时候，手机屏幕会闪烁。他伸长手，拿过手机，贴在耳朵上，半边脸缩进了被子里。

电话那边，是一个陌生的声音，听起来疏远、冷淡。他只听到对方问他是不是谭先生，他应了一声，又迷糊了过去……而后他听见那人提高音调问他能不能去。去哪里？他含含混混地问。项目不是已经搞好了吗。对方的声音又更冷了些，问谭有没有听到他刚才讲的话。谭打了个激灵。在冬天的广州，如果不注意的话，是容易感冒的。谭随口道了个歉，然后请对方再说一遍。电话里那声音，不仅冷，还像是从很遥远的地方传来的，可信号却异常清晰，而且很难听出那声音到底是男人的还是女人的。对方提高了嗓门，把刚才说的话，慢慢地，一句一句地，重复了一遍。

"什么？谁？……死了？今天不是 4 月 1 号吧，别开玩笑了……不可能！"谭猛地从床上翻起来，睡意全无。他把手机从耳旁拿开，来电号码的开头显示着+7。

"什么？叫我去？谁叫我去？Z？你不是说他死了吗？便条？他留了一张便条说要我去？他还说了什么？让我处理？你是不是搞错了？不可能的。他是怎么死的？是，我知道，你刚才已经说过了，自杀。可他怎么会自杀呢……他为什么要自杀？你也不知道？那他怎么自杀的？你还是不知道?!冷静？你让我怎么冷静?!"

电话那边沉默了。谭跟着也沉默了。这沉默持续了几乎半分钟。电话那边似乎确认了谭先生的情绪已经平静下来，说，使馆只是按照死者生前留下的遗言，也就是写在便条上的联系方式，找到了谭，并把死者的遗愿转达给他，至于他去不去，不在使馆的管辖范围之内。如果要去，使馆也许可以协助办理紧急签证。说完那声音又沉默了，等着谭的回应。

"那他爸妈呢？他们知道吗？什么?!……好，我知道了。"谭长呼出一口气："那请您协助我办理签证。其他还需要我准备什么吗？好，好。我拿支笔，您稍等。……好，谢谢您，刚才不好意思。这是您的电话吗？好的，您的办公时间方便告诉我吗？好，我记一下。翻译？我想应该是需要的，好，好的，谢谢您了。"

对方挂断了电话。谭跌坐回床上，手心里全是汗。他觉得现在这个场景很熟悉，一定是曾经发生过的——他接了一个令人难以置信的电话，然后一屁股坐到床上。场景里的床单被套枕头甚至是卧室里椅子摆放的位置，都和此刻一模一样。半晌，他开始拍打自己的脸，最后一下非常用力。他在测试自己是否身在梦中，或者，他在企图醒过来。疼。其实，就算在梦里，也会疼。

他茫然地盯着自己刚刚记在纸上的各种信息，回想着刚才那个雌雄难辨的声音所说的话。遥远的声音，莫斯科，确实很遥远，没想到这种遥远在电话里也能感受到。谭也有过与国外合作公司的远程电话会议，距离比莫斯科更远，可声音就像在耳边。那个从莫斯科传来的声音不带情绪地说：Z死了，自杀的。语气好像是在说明天下午的例会取消了。还说Z留了张便条，要谭去，去处理后事。是这么说的吗？处理后事……

谭腾地从床上跃起，冲向丢在写字台旁的电脑包，他猛地拉开拉链，好像只要稍微拉慢一点，里面有什么珍宝就会消失掉。他拿出电脑，按开机键。怎么这么慢！他拍打着键盘，一下比一下用力。终于开机了，桌面上堆满了各种图标，他满屏幕地找QQ软件，却怎么也找不到。Z。在他的记忆里，Z的电脑桌面上只有回收站。谭拿出鼠标，一个一个地划过桌面上的图标，终于看到了那只该死的企鹅。他点开QQ，从上到下翻着，那个老鹰的头像，灰色，不在线。他点开聊天窗口，聊天记录里有对方的留言："谭，有个忙要你帮。"

谭当时在赶项目，看到这QQ留言时已经是第二天了，在看到留言的当下，他想：我还想要你帮忙呢，要是这是你和我一起做项目，我们肯定不用熬夜，你一定有办法让我们不熬夜。思维永远比嘴和手快。他想的这些，一句没写。他以为自己回复了，而面前屏幕上的对话框里，却没有下文。

窗户没关，夜色渐浓。房间里的温度越来越低。谭浑身燥热，手脚冰凉。

那也就是两天前的事，信息是凌晨三点二十分发来的，也就是莫斯科时间的晚上十点二十分。Z发信息给我的时候，还活着。现在，使馆打电话来，说他死了，还是自杀死的。

毕业之后大家去了不同的地方，见面次数很少，校庆见过一次，出差见过一次，然后就是在胖子的婚礼上。婚礼酒席上，Z坐在我旁边调侃道："原来胖子的老婆，也和胖子差不多胖。"看着他那揶揄的表情，我禁不住摸了摸自己日渐消失的腹肌。工作后，多数人都发了福，瘦的变胖，胖的更胖，只有Z，还依旧那么瘦。

他留言说要我帮忙，他几乎从不找我帮忙，都是我找他。我当时竟然没觉得蹊跷。是求救吗？如果我当时及时回复了，如果我当时直接打个电话过去，他是不是就不会死？他留了个纸条，上面写了我的联系方式，前因后果没交代半句。不。他不是求救。不是。使馆打电话来，转达他的意思，叫我去处理他的后事。这就是你要我帮的忙吗，Z！

谭觉得面前的一切都很不真实，这个房间，这是他的房间吗，熟悉的一切都在冷空气里变了样，显得陌生。南方的冷，绵里藏针，觉察到冷的时候，那冷，早已潜入了骨头里。两天前还活着的Z，现在死了。人们以为，活着和死了之间，隔着一扇紧锁的铁门，隔着一道不可逾越的悬崖，这是误会。活着和死了之间，没有阻隔，变换只在一个眨眼。到底什么是活着，死了又是什么？到底怎样才能算是活着，真正地活着？谭像个死人一样，躺倒在床上，任由那隐秘的冷钻进身体。回忆如同一台不停转动的烘干机，可惜，一切过去都像羊毛制品，在翻滚中不断地收缩、扭曲、变形。

谭将立马去办理加急签证，将顺利地买到最早的航班，还将一直不能相信这是真的，直到现实像卷筒纸一样，一截一截在他面前展开。墙壁上的腻子刮得太薄，透出暗青，现实就是那种颜色，和莫斯科的冬天一样。一年后他去了摩尔曼斯克，多年后他还去了其他的北国，每去一处他都更加确信，莫斯科冬天的那种颜色，独一无二。这究竟是不是他最后一次到莫斯科，他现在是不知道的。在明明白白确确实实发生之前，没有什么是事实，没有什么是可预知的。就像谭预知不到此刻已经死去的Z，究竟是怎么死的。

12. 谁都不想接的活儿

电话打来的时候我正在睡觉。

下午叶莲娜缠着我不放，一旦被她缠住，是不能草草了事的。她比我先睡着，一丝不挂地缩在我的单人床上，起先迷迷糊糊地搂着我的胳膊，一旦睡着她就会转过身去，蜷缩着，面朝墙，背对我。总是如此。我半躺在床上，从她的烟盒里拿出一支来，捏中间那颗珠子——啪，珠子爆裂，薄荷味的汁液浸进了过滤嘴。捏破那一刻的快感，远大过抽烟本身。我抽了半支，掐灭了，眼睛被熏得睁不开，不，香烟不是我睁不开眼的原因……

电话响第一遍的时候，我们谁也没动。没过多久，它开始顽固地响第二遍，叶莲娜发出不耐烦的嘟囔声，推了我一下。我不得不接起电话来。低沉的男声。谁？他说了两句之后我的意识开始清醒过来。哦，是他，那个来收尸的人，他到莫斯科了。睡着之前，在那个短暂的似梦非梦的片刻中，我还想到了他。

这个翻译活儿本来不是我接的。我已经很久不接这种活儿了。这跑那跑，一堆烂事儿，100欧元还不够我烦的。那天吃完饭，叶莲娜把餐具拿到公共厨房去洗，她拿不了的盘子和碗，都堆在我手上。她做红菜汤味道不错，差一点点就能赶上我了。我站在走廊上抽烟，等她洗完。马岩和另外一个小子也在走廊上抽烟，跟我打招呼，我朝他们点点头，算是招呼过了。

马岩在说有个翻译活儿，问另外一个接不接，那家伙叫郑什么来着，想不起来了。这些念本科的小屁孩儿，能干得了的活儿也只有导游和翻译了，特别是导游，都是中国团，用不着说什么俄语。看这俩家伙的怂样儿，估计不是每门考试都能及格的。

"接呀，为什么不接。怎么，你自己怎么不接，没时间去？"郑那啥问。

"哎，不是，是有个中国人自杀了，家属来收尸，陪同翻译。没人愿意接。晦气啊，警察局、太平间，说不定还有火葬场都得去，平白无故沾这个晦气干吗？压不住啊。"郑那啥点头称是。他俩不再言语。

"欸，佟理，"马岩提高声调。

我转头瞥了他一眼，朝他略微扬了扬下巴，烟还叼在嘴里。

"说你们家是满洲贵族，贵族应该不怕晦气吧？"

这小子活得有点腻味了。我吸了吸鼻子，看着他。

"欸，哥，哥，不是，不是那意思，这活儿一般人也接不了啊，又是警察局又是这样那样单位的，就我们这水平，哪儿能搞得清楚啊！"

我没说话，一支烟快要燃尽了，叶莲娜还没把碗洗好。

马岩走上前来敬给我一支烟，摸出打火机给我点上："但是，哥，你不一样啊，你是博士，还是贵族，连俄罗斯妞都能泡到。"

他边说边挤眉弄眼地朝厨房努嘴。

孙子竟然开始跟我来这套。赶着来说相声的么?

他见我仍旧不言语,又给自己解围:"没事儿,哥,我也就这么一说,我们都知道你不干翻译这种活儿。"然后又换了种语调,小声嘀咕:"确实晦气,说那人在家里自己把自己给捅死了,谁自杀用这种方法啊?都是割腕啊,跳楼啊,开煤气啊,上吊啊,不过上吊是女人干的事儿,只有女人……"我斜了他一眼,他打住正在讲的话,"反正就是很蹊跷,你想想,自己把自己捅死。说是拿刀在身上乱捅了一通,扎得到处都是窟窿眼儿,还在家挺了一天才死。哎,算了,这活儿还是拒了,谁愿意接啊。"他边说边摇头。

"啥时候?"我问他。

"什么啥时候?"

"翻译是啥时候?"

"欸,哥,你真有兴趣?"

"多少钱一天?"

"100欧"他伸出爪比画了一下。这双指甲缝里填满黑垢的爪子,留着还不如拖出去剁了。

跟我联系的男人叫谭。据说,他是死者的朋友,而死者的父母好像都已经不在了。有意思的是,这个自杀的人,居然留了张条子,指明要这个谭来给他善后。都决定要自杀了,还搞那么多幺蛾子干吗?也许有什么必须要说的话?那直接留言不就得了。

真是很难想象。我无法换位想象，如果我的朋友让我去给他收尸。去哪儿收尸？出国以来，我的朋友就都在俄罗斯，俄罗斯人居多，俄罗斯人用得着我一个中国人去给他收尸吗？大学以前的朋友都在国内，在中国的人还需要我一个在俄罗斯的人去收尸吗？就算叶莲娜死了，也不用我去收尸，她是莫斯科人，再怎么与家人合不来，总归还是有父母兄弟。如果叶莲娜死了……这个假设竟然让我有点着迷：如果这个娇小的俄罗斯女人那双湖水一样的绿眼睛暗淡成了两颗雾面玻璃珠，赤裸着身体，仰躺在床上，失去了生命迹象……体温一点点流失，那具可以燃烧出熊熊烈焰的肉体，像塞进雪堆里的木炭一样，完全熄灭、冷却了。在这想象中，我没有半点伤感，只有神往，也许还夹着那么一丝欲望，少得连黄纸也点不着的欲望，但却是那种久违的从脚底心升起来的欲望。

莫斯科又冷又冷漠，自杀算不了什么新鲜事儿。也许是工作压力太大了。国内新闻也经常有报道猝死暴毙跳楼的。反正人都是要死的，就算不是现在，也是以后，或早或晚而已，而早晚也没什么区别。刚才想象中的那具死掉的叶莲娜的尸体，显得比她本人还可爱些。

这个要来收尸的人，引起了我的兴趣，我没办法把自己代入到他的立场，去想象他的感受。呵，给朋友收尸。他知道他那死人朋友为什么要去死吗？大抵是知道的吧，如果真是那么好的朋友。不过也有可能不知道，如果我决定要死，我难道会去给谁交代前因后果吗？要是他不知道原因，还得来擦这个屁股，好像又有点说不过去。要是我不知道原因，我是不会去干这种擦屁股的事儿的。可是没有这么一个人,除了爸妈,我实在想不出谁会叫我去收尸。至于爸妈,那是没办法的事儿,再说,他们也干不出自杀这种事儿,他们都想活成万年龟。

叶莲娜也醒了,她把头枕在我胸口上,手从我的肚脐往下抚弄。喂不饱的母狮子。她用眼神问我电话那边是谁,我按住她的手朝她摇头。

挂掉电话,她又出声地问了一遍。是那个倒霉鬼丹扎斯①,我说。她笑了起来。死者是拿刀捅了自己的肚子,流血而亡的。据说是死了好一阵才死透。如果不是流血流死,估计也要痛死了……不,痛应该是痛不死的,凌迟被发明出来的目的,不就是让人痛不欲生又死不成吗?叶莲娜当时听到这事儿的时候就说:那不是和普希金类似吗?学文学的女人不仅鬼花样多,想象力也忒丰富。她绘声绘色地讲了那段故事,那段全俄罗斯人民都知道的故事,或者叫——事故:普希金去和情敌决斗,中了枪,在床上挺了两天才死成。俄罗斯文学的太阳就此陨落。

"该去做点吃的了吧?"我拍拍她。

她望向我,那对亮晶晶的绿玻璃珠子里涌动着一汪春水。

我把她的手从我身上拿开,对她说:"您真可爱!②"

---

① 普希金的中学同学,在致命的决斗中担任普希金的见证人。事后,丹扎斯将重伤的普希金送回家,陪伴左右。普希金死后,丹扎斯终生陷于自责中。
② 出自普希金的情诗《你和您》。

"心里却想：'你多么爱我！'① "她挣脱了我的手。我却没法再挣脱她挣脱了的手。

最后她当然什么吃的也没做，附近只剩 24 小时营业的麦当劳还开着门了。去麦当劳的路上，我们经过了来收尸的那家伙住的酒店。

---

① 出自普希金的情诗《你和您》，原句为："心里却想：'我多么爱你！'"

13. 不得不去的地方

早晨我出门时，叶莲娜还蜷在床上，脸对着墙壁，几乎快要贴在墙壁上了。说女人睡着的时候最天真可爱，就叶莲娜来说，只有墙壁知道这个说法在她身上是不是能得到验证。我起床冲了杯特浓速溶咖啡，照例在咖啡顶上挤满奶油，还吃了块巧克力夹心派。昨晚不应该的……嗨，现在说这也没用了。

十二月的莫斯科，八点二十分天还没亮，雪在落，风割耳朵。我走进酒店大堂，等着那个来收尸的人。

我没等多久。他很准时。这酒店平日住的中国人不多，再加上那副惺忪又憔悴的神情，他一从电梯里出来我就知道，那一定是他，错不了。我想我看起来估计也是惺忪、憔悴的，但我没有他因为时差而导致的疲惫，也没有他眼底那种难以言说的情绪，姑且将之称为"不得不给朋友收尸"的情绪吧。毕竟我只是去帮他翻译，没有人要我去收尸。而且我睡得很好，只是昨天确实消耗得稍微过度了点儿。

"佟理?"他朝我走过来。

我点头。如果不仔细观察眉眼，他看上去也就不到三十岁的样子。"我们直接去吧?"我问他。

他点头。

"这个点叫车可能会堵，我们坐地铁去？"

他继续点头。

就这样，我们沉默着走出了酒店大堂。地铁站离酒店有大几百米距离。我问他吃早饭了没，他说没有。进地铁站的通道里有卖面包的小亭子，就不知道这么早开门没有。他说没关系，边说边把羽绒服的帽子拉起来套在脑袋上。

远远地已经能看到地铁站了，天仍然没亮，不过快了。他问我这是不是莫斯科最冷的时候。"一月份更冷。"我回答道。通道角落里的面包亭子关着门。我指给他看。"没关系。"他摆摆手，含混地说。

地铁要坐大半个小时。他站在我旁边，我们都没讲话。车厢里人很多。一张张脸：困倦、宿醉、焦躁、恍惚、苍白……而最多的，是麻木而面无表情的脸，就像叶莲娜面对着的那堵墙壁。这个来收尸的人，他的脸现在也像一堵墙壁，或者说，像一堵墙壁投在水面上的倒影，水面上有微风。他没有讲话，也没向我打听什么。我也一样。那死人叫什么名字来着？想不起来了。也不方便问。反正很快就会又知道了。他不讲话让我觉得很轻松，这样我也不用讲话。我再次陷入对叶莲娜死亡的想象中，对着墙壁的那具裸体，已经成了一具尸体，还没冷却，墙壁会认为尸体的面容和活人睡着的面容一样可爱，或者更可爱，也可能没区别。马岩说得对，谁自杀会拿刀捅自己的肚子？！就算小日本儿切腹，切完了也有人帮忙砍下切腹者的头，免得半天死不成，痛苦。死者不会是个小日本儿吧？中国人来帮一个小日本儿收尸？不，不可能。什么人呐，选择捅自己的肚子来自杀！往地铁里一跳，又快又高效，是很热门的选择，莫斯科年年都有。跳楼也不错，楼层够高的话至少能飞那么两秒。

莫斯科的地铁在地底下很深的地方，经常没信号。这个来收尸的人倚靠在门边，凝神盯着外面。可是哪有什么外面，外面不过是地铁隧道，漆黑一片。车门上的玻璃像一面脏兮兮的镜子，映出模模糊糊的影像。那影像是观者最熟悉的，也是最陌生的。闭上眼，我能回忆起叶莲娜潮红的脸，甚至能回忆起马岩那谄媚的脸，却一点儿也想不起自己的脸，佟理的脸。就连"佟理"这个名字，仔细去想，多想几遍，也变得陌生起来。这是谁的名字？这名字和我有什么关系？我又是谁？旁边的谭呼出一口气，那气息很重，玻璃窗也跟着起了雾，一边起，一边散。九点了，上面，天应该亮了。

人越来越多，我们还有一站到目的地。我示意他跟我一起移到对面将要打开的车门旁。门口堆满了人。这是个大换乘站。莫斯科地铁，有些站确实建得很漂亮，第一次见会惊艳，渐渐就习惯了，再然后，连看都懒得多看一眼，觉得就只是通往目的地的一个工具而已。他跟着我穿过人群，然后又顺着人群，走到了另一条地铁线。再坐四站就到了。

等车时，他站得离轨道很近，不再打量站台两边的装饰，我看到他往轨道下面看了不止一眼。莫斯科地铁不仅有很多人自杀，还有自杀式爆炸。这么深的地底下，确实是个适合死的地方。车轮碾过轨道的轰隆声响起,漆黑的隧道里透出车头灯的光亮,快要进站的地铁带起了一阵风。我们上了车。这人仍旧一句话没说,连什么时候到都没问。不过,莫斯科,我闭着眼睛也能找到地儿。

天亮了,亮得很勉强。雪还在下,是那种最惹人烦的雪,一落到身上就化。没有太阳的冬日早晨,还真是个适合去收尸的天气。警察局我去过不少次,跟我们那个辖区的警察都混得很熟了。去太平间,还是第一次。至少去俄罗斯的太平间是第一次。小时候在国内倒是去过,太奶奶过世,和平常人一样死,一样烧,停在一样的停尸房,塞进一样的公墓,哪有,又哪还能有什么格格的仪制,时代变了,过去的一切,全都湮灭了。

路过咖啡店,我问他要不要吃点东西。我反正是想再吃一点。我们一人要了杯咖啡,他要了可颂,我要了火腿可颂。可惜没看到 Теремок①,不然早上吃点薄饼也不错。而实际上,如果可以重新选择,我想我和他都还是不吃为好。

到地方了。这栋楼里暖气不是太足。楼道里凉飕飕的,很暗。给我们领路的俄罗斯老女人,肯定荷尔蒙失调了,嘴唇上面长着胡子,又黑又长。亏得她能任由胡子这么长着。留着这么一撇胡子,她的荷尔蒙永远不可能恢复正常了。楼道很长,天花板很高,我们跟在那老女人后面,她的高跟鞋踩在地板上,噔、噔、噔、噔……

---

① 主打俄式煎饼的连锁快餐厅。

谭的脸色很难看。不过这还不是最难看的时候。这些天有那么几个特别难看的时刻，程度难分高下。

那俄罗斯老女人打开了一扇不锈钢门。这地方确实让人觉得冷，特别是背脊。我简直怀疑这停尸间里是不是没有暖气。如果有，肯定也是极其不足的。也对，死人不需要暖气。空旷的房间里，立着三排金属不锈钢柜子，锃亮到能反光，每排有四个格子，抽屉似的，每个格子上还有个把手。每排柜子间的间隔距离很宽，完全足够一个人在地上躺平了。中间那排柜子前，停着一个能推的不锈钢担架，更确切地说，像个加大号的餐架，带着四个大滚轮，只不过这"餐架"不是用来推食物的，至少不是人类的食物。另外一个"餐架"停在墙边。墙上有两扇大落地窗，窗外还有一层不锈钢防盗窗。呵，是怕人进来偷尸体，还是怕尸体自己爬出去？防盗窗的金属栅栏很密，只能透进微弱的光。今天天气本来就不好。顶灯是嵌进天花板里的，方形的一整块，像审讯室里的那种灯。那老女人打开灯——顷刻间亮得晃眼。她拿着手里的纸片，对照着柜子上每一个小格子的编号，开始找。噢，刚才在前台的时候谭说了一遍，那个死人的名字，叫Z。他的格子间在柜子从上往下数第二排，这位置很好，不高不矮，差不多正对人脸，当然，是来拜访他的活人的脸。

我向谭解释老太婆的话：她现在要拉开这个"抽屉"，让他确认一下死者身份。他似乎在听我说话，又似乎没有在听。我说完等着他回答，他不做声。我清了清嗓子，他才微微地侧了下头，说他没听见，请我再重复一遍。之后，他举起一只手，示意我们稍等。他略微侧开脸，像是准备要深吸一口气。虽然深呼吸有助于平稳情绪，但停尸间可不是一个做深呼吸的好地方，好在这里没有异味，或者异味都被消毒水的味道掩盖过去了，只有冷，如果冷有味道的话，应该是不锈钢味儿的。老太婆把那小格子上横着的把手往下掰，那把手发出金属摩擦时特有的吱嘎声，我不禁打了个寒战。老太婆面无表情地打开了小格子的门，确实跟储物柜似的，她从里面拉出不锈钢板，板子上放着用白布盖起来的东西。

谭目不转睛地盯着老太婆的一举一动，直到那块裹尸布呈现在他面前。那下面是一具尸体，在白布揭开之前，在亲眼看见之前，在认尸之前，这都有可能不是他朋友的尸体，有可能只是一个别人，有可能是什么地方搞错了。我突然意识到，对我面前的这个人来说，他朋友确切的死亡时间并不是几天前，而是现在，是当下马上要发生的这个瞬间。我吸了一下鼻子，这不是要流眼泪时那种吸鼻子，而是我被马岩那孙子冒犯时的那种吸鼻子，鼻子里什么都没有，畅通无阻，可我就是不由自主地想要吸一下。

我们等着老太婆拉开白布。但她一动不动。她看着我俩，我俩也看着她，然后，我把目光转向了谭。那一刻，他的眼神，是不得不领受一道无可辩驳的判决的眼神。那眼神令我长久不能忘怀。现在，这个人，不得不，亲自，来让他的朋友去死。他默默地走到拉出来的抽屉的右侧，在离得很近的地方站定。我保持了一步的距离，站在抽屉的左前侧。老太婆正对着抽屉，两步远。

不锈钢板只拉出了一半，另外一半还隐没在不锈钢抽屉里。

抽屉散发出阵阵凉气。这柜子是个冷柜。有些东西,的确需要低温保存。他站在白布前,没有立刻揭开,只是定定地看着白布,仿佛在研究布上的褶皱。终于,他迟疑地伸出手……那是一只不受他控制的手,他要花费很大的力气,才能让那只倔强的手听话,往他要它去的方向缓慢地移动。

时间有时候确实会无情地把自己缩短,而另外一些时候,却在没完没了地延长。从柜子里溢出的冷气,使这个空无的房间越来越冷。他的手终于碰到了白布。他颌骨微微地凸起,身体看起来很僵硬,全身的力量好像都放在了手上。白布的边缘被揪住,被机械地、缓慢地、一寸寸地掀开,大约也是因为这只手不能用其他更快或者更慢的方式来完成这一动作了。

——死者死了。

白布下的死者,皮肤因为低温而略微发青,苍白里泛青。整体看起来,像地面上积累的灰尘。嘴微微地张着,露出一点白牙。嘴唇呈现出比皮肤略深的灰褐色。眼睛是闭着的,不知道是自己闭上的还是被人合上的。鼻子很挺拔,这样挺拔的鼻子在活人脸上显得立体,而在躺着的死者脸上,只显得突兀。整个面目,只有牙齿,看起来和活着的人勉强相似,其余部分,皆已非人。

谭的手停在那块翻下来的白布上,我敢说他整只手的重量是放在死者身上的,他注视着死者的面容,同时,他自己的面孔也静止了,整个人像是处在真空之中,一动不动。

如果这是我的朋友,如果这是叶莲娜……在这一刻,我感到脚底生出寒意。我无法想象了。我无法想象这些如果。

老太婆问我们是否确认好了，好了就要出去了。谭像是什么也没听见似的，眼睛半刻也没离开他面前的死者。我示意老太婆再等一会儿，不耐烦的神情让她原本就难看的脸变得让人更加难以直视。不，她那种难以直视不能和面前的死者做比较。她丑陋，但她活着。在这个丑陋的活物催促第二遍的时候，谭把眼睛从死者的面容上移开，抬了起来。他扫了她一眼，目光即刻又回到了死者身上，仿佛她才是死的，而他的朋友，躺在太平间里的一具尸体，还活着。

几年之后，我去日本旅行，预订的酒店出了岔子，住不了了。经过一个胶囊旅馆，服务生非常礼貌地带我参观他们的睡眠舱，他指着柜子一样排列整齐的抽屉，用手脚比画着示意说，我可以选择睡上面的格子或者是下面的格子。彼时我感到一阵凉意爬上背脊，三步并作两步冲出了旅馆，蹲在路边，把晚饭吃的刺身全吐了出来，吐了一地。

从停尸间里出来，老太婆一直叨叨着要办这样那样的手续。能不翻译的我都没翻译，谭站在旁边也没有要问我的意思，我说了几句必须得转告他的话，譬如老太婆催促说要尽快把尸体弄去火葬场。他一言不发。事实上，我觉得他根本就不在此地。是，他是站在旁边，但他的神智不知道飘到什么地方去了，或者，他的神智还留在那块白布下面。

14. 偶发事件

　　这一天比我想象得要漫长。事情与我毫不相干，但仍然难熬。时间还早，但又没早到午饭前还来得及去警察局一趟。如果回去，折腾到地儿，待不了一个小时又得往警察局赶。我向谭解释这个尴尬的情况，问他想怎么把这段时间打发掉。"都可以。"他说都可以。他还在梦游。我决定先坐地铁到警察局附近。我看了看地铁线路，大剧院站，会经过剧院站。于是我问他：要不要去红场转转。我竟然问他要不要去红场转转。而他竟然说好。

　　我们离开了那栋楼，在地底下100米深的轨道上，摇摇晃晃。没人说话。中间我问他：去过红场吗？他摇头。地铁轰隆作响。

　　出了地铁站，我指着那栋门口立着八根希腊柱子的乳白色建筑对他说：这是大剧院。著名的大剧院，古典主义建筑，200多年历史，芭蕾舞，天鹅湖首演，世界十大歌剧院之一……许多年前做导游的那些说辞，断断续续地从嘴里蹦出来。他渐渐地从梦游中醒过来了，看着大剧院，突然说：莫斯科地铁修得这么深，高地应力很麻烦，勘察方式也会不同。"什么？"我没听明白，"怎么说？"他七七八八地说了一通专业知识，还聊了一会儿地铁的修建。最后，他跟我说："当年我和他一起去做过地铁线的勘察。"

他？"谁？"我问道。谭看着我。噢，他说的是那个人，白布下面的那个人。

雪停了，天色依旧昏暗。我们一路走到红场。我边走边讲解着认识的、知道的和记得的一切，关于莫斯科，关于周围的建筑，关于红场。他听得认真，没有半句发问。我也不明白自己为什么要讲，我已经很多年没讲过这些了，就算路过红场我都不会慢下脚步多看一眼。

红场上一年一度的露天滑冰场已经开了，我念本科的时候来过两回。什刹海每年湖面结冻的时候，就是天然的露天滑冰场，小时候我爸每年都带我去。谭看着那滑冰场，问我会不会滑。我当然会。他问我要不要去，我看了看表。

开始滑的时候我们离得比较近，他滑得不算好，但能滑，大约五分钟之后，我们开始各滑各的。滑冰竟然重新变得有意思起来，我滑得飞快，风刮着面颊，有点儿刺喇，但感觉很好，身体变得很轻盈，身体在舒展。天色比刚才亮了。偶尔和谭打个照面，他也滑得很快。后来，远远地，我看见他摔倒了，一屁股坐在地上。大约是速度太快了。那一屁股！他坐在地上半天没动。我滑过去看他，他闭着眼睛。可能是轻微脑震荡了。就上周，傍晚我回宿舍的时候也是脚下一滑，一屁股坐到地上了，耳朵嗡嗡作响，后脑勺比屁股痛得多。他在地上坐了一会儿，我把他扶起来，他说没事，但我看得出这家伙脑袋还疼着。换完鞋我让他又坐了一会儿。然后我们出了滑冰场。一个小时竟然就这么过去了。

我们在古姆商场里的 57 号自助餐厅随便吃了点。他吃得很少，不知道是没胃口还是他选的东西都恰好是他不爱吃的。我反正是没胃口。但至少他们的黑面包还说得过去，不过话又说回来，要把黑面包做到说不过去的程度，在俄罗斯还是不容易的。差不多得往警察局去了。

出古姆的时候，我指着冰激凌车，问他要不要来一个，他瞅了一眼，要了香草的，香草味是最考验冰激凌品质的。我要了巧克力的，我了解古姆的冰激凌到底是什么品质。想来滑稽，两个男人，在红场滑完冰，在古姆吃完饭，现在坐在一楼的喷泉旁吃冰激凌……跟刚交往的女人约会也不过如此了。

在谭到莫斯科之前，我就已经给那个辖区的警察局打过电话了，既然接了活儿，就得把事儿办好。那天，负责这案子的亚历山大·彼德罗维奇警官没在，就只是约了个时间。从太平间出来时，我有点后悔把这两件事安排在了同一天。

在警察局跟亚历山大·彼德罗维奇一照面，我就感觉到了麻烦。这家伙看起来就是个典型的俄罗斯人，最要命的是他眼睛里的血丝，一看就是昨晚喝高了。酒气未消的俄罗斯人可不好打交道。但有的时候，人就是会无缘无故走运。这个宿醉的亚历山大，竟然丝毫没有让我压力山大。

佟理和谭走进警察局的时候，亚历山大·彼德罗维奇正在翻阅这起自杀案件的卷宗。当时出勤的是他本人，在他看来这事儿也不是全无蹊跷，别的不说，光是捅自己肚子自杀这一手法，就已经很奇怪了。但上头说了,外国人的事属于外事,案子要尽量结得单纯一点,免得增添不必要的麻烦。亚历山大·彼德罗维奇抬头看到佟理和谭的时候,就明白他们是来料理这事儿的。幸好来的不是一对丧子的老年夫妇。

他朝他们点点头算是打招呼,而后直入正题,开始讲这起自杀案的情况。

"邻居报的警。我到现场的时候,其中一个邻居说头天晚上她就看到隔壁门缝里流出来的暗红色的污迹,已经干了,她敲了门,没人应,于是她塞了一张纸条进去,让他把污渍尽快处理掉。第二天清早她出门时,那滩污迹还在,她越看越觉得不对劲,敲开了另外一个邻居的门。他们判断那应该是血,使劲敲门,还是没人应,就报了警。我们弄开门进去的时候他躺在地上。你们想看下现场照片吗?都在这里。就是这些,喏,他就这样,血就这么顺着门缝流出去了。看这刀。喏,就是这把。你是翻译?好,来,你先翻译……"

谭觉得照片上的人不像他记忆中的Z,也不像早上他看到的Z。

"翻译完了吗?他应该是头天晚上死亡的。但他这个伤口,看这儿,看起来不像是头天晚上才弄出来的伤口,还有这张。内脏里有不少血,如果是当时就拔的刀,血应该多数是往外面流的,不会在里面淤那么多。要停下来吗?"

佟理用中文转述给谭,没有漏掉任何一个细节。

"所以很有可能,那刀插进腹部的时间要远早于死亡时间。也就是说，很有可能他是插着这把刀过了一天，或者十到二十个小时吧，才把它拔出来，让伤口流血。我们也碰见过很多其它自杀案件，一部分死者是非常决绝的，像跳楼、卧轨，这些行为是不可回头的，死亡过程也很快。而另外一些，比如割腕、吸入煤气、服药，是可以后悔自救的。不少人自杀到一半，后悔了，也有自救、叫救护车或者报警的。就算没有自救，死亡过程也不会像这样，时间不会那么长。好，请吧。"

佟理心里突然生出淡淡的恼恨来，为什么自己要接这个该死的活儿。

"在从受伤到死亡的这段时间里，死者可能还吃了方便面。我们去的时候洗槽里有剩的方便面残渣。但碗都是干净的。也就是说他还去把碗洗了，肚子上插着刀，还去把碗洗了。一个自杀的人，有这么长的可反悔时间，却没有反悔，也没有用更快的办法了结。"

谭听着佟理的转述，头微微侧着，有片刻，他的眼睛看起来像睁不开似的。

"有没有其他可能？什么意思？嗯，这个嘛，怎么说呢，我们认为是没有的。监控？那栋楼里的监控设备坏了很久了，一直没有修好。邻居也说不出什么可疑的事。说平时也不常见到他，他家也算安静。对他的印象？没说什么特别的，只说了知道他是个中国人，就算见到也不会招呼的，莫斯科嘛。"

问题都是佟理问的。

"后来我们就跟你们的使馆联系了，我们也从外办抽调了会中文的同事,桌上有张纸条,上面有联系方式,都传给使馆看了。喏,这就是那张便条。"

纸片上写的是谭的名字和电话,后面还有一句:"麻烦请谭来处理后事。"没了。确实就只是一张便条。

"周围的人知道这个案子之后,不止一个人跟我说到普希金的死。而死者家里沙发旁边的茶几上,恰好就放着一本普希金的诗集……"

佟理想起了叶莲娜说的话。难不成死者还真和普希金有关?问十个俄罗斯人,可能有九个会说他们最爱的诗人是普希金。但是中国人也崇拜普希金?还崇拜到了这样的程度?佟理向谭解释普希金的事,问谭,他这个朋友是不是喜欢普希金。谭一脸茫然,说Z从没提过普希金,甚至从没见过他读诗,他说反正以前是这样的。佟理没把这话转述给亚历山大·彼德罗维奇。

"基本上就是这样了,我们这边也已经结案了。这些是后面你们处理死者后事时可能需要用到的文件,还有这些,是他随身的物品,这串应该是他家的钥匙。这把刀就是那把刀,上面只有他的指纹……他是他的亲人吗?"

佟理回答说不是,是他的朋友。那刀比一般的水果刀大一些,刀刃狭长,黑色塑料手柄。没有什么特别的地方,在超市买一整套刀具,不论是贵的还是平价的,里面必然会有这么一把刀。钥匙扣上有个铜质的指甲刀,可以翻起的那块铜片是吴哥窟的缩影,已经很旧了,谭见过这把指甲刀,这么多年了,Z还在用。

"你知道他为什么要自杀吗?"

谭虽然听不懂,但他知道,这个问题是向他提的。佟理翻译了这个他自己也想问的问题。谭垂下眼睛,几乎要闭上了:"我不知道……"他摇着头,面目颓然。

亚历山大·彼德罗维奇一直目送着他们俩的背影离开警察局。他们俩确实是走运的,多数时候,就算亚历山大·彼德罗维奇不喝酒,也不好打交道。这些天,他一直不断地想起这个案子:什么样的人,会用这种方法自杀?

出勤的那天晚上,他回到家吃饭,在吃饭的时候把这案子告诉了妻子娜塔莎。他们俩吃饭时一般很少交谈。不只是吃饭的时候,他们平时也很少交谈。案件的细节,亚历山大·彼德罗维奇没有详说,血、邻居什么的都省去了,重点落在死者的自杀方式和普希金上。娜塔莎开始只是漫不经心地听听,后来她放下了勺子,全神贯注地听着。竟然是一个外国人。她一边感叹,一边从书橱的最上面一格拿出一对蒙了灰的烛台,烛台上有两根烧得只剩半截的白蜡烛,她点燃了它们。

案件引发了他和她的感触,也许不尽相同,但都一样强烈。那感触多少和死亡、普希金、神秘、永恒相关,却说不清道不明。而关于普希金的部分,又引发了他们对少年时代的回忆。记忆的片段开始从长满水藻、充满淤泥的水潭底往上浮,最终像光斑一样,呈现在水面上。

娜塔莎从书橱里抽出一本诗集。她坐下来,开始念一首他们曾经都熟悉的诗。亚历山大·彼德罗维奇看着在烛光里念诗的娜塔莎，这个四十五岁还在读诗的女人。她胖了，她是一点一点胖起来的，那副窈窕的模样已经离开她许多年了。而现在，她仿佛回到了从前的样子，在烛光里念着另一个亚历山大①的诗，那个去决斗的亚历山大，那个在决斗中不幸中枪而与世长辞的亚历山大。

亚历山大的目光落到娜塔莎身旁的餐椅上，那是一把木制餐椅，他注视着那把餐椅，眼神空洞。他根本就没在看那把餐椅，他只是无所事事地，把目光从娜塔莎的脸上移开了，移到了餐椅上。此刻，他的脑子简直就是一个废弃的军用机场，他见过那种废弃的军用机场，中央有杂草，有凹凸不平的跑道，还有那些看不见的动物，可终究是什么都没有的。他看着餐椅，脑子里，却没有餐椅。餐椅的椅背掉了漆，有些地方已经磨损得厉害了。他在那椅子上坐过，经年累月，而他从没见过那把椅子，甚至那把椅子是怎么来的，他也不记得了，好像椅子一直都在，又好像椅子是今天才出现在他面前的。娜塔莎低沉地读着普希金，这个俄罗斯诗歌的太阳把亚历山大·彼德罗维奇照醒了。他醒了，他睁开眼，看见了一把椅子，那把不知道从哪儿来，也不知道怎么来的椅子，那把一直都在，他却从没看见过的椅子。念一首诗的时间没有多长，可是他却看了那把椅子一生。烛光。烛光在摇曳，在椅子上摇曳。这一刻，有东西从废弃机场的跑道上飞离了地面。

从那天开始，直到今天，以及后面的许多天，亚历山大回家

---

① 指亚历山大·谢尔盖耶维奇·普希金。

吃饭的次数，多了很多。再后来，案子渐渐被他遗忘了，椅子也重新消失了。但那个"再后来"现在还没来，在佟理和谭的背影消失在门外的刹那，亚历山大决定取消掉晚上的幽会，提前下班回家。

我们从警察局出来，时间还不太晚，但天已经黑了。我问他想去吃点什么，他说不知道，说随便，说反正不太饿。我们一路沉默，没有谈论今天发生的任何一件事。我也没胃口，但我很饿，我们去了 Теремок，我要了一个酸奶油甜煎饼，一个猪肉蘑菇奶酪煎饼，一碗红菜汤多加酸奶油。他要了蘑菇土豆煎饼，一杯可乐。很快，他就把煎饼吃掉了，然后说他还想再要一个一样的。我没有接他递过来的卢布。我帮他多要了一个不加酸奶油的甜煎饼，酸奶油这玩意儿，中国人多数都吃不惯。我喝完最后一口红菜汤时，他正在往嘴里塞剩下的半个甜煎饼。我问他待会儿要不要去喝一杯，他嚼着嘴里的煎饼，这家伙，吃得腮帮子都鼓起来了。

我俩回到离他住处不远的地方，去了我常常独自去的小酒馆。在吧台前坐定，他说他要啤酒。啤酒？嘿，谭，来点伏特加吧？我没等他回答，叫来酒保：伏特加，酸黄瓜。谭抿了一口。伏特加不是这种喝法。我拿起冰过的小杯子，倒满，一仰脖子，再嚼一片酸黄瓜。试试，我说。后来我后悔了，喝之前没有先了解一下他的酒量。虽然酒馆离他住的酒店不远，但把他弄回去也费了老鼻子劲。这一晚上他能不能睡好我说不准，但肯定是能睡着的了。

送完他之后，在回学校的路上，雪又飘了起来。他在酒馆的时候，一边喝，一边断断续续地说着。从这货说的那些片段来看，他那朋友简直是"只应天上有"。可这样的人，却拿刀捅了自己的肚子。要是他爸妈还在，他会这么干吗？他说他也想知道为什么。他说的时候，情绪镇定，声音毫无起伏，但神情恍惚，也许是伏特加的作用。如果我最好的朋友死了，在最初的时候，我可能也是同样的反应。可那会是谁呢，谁会专门叫我去帮他收尸？如果是我，我又会叫谁来帮我收尸？我又能叫谁来帮我收尸？还需要收尸吗？雪下得不大，和早晨一样，落到身上就化。我加快了脚步。

回到宿舍，叶莲娜在床上躺着。才这个时间点，她居然就睡着了，脸没有朝向墙壁。她一个人睡的时候，未必会把脸朝向墙壁。她面颊上残留着潮红，我揭开被子的一角看了一眼，果然。我也喝多了，但还不至于醉。我冲了个澡出来，钻进被窝。轮到她了。她略略睁开眼，有点惊讶地看着我。她的身体柔软、温暖，渐渐开始回应我。潮红又涌上了她的脸。我面前晃过另一张脸，盖在浆过的白布下的脸，还有警察局里那些照片。我紧紧地抓住她，咬她的肩膀。她低呼一声，完全清醒了过来，而后，越发舒展开整个脖子和肩膀供我撕咬。这具常常让我不胜其烦的肉体，此刻显得分外可爱。在最后的瞬间来临之前，我脑子里再一次出现了那个空旷的房间、那扇落地窗外密密麻麻的防盗网……随后一切都归于暴雪后的白。我突然觉得，这种接近虚无的白，或者那种等于虚无的白，比起很多其他，并没那么可怕。

15. 或许他确实是他的朋友

和谭约的时间快到了。谢尔盖还赖在床上叽歪，真是惹人厌。我把衣服扔给他，让他赶紧穿上。昨晚真不该叫他来。谁能想到俄罗斯男人也这么婆妈，而且婆妈起来也是这副德行？这种事儿全都一样，最后总有一个人会落到婆妈的境地。姿态再潇洒，心里纠结，仍是婆妈。但谁都有婆妈的时候，胜败乃兵家常事。

好不容易把谢尔盖弄出了门，他一边走还一边把衬衣往裤子里塞，嘴上抱怨着，说我对他爱理不睬，召之即来挥之即去。不然还想我怎么着？"哪有，没有的事。我空了联系你……韩国菜？好啊……不，不会的，不会永远那么忙的，工作嘛，有时候在时间上，你知道的，难免。"我边应付他边把门反锁上。边把门反锁上边想这事儿差不多可以就这么打住了。

赶到咖啡厅的时候，我已经迟到五分钟了。放眼望去，咖啡厅里没有一个中国人。我松了口气，先到总会让人感到悠然和游刃有余，约会除外。我要了一杯拿铁，多加了一份意式浓缩咖啡。还是有点乏，得提提神。可惜这儿不能抽烟。我坐了一会儿，看看表，已经过了约定时间十五分钟了。第一次来莫斯科的人，找不着北也很正常。从他那儿过来还是有点距离的。

Z的遗言是要他这个朋友来帮他料理身后事。就算Z的父母都过世了，公司出于人道考虑也会去善后。作为他的上司，如果他没有留那个便条把他的朋友叫来，去处理这事儿的可能就是我。那人一定和他关系特别铁，而且对他很了解，不然有什么必要呢？死都不在乎了，还在乎后事吗？真看不出来。还是用那样的方式。自杀是多数人都想过的事儿，能做出来的有几个？能用那种方式自杀的又有几个？也许自杀的念头生发已久，以至于会去避免生出其他羁绊的可能……谁知道呢。活着是挺没意思的。我望着偶尔开合的玻璃门，今天放晴了。没要甜点的时候，总觉得其实可以允许自己在咖啡里加一颗方糖。

谭推门进来了。不用问，那就是他。他四下张望，我朝他挥了挥手。他略带歉意地朝我点头，打了个手势，示意说他先去点杯咖啡。动物对同类会有某种天生的敏感，他也是个猎手，我几乎可以确定。他会点什么呢？如果这里可以抽烟就好了。

他拿着他的咖啡过来坐下："安娜？"

我点头。"安娜"这名字原本就比"刘晓慧"适合我，而且在俄罗斯，"慧"字的发音①是不好放在名字里的。

"谭。"他自我介绍。

"你好呀。"我说。我问他喝的什么。

"拿铁，"他看了看杯子上的标签，就好像这咖啡是别人帮他点的，他要看看才知道里面有什么似的，接着说，"双份意式浓缩

---

① 与"慧"字发音相同的俄语单词"Хуй"，在俚语中指男性生殖器。

咖啡。"

他确实需要额外再加点意式浓缩咖啡。宿醉后的眼睛。他喝了口咖啡，迎住我的目光，他说他很抱歉迟到了，又自嘲似的笑了笑，说他昨晚确实喝多了。我猜"确实"这两个字让我嘴角上扬了。我对自己的敏感度很是满意。

我问他是否还顺利，是否需要帮助。客套话多少是要说的。问完我又觉得可笑，顺利？这种事哪有什么顺利可言。他说还好，说完又拿起咖啡喝了一口。不知道他那咖啡甜度如何。

他问我知不知道Z为什么会自杀。这也是我想要问他的。说真的，在他自杀前，我没有发现任何迹象或是征兆。他表现得和往常一样——照常上班，照常下班，照常不加班。对，他从不加班。我们所有人都会加班，只有他，一到点就走人。作为他的直属上司，我有时候也觉得很难办。但他就算不加班也能按时按点、保质保量地把活儿干完。也不知道他是怎么办到的。很多让人头疼的技术性问题，到他那儿都迎刃而解。所以也没有谁能拿他怎么样。

谭边听边笑。看来Z以前就不是个合群的人。果然，他说Z就是那样的，念书时就那样。他说他们做了七年同学，还是同宿舍的上下铺。怪不得Z要叫他来。不过这也不一定，我上大学时和我上铺那女的关系可不怎么好。他说Z念书那会儿成绩很好。这一点我毫不怀疑。他还说他的研究生毕业论文，有一半是Z帮他写的，毕业要求发表的期刊文章，也是Z帮他写的。好吧，这能说明问题了。他说的时候，笑意一直停在脸上。我想会有不少女人愿意看他笑。

既然关系这么好，就应该知道Z这么做的原因吧？难道是因为父母吗？他父母出事也有两年了，如果是因为这个原因，不会现在才去做这种事吧。而且那个时候Z表现出的镇定，对于一个父母双双意外过世的人来说，是很少见的。这也是我欣赏他的地方之一：冷静。哎，也许有时候过于冷静了。结果谭说，他是来之前才知道Z的父母去世了，Z从没向他提起过。他竟然不知道?! 我很惊讶。Z死前最后想到的人就是他吧，不然不会叫他来。Z也可以叫我来，但他没有叫我，他不会叫我的，他怎么可能会叫我。

当时Z处理好父母的事情回来后，确实有一段时间，表现得比往常更加不合群。但大家都能理解他，毕竟发生了这么大的事。但没过多久，他看起来就恢复如常了。后来还有同事约他去看极光，他没去。他其实经常休假，而且一定会把年假休完，不像其他人，会选择把部分年假折现。我问谭有没有和Z一起旅行过，或者我问的是Z是否喜欢旅行。他说Z以前常和女朋友去旅行。女朋友？Z有女朋友？他说是念研究生时的女朋友。他问我Z现在有没有女朋友。这个问题我还想问你呢。"那个女朋友后来呢？"我问。他说分手了。他说他不知道他们为什么分手，Z没提，他也就没问。

他问我Z会不会俄语。Z是会俄语的，他应该算是我们的工程师里俄语最好的了吧。至于普希金，我觉得这个说法太离谱了。Z是个中国人，又不是俄罗斯人，干吗要去效仿普希金的死法。

难道他从读书那会儿起就喜欢普希金?

谭摇头,说他从没听 Z 提过普希金,更没见过他读诗,但 Z 以前那女朋友是学俄语的。那她在俄罗斯吗?我问。我从没听哪个同事说起过 Z 有女朋友,包括 Z 才来俄罗斯时的室友(如果他有女朋友,反而比较能说得通)。谭再次摇头,说他不知道那女的是不是在俄罗斯。

去他的普希金!但 Z 这么个自杀法确实很奇怪。我问谭有没有去过警察局。他说他去过了。他说他觉得 Z 不像是一个会自杀的人。他还说他很难接受这件事,他不相信这件事是真的,直到昨天在太平间里亲眼见到。

太平间。

我打了个寒战。

Z 在太平间里。Z 真的……死了……自杀,死了。

此刻我意识到,一切都是真的,而在此刻之前,"Z 死了"对我来说,就只是一个句子,一条假新闻,不具备任何真实性,新闻里的人物其实屁事没有,只是去休假了而已。是的,Z 出事的时候,正在休假。他请假的时候我问了他,他说他要去摩尔曼斯克。我问他怎么突然又想要去摩尔曼斯克了。他总是这样。他请了五天假,加上前后两个周末,连起来就是九天。去趟摩尔曼斯克根本用不着那么长时间。而且谁会一个人去摩尔曼斯克那种地方?后来他发邮件给我说想再休两天假。再后来,我就接到使馆的电话……

我该多问他两句的,如果我打电话问他,或者去看看他,也许事情就不会发生……我的咖啡喝完了。我摸出了烟盒才想起这里面不能抽烟。谭看了我一眼,一口喝掉杯子里快要见底的咖啡,说:出去抽吧。

我和他站在咖啡厅门口。我递了支烟给他,他笑笑说他不抽烟。你抽吧,他说。有太阳,但风很大,他伸过双手来围住打火机,他的手指很长……终于点燃了。我狠狠地吸了一口。"他为什么要自杀?"我突然感到鼻子里的酸劲直往眼睛里冒。"他为什么要用那样的方式去自杀?!"我抽泣起来。从知道事情发生到今天,我一直都毫无感觉。而现在,我竟然在一个陌生人面前崩溃了……

谭把我留在咖啡厅门口,自己又重新进去了,出来的时候递了一叠纸巾给我。眼泪不知道是从哪儿来的,擦也擦不完。他没有回答,什么也没说,站得离我很近。我使劲儿压制着这没来由的情绪,可越控制越不可收拾。我转身伏在他肩上,放声大哭。他没动,他一下下地轻拍着我的脊背,任由我哭。大约过了四五分钟我才渐渐止住。我感到不好意思。我说不好意思。我还没说完,他又拍了拍我的肩膀。我差点又要哭了。真是要命。

我和谭在街上漫无目的地走着,呼吸在空气中凝成白雾,渐渐地,我的情绪平复了下来。他后来在路上问我,问我 Z 到底去没去摩尔曼斯克。我说我不确定,但我觉得他可能去了。他又问我摩尔曼斯克有什么特别之处。我说摩尔曼斯克在极圈,可以看到极光,也有雪场可以滑雪。

可我不知道 Z 为什么要独自去摩尔曼斯克。我也很想知道。

我不知道。我不知道为什么。

我提议去我家拿Z留在办公室里的东西。原本我是要拿到咖啡厅去的,但出门时注意力都放在打发谢尔盖上了。反正我家离这儿不太远,拿了之后可以去附近的中餐馆吃点东西。他点头,说好。

我打开被我反锁上的门。Z的东西装在纸盒里,纸盒就放在沙发前的茶几上。我指了指那盒子,关上门。谭在脱鞋。他起身的时候,我勾住他的脖子,贴上他的嘴。他似乎愣了半秒钟,然后把我按在玄关的墙壁上。暴风骤雨。他吸食我的嘴唇,撕咬我的脖子……一切都是我喜欢的方式。我也予以同样的回报。他架起我的腿,把我抱起来,扔到沙发上,脱我的衣服,继续吻我。然后,他停了下来,把脸转向茶几上的那个盒子。盒子里其实没什么东西,都是些办公用品。我把他的脸掰过来对着我,继续亲吻他,但他明显冷却了下来。他轻轻推开了我,站起来。他说抱歉。他搂起那个盒子,走到玄关,穿上鞋,开门,出门。

我愣在沙发上,半晌才回过神来,衣服还敞着,胸罩刚才被解开了,现在耷拉在锁骨上。他走进咖啡厅的时候,我觉得他看起来和Z完全不是一类人,他们的关系是怎么铁起来的?在跟他交谈的过程中,这种感觉越发强烈。但是刚才发生的一切让我突然觉得:或许,他确实,是Z的朋友。

16. 从一个天花板到另一个天花板

谭轻轻把门带上,抱着纸箱,三步并作两步从消防梯下了楼。大约是走得太快了,快到地铁站门口时,他一不小心,左脚向前离了地,整个人往后倒,他下意识地伸手去抓人行道边的围栏——就这样,他差一点儿又屁股着地了。只差一点儿。还差一点儿。他站起来,定了定神。一切都发生在瞬息之间:摔、抓、稳住、站起来、站定。纸箱掉到了地上,东西撒了出去,谭一样一样捡起来:两个笔记本、三支铅笔(看来Z依然只喜欢用铅笔)、一只马克杯(摔裂了个口子)、半盒绿茶(还是宜兴产的)、一把四十厘米长的透明尺子。这尺子谭有一把一模一样的。念书时,他曾和Z共用过一把这种尺子……谭摸了摸衣兜,那串挂着铜质指甲刀的钥匙在兜里。他改变了直接回酒店的主意。

道路两旁堆着雪,脏兮兮的。人行道上的雪已经被人踏得紧实了。雪白的雪,落了地,要不了多久,就会和尘土搅和在一起,沦为泥泞,在大城市里尤其如此。

谭从地铁站出来,跟着导航往目的地走。一路上他禁不住想,路旁的这些店铺Z是否光顾过,这个理发店、这家快餐店……还有这个超市,上面写着24小时服务,住在附近的人一定都来过吧。

莫斯科，和任何一个国际大都会一样，充斥着来自各国各地各式各样的人，其中黑头发、黑眼睛的不在少数，他们睫毛大多又长又翘，眼睛很亮，炯炯有神。迎面朝谭走来的卷发姑娘就是如此。

地铁站离 Z 的住处大约要步行十分钟。这一带应该都是居民区，建筑毫无特色可言，方方正正的旧楼，白色的楼面看起来灰扑扑的，点缀着几乎不可辨识的斑驳的蓝。路的两旁，密密麻麻停满了车。谭会开车，Z 也会。当年他俩是一起去驾校学的车。暴躁的教练，操着一口方言，骂个不停。

谭在一栋楼前停了下来，导航显示就是这里了。Z 住八楼。他出了电梯，看着一扇扇门上的门牌号。楼道很干净。他掏出钥匙，门没有反锁。也是，谁会再去反锁这扇门呢？

门开了。从门口往里，暗红发黑的污迹凝固在红褐色的地板上。谭的靴子上还沾着雪，他把门关上，双脚尽量避开那些暗红，木地板有些地方已经松动了，踩上去咯吱作响。除了门口，别处也有血迹。窗户开着，阳台的门也开着，冷风从窗外往里灌。房间里的味道像一把才离开磨刀石的菜刀的味道。

谭把纸箱放到餐桌上。桌上除了几滴半凝固的油渍，什么也没有。也许那是吃方便面时溅出来的汤吧，谭想，不知道 Z 的胃到底有没有在彻底失去功能之前，把他吃下去的方便面消化掉。

房间看起来空荡荡的。卧室里只有一张床、一个衣柜和一个床头柜。深棕色的家具显得厚重、陈旧，颜色比地板还浓，却浓不过地板上残留的暗红。客厅里，浅棕色三人座沙发连着贵妃榻，茶几上搁着一本深蓝色封面的书。落地灯是宜家的，谭自己家有个一模一样的。沙发对面的墙上挂着电视，电视上落着灰。书房里，笔记本电脑旁放着一本空白便签。书柜侧面的袋子里有一对滑雪板和两根雪杖。看来Z不仅去了摩尔曼斯克，还学会了滑雪。人真是会变的，他以前从来不运动。

书柜里是放着一个相框，照片上的人，长卷发慵懒地散在胸前，穿着白色的紧身无袖上衣和牛仔短裤，倚在石头栏杆上，背后是吴哥窟。这张照片，谭见过。照片上的人，是Z以前的女朋友：缪缈。Z念书时，就只交往过这么一个女朋友。谭想起有一次联欢，一个身材很辣的美女主动跟Z搭讪，后来他问Z和那女孩子有什么后续，Z的回答竟然是：她牙齿长得不整齐。牙齿长得不整齐……缪缈的牙齿很整齐。缪缈岂止是牙齿整齐。谭把相框从书柜里拿了出来，坐到沙发上，仔细端详。照片已经有些褪色了。照片里的人对着镜头淡淡地笑，那笑容让谭忍不住凝视，却也有种说不清的距离感。月亮如果会笑，大概就是这个样子吧。相机背后的人，拍这张照片的人，他的血，在这房间的地板上，模糊不清又突兀刺目地凝固了。

放下照片，谭拿起茶几上的书，书很新，是本诗集，普希金诗集。他躺在沙发上翻了几页，也觉得离谱。他查了普希金的生平，普希金死于和情敌的决斗，腹部中枪。当时医学还不够发达，医生的判断又出现了偏差，才导致普希金不治而亡。情敌？Z的死难道和缪缈有关？这么多年了，还过不去吗？决斗？自杀的人是和谁在决斗呢?Z独自在公寓里自杀,这里除了他自己,没有别人了。自己和自己决斗吗?

谭面前出现了一层层看不到尽头的石阶,石阶上积着雪。他沿石阶而下,决斗的人正在下面等他。太远了,他努力想要看清对方的面目,突然间,脚下一滑,踩空了,眼看着就要滚下石阶了!谭的脚往前一蹬,身体打了个颤,惊醒过来。差点在沙发上睡着了……他环顾周围,这个瞬间里的一切:刚才踩空的情形、面前的公寓,仿佛都是他曾经经历过的,包括窗外渐暗的天色。就连这种似曾相识的熟悉感本身,也是他熟悉的。

谭起身,离开了Z的公寓。出门时,他摸出钥匙,把门反锁了。

24小时超市门头上那鲜艳的橙色让谭禁不住走了进去。他漫无目的地浏览着琳琅满目的货架。全是俄语,看不懂。不过,很多东西用不着会俄语也能看懂,比如可乐,比如香蕉。他结了账,站在超市门边吃完了香蕉,喝了半瓶可乐。回宾馆前,他去了一趟麦当劳,买了两份俄式薯条和一个吉士汉堡。他的胃在想念中餐,想念广式茶点,想念火锅和小炒肉。他想到Z的那个女上司,她在路上说先去她家拿东西,然后去她家附近的中餐厅吃饭。然而没有然后,也没法有然后。他默默地把第二盒薯条往嘴里塞。那半瓶剩下的可乐,在地铁的一路摇晃中,已经没气了。

酒店房间的门打不开。谭在门口捣鼓了半天,才反应过来:自己用的是那把挂着吴哥窟指甲刀的钥匙——Z家的钥匙。他摸遍了身上的每一个兜,终于从牛仔裤袋里翻出了酒店房间的钥匙。这酒店,不,这旅馆,竟然还在用钥匙!每次开门,他仍会为这个已知的事实感到震惊。

房间打扫过了,窗户关着,很暖和。谭想起他去关Z家窗户时看到的景色:窗外一丛丛树枝上落着雪,前面两栋矮楼的楼顶上也厚厚地盖了一层雪,远处的几排高楼也是同样的色调——才刮过胡碴的腮帮子、白色磨砂玻璃后面的青铜雕塑、刀刃、裹尸布的里面。裹尸布。谭坐在床上,望着灰绿色的窗帘发呆。那窗帘垂到地上的部分看起来像坏死的海草。他应该抬头看一眼天花板的,但他没有。在Z家的时候,他也没往天花板看。

谭赤身站在花洒下,水沿着他的身体往下淌。

手机铃声。铃声把谭吵醒了。又是铃声。他接起来。手机那边,一个陌生女人的声音,在漫无边际地说着。是电话串线了吧?那女人语速很慢,但说得不带停顿,她在说路边的一只猫,在说天气,在说交通状况,在说她的朋友……她说的话,没有一句与分手相关,但谭知道:这是一通分手电话。说的是什么根本不重要。这通串线的电话到底是打给哪个倒霉鬼的?

谭一边听电话一边在路上走,天气很好,阳光透过梧桐叶间的缝隙往下倾泻。熟悉的路,路边开着花。再过一段时间,实验楼后面那几株石楠也该开花了,一股子精液味。尸体里有尸胺和腐胺,精液里也有。电话那边,那女人也在说赏花,在说春天。樱花已经谢了,石楠花还没开。

远处有两个人,正穿过空气中的光影,迎面走来,越走越近。

谭跟那男的打了个招呼，又朝他挤了挤眼，问道："你今晚是不是不回宿舍了？"Z白了他一眼：闲事管得宽。缪缈微笑着立在一旁，对谭的玩笑充耳不闻。谭的手机还贴在耳朵上，在擦身而过的瞬间，谭听到缪缈开始继续刚才被这个偶遇所中断的谈话：赏花。她的话、她的声音，都和电话那端，一模一样。不，不仅仅是一模一样，他们的谈话，就是谭接到的串线电话。他俩已经走远，电话里的声音，还在继续说着……

梧桐树很漂亮，无论是枝干的姿态、叶子的形状，还是与太阳合谋形成的光影，唯一的不足之处在于，每年春天，它都会飘絮。谭抬起头，毛絮在空中飞舞，刚才怎么没注意到呢？还是刚才还没有？抑或是因为现在起风了？光影越来越黯淡，梧桐絮一团团往谭的脸上飘，他闪躲着。

电话那头的声音越来越含混、越来越非人，最后只剩下吱吱吱的杂音。谭挂断了电话。可是，那如同金属片刮黑板的噪音，在他挂电话的瞬间，充斥了整个空间。他再抬头的时候，那蓬松稀疏的絮团变成了一块块碎布，白里泛着黄，每一片都像是单独上过浆，支棱着，朝他脸上砸来。谭立刻明白了过来：那是裹尸布的碎片，Z的裹尸布。他越是躲，那些碎片越是密集地砸下来，直到有一大块，真真切切地，砸到了他脸上！他伸手往脸上一摸，大叫一声坐了起来，手上还拽着一片东西。他连忙甩开。天上又掉下另一块裹尸布的碎片，砸到他肩上……他从床上跳了起来，喉咙里像是打了结，发不出声音。冷汗浸湿了衣衫。他打开灯，抬头往上看——天花板在掉皮。墙面的碎片，在往床上落。

谭把房间钥匙还给前台的时候，八点半刚过。他拉着行李箱出了酒店。在出租车上，他给司机看了他下午去过的那个地址。

对谭来说，酒店房间远比Z家恐怖，即便Z家的地板上还残留着血迹。谭避开血迹，把行李箱放在客厅的地板上。他在沙发上呆坐了一阵。大约十分钟后，他起身，打开了房间里所有的灯。

卧室里，Z的衣橱和房间一样空荡。谭从衣橱里翻出两件棉质T恤，厕所里有橡胶手套，消毒液也有。谭重新打开下午被自己关上的窗户，开始清理房间里的血迹。溶在水盆里的血渍，重新由黑转红。水，换了一盆又一盆。冷风往房间里灌，谭在出汗。时间像是困在了真空中。终于，血的腥味越来越淡，最后只剩下消毒水的味道了。在谭决定结束清扫的那一刻，他感到头晕、腰酸。他平时在家很少做家务，请了专门的钟点工，一周去他家打扫一次。他把三件（后来他又去拿了一件）用过的T恤扔进了套在垃圾桶上的空袋子里，随即系紧袋子提手，洗干净手，重新坐回沙发上。歇会儿，得歇会儿。阳台的门还开着。

冰箱里也是空荡荡的，有大半瓶牛奶，还在保质期内。这牛奶下午似乎在超市里见过，红色的标签上印着一个老太太。Z一定也是在那个超市里买的，在他还活着的时候。除了牛奶，冰箱里还有一瓶老干妈，一个苹果，一瓶同样开过的石榴汁。应该还有方便面。他打开橱柜，果然有两袋红烧牛肉面。

谭关上所有的窗，倒了一碗牛奶，放微波炉里转了转，一口气喝了个干净。方便面泡好了，他吃了一口，把老干妈从冰箱里拿出来，往面里加了两勺。就缺一瓶可乐了。竟然没有可乐。啤酒是肯定没有的，Z是不喝啤酒的，他说啤酒是苦的，食物，凡是苦的，他都不碰。昨天那个警察说，Z吃了方便面，还把碗洗了。你用的是我手里这个碗吗？你干嘛不买桶装的面呢？你放老干妈了吗？放了一勺还是两勺？以前在宿舍我们就是这样吃宵夜的：红烧牛肉面加老干妈。这石榴汁真酸！你居然喝这么酸的玩意儿？

谭在Z家喝牛奶、泡方便面。他还将去洗澡、收拾、睡觉。没了那些血迹，他觉得自己就像是来旅行的，只是碰巧Z有事不在，把钥匙留给了他。"自己搞定。"这是Z会说出来的话。你自己搞不定了，所以要我来帮你搞定吗？Z，你也有搞不定的时候？

洗完碗时，已经快十二点了，谭坐在沙发上，毫无困意。他不知道，这会儿，除了他之外，还有一个人，正因为他而睡意全无。

柳达听到响动之前，正在跟她远在英国的朋友玛莎打电话。她们平时并不常联系，每次联系，都是柳达碰到了解决不了的困扰。玛莎是柳达认识的女性朋友当中最独立、最有主见的。她们刚才聊到的，正是隔壁自杀的Z。最初发现走廊上有污迹的人，就是柳达。事情发生后，柳达一直感到害怕。这件事也没能瞒过她六岁的小儿子科利亚。玛莎建议她换个住处。柳达对此犹豫不决，上个月东拼西凑，才交掉了后面半年的房租，如果搬家，那钱恐怕是很难退回来了，还有押金……

"谁自杀会用这样的方式?"柳达重复着这个她问了不知道多少遍的问题。她跟隔壁那个中国男人打过照面,但也只是打过照面而已。

玛莎语气中带着一丝不耐烦:"你纠结这个有什么意义?又得不到答案。难道死人还能回答你的问题么?他要真回答了你,你敢听吗?你先别呸呸呸①。你甚至不知道他会不会说俄语。再说这都是别人的事,跟你有什么关系?人也许不能自由地选择怎么活着,但至少可以自由地选择怎么去死。你如果觉得实在不能忍耐,就换个住处。钱嘛,总能想办法……"

"不是每个人都能像你那么说干就干的……"柳达反驳玛莎,正说到这儿,柳达似乎听见隔壁有响动。冬夜是很安静的。锅碗相碰的声音,还有水声。柳达的瞳孔放大了:"玛莎,怎么办?"

玛莎听了她的描述,问她:"这个人有女朋友吗?"

柳达说不确定,反正她没见过:"莫斯科,你知道的,邻居之间互相不管的。"

"伦敦也一样。"玛莎建议她去敲门看看。

柳达拿着话筒直摇头:"你疯了吗?万一,万一,有鬼……我不敢去,我害怕,要不报警吧?"

"这种情况怎么报警?报警你说什么?隔壁闹鬼吗?你不要紧张。也许是他的亲属来处理后事。晚上就住在这里了。"玛莎安

---

① 俄罗斯人常用的身势语,他们相信,朝着左肩吐三口唾沫可以赶走邪气。

慰道。

"疯了吗？谁会住在死人家里！那里面没人打扫过，一地血！"柳达压低了声音狠狠地说。她不知道，有人不仅住进了她口中的死人家里，还清理了死人家里的血迹，并且将在今晚整理死人的遗物。最要紧的是，今晚，这个人将在这所"死人房子"里，度过他在莫斯科最轻松的一晚。

隔壁的响动消失了。声音的出现让柳达惊恐，声音的消失让她更为惊恐。她问玛莎该怎么办，玛莎说如果是她自己的话，会去敲门看个究竟。柳达踌躇了很久，一直拿着电话不让玛莎挂断。直到隔壁再次响起水声。那水声淅淅沥沥，像硫酸一般，滴进柳达的心里。她站到家里的小神龛前，在胸前画着十字，然后把圣像画取出来，揣进兜里。玛莎没有挂断电话。柳达出门前去看了看科里亚，小家伙睡着了，幸好他已经睡着了。

谭没有听到敲门声。住在Z家这两天，敲门声响起过三次，谭都没听见。一次是现在，他正在洗澡；而另外两次，他不在家。

柳达敲了两下，没人应门，再敲了两下。敲得一下比一下小声，最后手脚都发颤了。她哆哆嗦嗦地打开自家房门，又哆哆嗦嗦地关上、反锁。她后悔自己为什么听了玛莎的话，去敲那扇该死的门。现在，她比刚才更加害怕了。玛莎在电话那头叹了口气。说如果需要再随时打给她。柳达挂断了电话，把餐桌推到门前，抵紧。她在科利亚旁边躺下，闭着眼睛，竖着耳朵。今晚，她还将听到隐隐约约的音乐声。柳达一夜无眠，而等待着她的，还有还没来的明天。

柳达所害怕的闹鬼,正是谭所期待的:Z出现在他面前,告诉他缘由。

淋浴的时候,谭在想:或许可以洗干净浴缸,泡个澡。只是想想而已。Z用的沐浴液和洗发水还是那两款,这么多年了,也没换换。

阳台的窗帘是暗金色的,上面有不够逼真的郁金香,长度刚刚好,没有拖到地面。谭擦干头发,套上羽绒服,打开阳台的门。阳台上没什么装修,砖头和水泥裸露在外。白雾从谭的口鼻冒出,他拿起阳台角落里的啤酒罐子,闻了闻。和所有放在阳台角落、罐口残留黑色灰末的易拉罐一样,这罐子是拿来装烟灰和烟屁股的。罐子表面锃亮,用的时间应该还不长,里面也没几个烟屁股。谭从没见过Z抽烟,也没在房间里看到有烟盒。他把啤酒罐放回原处,进了房间。

书房里有一个黑色的托运行李箱,空的。笔记本电脑有密码,打不开。书桌上有个开着的白色药瓶,标签上印着:去痛片。Z死之前,还吃了去痛片?这瓶药的生产日期是四个月前。莫斯科也卖中国生产的药吗?Z在最近四个月应该没有回过国。还剩小半瓶药。Z平时吃这药吗?他自杀时又吃了多少?药瓶上写着:适用于发热及轻、中度疼痛。肚子上捅了个窟窿,那痛,属于轻、中度吗?谭把盖子盖上、拧紧,扔进了行李箱。Z的遗物,真是没什么需要收拾的,书房里除了电脑,其他都可以不要了。有几本俄文书,谭翻了翻,应该是俄罗斯的行业规范。

卧室里，加湿器还插着电，但没水了，红色的提示灯亮着。Z的手机也插着电，有密码，屏幕上的音乐播放器显示着一首名为《The Dark Side of the Moon》的英文歌。谭很少听英文歌。很快，他会发现，这首歌，很长。

柜子里的衣服谭一件也没收进行李箱。Z一共只有三双鞋，运动鞋、皮鞋、工作靴。还有两双拖鞋：棉拖鞋上有血渍，已经扔进黑色垃圾袋里了；凉拖鞋在谭的脚上。最后，在查看完所有东西之后，谭发现根本就不需要托运箱，装在他自己带的随身行李箱里就行了。

谭拿起茶几上那张缪缈的照片，再次端详。他统共就没跟缪缈说过几句话，即便是念书那会儿，Z也很少聊她，真真是到了连聊都舍不得聊的地步，后来……后来就更不会聊了。

仍然没有困意。谭在自己的手机上找出《The Dark Side of the Moon》，放了起来，他想听听，Z在死前听的最后一首歌，是什么样的。

回国后，谭会去电脑城找人把Z的手机和电脑打开，他将发现：手机里没有SIM卡，电脑和手机全都格式化过了。谭并不惊讶，如果Z要自杀，他可能确实会这么干——清掉一切信息。在那个时候，谭将想起那瓶蹊跷的去痛片，还将努力为那瓶药找到合理化的解释。一切都是可以合理化的，只要人们愿意。

快两点了。北京时间已经七点了。又熬了个夜。时差让时间混乱，让身体紊乱，活人的身体。谭走进卧室，躺到床上，终于，无可避免地，看向了天花板——天花板上有一张海报大小的照片……

缪缈。

谭翻身起来，站在床上，仰着头，凑近端详。他没见过这张照片。这是一张俯拍的照片，缪缈躺在地上，双眼直视着镜头。一张棕色带斑点的动物毛皮，从她的肩膀斜搭下来，盖住了上半身，毛皮底下是一件薄薄的军绿色无袖连衣裙，裙子很短。镜头只框进了一小截她的大腿。戴在脖子上的长珠链，慵懒地散在裸露的肩上。按在胸前的纤细右手，被皮毛衬托得尤为白皙。透明的指甲亮晶晶的。这只手的拇指、食指和小指都向前伸着，中指和无名指半弯着按在毛皮上。因为光的缘故，那只伸直的食指在她身体上投下了一个直愣愣的阴影。左手臂松松地放在地上，手指略微弯曲着，指尖没有被框入镜头。

她的头发蓬蓬地散着。巴掌大的鹅蛋脸略微往左倾斜，圆润的右耳垂上有个小小的银色球形耳钉，左耳隐没在了头发里，只隐约露出一个反着光的小圆点。如果这是一幅画，那么高光就正好打在她上唇的唇峰和下唇中间最丰满的隆起处。没有红唇，唇色很淡。整个脸上最突出的是眉眼，眉毛修得非常整齐，眼角和嘴角一样，微微上翘，黑眼睛里那一汪沼泽，能轻而易举地把人溺入其中。

这是一张艺术照，照片的拍摄时间，距离现在，起码有十年了，那时候还不流行P图。蓬蓬头、柳叶眉、法式指甲都早已过时，但这并不影响这照片给人的感受。特别是，如果把它贴在天花板上，让她看着你的话。

谭无法把记忆里缥缈的形象和眼前这张照片重合在一起。往后，他也无法把任何一个女人的形象和此时此刻天花板上的形象重合在一起。他重新躺回床上。开始试图进入这个天花板上的通道。没想到，这通道，竟然是敞开的，像皮毛一样蓬松柔软，像云朵一般漫无边际。但所有通道都一样，只通向虚无。充盈，也只是通往虚无的路途。只是这一次，对谭来说，天花板上这个诡秘的通道，通向的，不仅是虚无，还有久违的释然。在烟花放尽的时刻，谭所有的力气和神智都跟着一起消散了，随之堕入了黑沉的睡眠中，一夜无梦。

直到手机铃响。

17. 别人的终点

莫斯科有三个火葬场。看火葬服务网站上的照片，这三个地方，一个像中学，一个像英雄纪念碑，还有一个像火葬场。像火葬场那个，离得太远了。于是我联系了"人民英雄纪念碑"。哎，不该给自己找事儿的，更何况是这种谁都不愿意碰的事儿。继续干下去无非是因为已经接了这活儿。后悔倒也谈不上，没什么可后悔的。

从"英雄纪念碑"出来的时候，是正午。冬天太阳好的时候，雪的反光会让一切都显得特别亮，特别耀眼。但莫斯科这地方，再怎么亮也是灰蒙蒙的。这灰蒙蒙是一种情绪，城市本身所积聚的情绪。比如现在，现在就很亮，在这亮光之下，一切看上去都很苍白，废弃的苍白。背后这一排矮矮的白房子，就是火葬场。房子前面的路旁修了一座直耸入云的碑：两根相互独立的四方柱子，呈90度角立着，柱子的上半部分被两个台阶样的方块连在了一起。这造型，简直就是英雄纪念碑！这玩意儿修在火葬场，显得很……我找不到词来形容。特别不合适，还是特别合适？即将拿到的语言学博士学位，在这种词穷的时候，半点用场都派不上。如果要去火葬别人，或是被别人火葬，那更是，任何东西都派不上任何用场。

我早上给谭打电话的时候,他还在睡觉。昨天太平间工作人员打电话来问我准备什么时候把尸体送去火葬场。这件事还是尽快处理了好。我花了一个多小时把事情安排了,然后发信息给谭,说今天要去火葬场,他没回。没回就是默认同意。今天我一大早去酒店找他的时候,他们说他昨晚退房了。什么?退房了?!还好他接了电话。我问他在哪儿,告诉他今天我们得去火葬场。他说他在死者家里。当然,他没有用"死者"这个词,他说的是"我在Z家"。我过了半秒钟才反应过来。真是牛逼,住到死者家去了。不过这酒店确实不怎么样,当时订的时候,我也是想着,离我这儿近,方便。他似乎没听明白我说的火葬场,我问他有没有收到我的信息,他说他没注意。好家伙,竟然没看见!

我对他说,我们可以在离火葬场最近的地铁站碰头,或者我把地址发给他,他直接打车去。电话那边半天没反应,是信号不好吗?我"喂"了两声,他才出了声,他问我:是不是一定得火葬?

这问题挺幽默的。不然还能怎么样?是,在俄罗斯火葬不是强制性的。但问题是不火葬尸体怎么运回去?全尸空运吗?就算是牛肉也得切了分块儿再出口吧。哪个航空公司愿意干这事儿?难不成不运回去吗?不运回去怎么办?在莫斯科郊区找个地方挖个坑直接扔进去埋了吗?或者联系个公墓,看看接不接受外国人土葬,莫斯科地皮紧张,基本上火葬的多,而且先不说这得花多长时间、能不能行得通,单说要把自己埋俄罗斯,要是我是那死人我肯定是不乐意的,死了还得说俄语,况且死者会不会说俄语还不一定呢!像我这样的,都不愿意死了还得说别人的语言。而且,人已经客死异乡了,还不能落叶归根,多惨呐。火化是最合理的选择,好带,好埋,给谁也不添麻烦。

我在火葬场门口见到谭的时候,他神色低落。不知道昨晚他在死者家里有没有比在酒店里睡得好。也真能耐,睡到案发现场去了。换作是我,也许也行,就算死了,那毕竟曾经也是我最好的朋友。而现在,从火葬场出来,他的脸色看起来就像是个死人。

我也是第一次参与火葬的全过程。太奶奶死那会儿我还很小,很多事儿都不记得了,可能那时候我根本就没和大人们一起去火葬场,那不是小孩儿该去的地方。棺材是现买的,俄罗斯款式的棺材,长长的六边形匣子,上面盖着一层丝绒。在中国难道有谁会在棺材上蒙一层丝绒么?丝绒的颜色和上面点缀着的装饰,是可以选择的。由于没有提前预定,就只能选现成的了。墨绿色的丝绒上,绣有风帆样子的金线装饰。看来下个火海也是得祝愿一帆风顺的。

没有告别仪式,只有我和谭两个人,死者的同事、朋友一个都没来。可能是没人通知他们来。也对,谭连我昨天发的信息都没看见。封棺之前,工作人员问要不要最后再看死者一眼。谭杵在旁边毫无反应。我觉得他浑身都在使劲儿,使劲儿保持站立,使劲儿控制着发红的眼眶……我跟那工作人员说不看了。于是他们把棺材放在架子上,缓缓地推进了一个不锈钢格子。那格子和太平间的格子看起来类似,但没有横排纵列,只有那一个格子,格子后面连着根竖直的烟囱。太平间的格子里,是极夜室外的冰雪天;而面前的这个格子里,是将要燃起的火海。

我极力不去看谭,但太难了,我忍不住。他面色惨白,简直发青了。在我过去的人生中,没有任何一个时刻可以更贴切地把"面如死灰"这个词用在一个活人身上。不锈钢格子一点一点地,将棺材吞噬。最后,绿油油的棺材完全没入其中,不锈钢门徐徐关上,在合拢的瞬间发出轻微的金属撞击声。工作人员走过去,摁下了不锈钢格子旁亮着灯的绿色按钮。这按钮居然是绿色而不是红色。我看到谭的手贴在裤子上,攥着拳头,指关节都发白了。

很快,不锈钢格子里传出沉闷的轰隆声。在那轰隆声响起的瞬间,我感到一阵电流穿过皮肤,鸡皮疙瘩冒了起来,跟叠罗汉似的。火化炉里的火焰是看不见的,只能听见。尸体在轰隆声里,渐渐烧焦、碳化……碳化不了的部分,就是剩下来的灰——骨灰。太奶奶也是这么火葬的,我今后可能也一样:尸体先被送进冰库,再被推进熔炉。

实实在在的肉身,因为灵魂飞走了,所以面临湮灭。所谓的"实实在在的肉身",反而最为虚幻。没有什么东西是实实在在的。我不禁开始想象熔炉里的这具尸体:这个人,在生前,过了怎么样的一种人生?或是,许多种人生。他自杀时,想到过现在这光景吗?——火葬场,自己曾经的肉体,在火中烧焦、烧成白骨、烧成灰……要是想到了,他还会自杀吗?这些问题其实没什么意义，反正人到最后都是一个"死"字，死后大概率就是现在这样的下场，如果不是更糟的话。

熔炉前的米黄色地板上，靠墙放着一尊金色的天使雕像：女性，长卷发，穿着裙子长着翅膀。火葬场再怎么用心陈设，都不可能让人觉得舒服，但这里却偏偏是大多数人在去到最后归宿前的必经之路。丝绒确实比木头或者金属看起来更柔和、更有温度，也更容易燃尽。所有的死亡都面临着遗忘与被遗忘，区别只在于进程的快慢而已。轰隆声在减弱。

我和谭没有交谈。他的脸上没有表情，同时，这张面无表情的脸又被痛苦扭曲得变了形。我想，这痛苦，在刚才他用沙哑的声音让我向工作人员翻译他的要求时到达了顶峰。他努力保持着冷静的语气，但脖子上的青筋凸成了蚯蚓。我能理解他的要求，又觉得这要求很没必要。现在，出了火葬场，在这个纪念碑旁，谭的痛苦似乎并没有因为事情的结束而减轻，反而更为浓重了，是物体在不断往深处下坠的那种浓重。他手上拎着沉甸甸的黑色塑料袋，袋子里是骨灰罐和另外一个黑色塑料袋。我问他准备上哪儿去，他没回答，他在想。他想了一会儿，说他不知道。

地铁上，他仍旧靠在门边，但不再看向黑漆漆的窗外，也不再去照那面脏兮兮的镜子。他说他想去红场。我说好。他说他自己去就行，不用管他。边说边把这几天的翻译费用付给我。他自己去更好，我提前完事儿。他那副德性，并不太适合自己一个人在外面晃荡，但这又关我什么事呢？我们就这么沉默地站着。还有一站，我就要换乘了。无意间，我摸到口袋里有几块小的牛奶巧克力，不知道是什么时候谁放进去的，大头娃娃阿廖卡①。我塞了一块到嘴里……简直是灵药。我把剩下的都递给他，他摇头，到站了，我把巧克力塞到他手上，下了车。

　　我一直有这个来收尸的人的微信，不过从那以后我们再也没联系过。一来，没有联系的必要；二来，不论是他看到我还是我看到他，一定都会不自觉地想起这段经历。如果我是他，我是不愿意去回忆这件事的，提都不想提。只是，这么一个明知不会再联系的人，不知为何，我也没把他从通讯录里删掉。

---

① 俄罗斯的知名巧克力品牌。

18. 莫斯科河畔

刺目的光线，凛冽的空气。红场还是那个红场，美得缺乏真实感。不远处的滑冰场沉浸在欢声笑语里。永远会有人在滑冰场里摔跤，过去有，现在有，将来还会有。谭的头已经不痛了，昨天早上就不痛了，但屁股还痛着，明天、后天、大后天还会继续痛下去，痛足一个礼拜。前天，在摔倒的当下，明明是头比屁股痛得多。事情发生时，我们常常弄不明白，到底发生的是什么。过了很久之后，我们又会弄不明白，事情到底是怎么发生的。当时，风像刀子一样，割在脸上，谭蹬着冰面，试图让刀子锋利一些，再锋利一些……

此刻，谭茫然地站在红场上。红场在一只会飘雪的圣诞雪花玻璃球里，只是今天，玻璃球没有被摇动，雪，没有下。他在玻璃球里面观察玻璃球，同时也在玻璃球外面凝望玻璃球。Z在玻璃球里，过去的那个自己也在玻璃球里，可偏偏，玻璃球里的东西，和现在的他之间，隔着一层穿不透的玻璃。

谭走到莫斯科河边的时候，太阳已经西斜了。他今天出门没有戴手套，提袋子的手，已经被勒得发青了。西斜的太阳，把天空染成了橙粉色，底下又透出些微的蓝。一年后，谭在摩尔曼斯克，看到了类似的景象，同样美丽，同样不真实，但摩尔曼斯克不是莫斯科，莫斯科也不会是摩尔曼斯克。

莫斯科河结了冰。破冰船在河上来回开着。覆盖在河面上的冰壳，碎成了浮冰，大小不一。浮冰像一块块铺路的白石，缝隙里透出路面本来的青黑色。河水与冰，了了分明。北冰洋上终年覆盖着的海冰，在摩尔曼斯克的海边是看不到的。而莫斯科河，年年结冰，年年破冰，年年化冰。

夏天的莫斯科河畔，行人、游人、跑步的人，络绎不绝。可有些事情，偏偏就只发生在冬天。春、夏、秋季，从Z家阳台望出去，映入眼帘的景色多少都有类似之处，变化的无非是树叶的大小、颜色和多少；而冬天，冬天是谭见到的那幅光景，跟任何一个季节都不相仿。冬天的莫斯科，最莫斯科。

谭沿着莫斯科河走着，克里姆林宫的红墙，渐渐落到了后面，又渐渐消失不见。他不知道自己在往哪儿走，也不知道自己要往哪儿走。反正得走，无处可停，也停不下来。

Z停下来了，于是他落到了他的窝囊废朋友手里，被烧成了灰。生活的种种都像这不得不烧的尸体：你不想烧，可是大家说得烧，大家都烧了。想要不烧，得克服的困难太多了。克服这一切需要的力气，远大于实现不烧的愿望所带来的快意。为什么说远大于呢？因为这困难根本不能克服。在不能克服的情况下，去想象那种与现实相背离的快意，结果必然是加倍的痛苦。

生活，你服从也好，不服从也罢，都同样操蛋。你的朋友会突然死亡，会突然要你去收拾残局。你会突然面临抉择：是要向现实妥协，违背他曾经表示过的意愿把他烧成灰烬；还是要负隅顽抗，给自己增添很多不必要的麻烦去做也许不可为之的事，让客死异乡的他再葬于异乡？然后你选了看起来比较容易的选择。

你看着他们把他推进不锈钢门里，你知道里面将燃起熊熊烈火，你没来由地感觉到：他的尸体，是从左脚开始烧起来的，是那只在山上为了救你差点被滚石碾过的脚。你听着那声音，觉得自己的皮肉也发出了焦臭，可是，你的皮肉完好无损，而他烧成了灰。烧完之后他就只剩下一堆灰和几根没烧成灰的灰白骨头。他们当着你的面，把你的朋友烧成了灰。最可恨的是这一切都是经过你同意的，你亲手签了字，你不得不签字，你签字的手攥紧了拳头。他们还当着你的面，把那些没烧尽的骨头，逐一敲碎。然后他们象征性地，往骨灰罐里给你装了一些。或者，更仁慈地，应你的要求，装满了。剩下的，统统扫进一个套着袋子的铁皮篓里，准备和今天烧的、其他人的、同样多余的骨灰倒在一起，"统一处理"。你不同意，你说你要把篓子里的骨灰全都带走。他们像看怪物一样看着你。最后翻译帮你把那袋多余的骨灰交涉了过来，你拎着袋子，你可以拿走了，你都拿走了。可这究竟能弥补什么？

谭不知道自己在哪里。四下无人。他站在桥边，把袋子上的结解开，再把袋子里的袋子解开：灰白碎块、碎屑、粉末。他抓了一把，用尽全身力气往莫斯科河里扔。在撒手的瞬间，他一屁股坐到了人行道上。提袋子的手早已失去了知觉,抓过碎屑的手在发抖。地上不冷,屁股也不疼,没有感觉,一点感觉也没有。

地壳底下,岩浆翻腾。过去的一切都在向上喷涌,那些或清晰或模糊的碎片,如同雪花一般在玻璃球里飞舞。玻璃球面是一层透明的厚障壁,将谭与他所珍视的一切、所向往的一切、所妥协的一切、所后悔的一切无可挽回地隔绝开来。

多年以前,去援建时,应该就是在 Z 救了谭那天,工作已经结束了,接他们的车还没来。他俩在山上,边等车,边聊天。Z 说了很多话,其中大多数谭都忘了:比如"任何尝试摆脱的结局必然是无法摆脱",比如"选择就是放弃",比如"被惯性所驱动的将来是可知的",再比如"表达是寂寞的,交流是不可能的,孤独是绝对的"……谭只记得 Z 说想要念哲学,他写了几十页东西,准备申请国外的学校;谭还记得他们谈到了死亡,具体谈了什么他也不记得了,只记得 Z 说他想死后直接被埋掉,不想被烧,最好再在坟上种棵梧桐树。谭记得 Z 后来去考了托福,甚至拿到了国外大学的 offer,但最终却没有出国去念他的哲学。现在,Z 死了,被烧成了灰,他当时所说的两件事,都没能实现,也不可能再实现了。

他托你来,不仅是因为你是他最好的朋友,也因为,他跟你说过,他死了不想被烧。可这一切,已经没法补救了。说什么落叶归根,都是自欺欺人。不然,你刚才为什么要把他扔进莫斯科河里?! Z 的一部分,已经被你扔进莫斯科河了。你甚至不知道他是喜欢这条河,还是憎恶这条河。你准备怎么办?他已经被烧了,不论做什么也弥补不了。一点回头的可能性都没有。你的人生中充满了自我说服,自我欺骗,自我催眠,你可以一直这么干下去,直到有一天,你遇到一件事,让你没办法再这么干下去。但谁又知道这件事所带来的影响,能停留多久呢?也许,迟早,你能幸运地,回到自我催眠的轨道。毕竟环境是这么教导的,绝大多数人都是这么过的。麻木或者清醒,欺骗或者诚实,服从或者反抗,活着或者死亡,都不是出路。没有出路。出路是没有的……

天色已经完全暗了。谭没有随身带纸巾的习惯,却总是喜欢下意识地往口袋里摸:万一今天带了呢。没有,没有纸巾。口袋里只有几颗曾经被佟理忘记,而后又被他自己忘记的大头娃娃阿廖卡。他把它们全都拿了出来。一块接一块,剥开,塞进嘴里。巧克力在舌尖融化开来……

明天的这个时候,谭已经到了谢列梅捷沃机场,并且随身携带着他的朋友——Z。

第二部　陈

萨拉热窝的游魂

19. 房东

把房子用来做民宿是奥尔加离开之后，萨沙上大学之前的事。

起初我也考虑过是不是等到萨沙去上大学之后再开民宿，住客来来往往，多少会对生活有些影响。来萨拉热窝的旅客，外国人居多，有顺路经过的，有专程来的。他们来看狙击手大街，来看穆斯林墓地，来看拉丁桥、黄堡，来看"萨拉热窝的罗密欧与朱丽叶"。不论是哪里的罗密欧与朱丽叶，之所以能成为罗密欧与朱丽叶，不过是因为双双早夭。时间的考验比生死的考验更为残酷，是钝刀子割肉。游客来萨拉热窝游览，不过是因为战争早已结束，局势看上去已然稳定。战争是别人的战争，墓碑底下是别人的亡魂。谁愿意亲历或者再亲历战时的"萨拉热窝玫瑰"[①]？游客来看的从来不是战争，也不是战争留下的伤痕，而是他们自己所享有的和平。

现在，我们也享有着和平。只是，不知道这一次和平能持续多久。战争与和平，没有一个能够一直延续。这么多年来，我们

[①] 萨拉热窝经历围城期间，遭遇迫击炮弹轰炸，致死无数。战后，路面上砸出的弹坑，被填上红色树脂，形成像玫瑰一样的纪念标志。

很少谈论战争,也很少回忆过去。过去,巴不得能忘记,或者假装忘记,忘记不了也尽量不去提起。为了死去的人,活着的人要享受活着,珍惜活着,尽力活着。

后来决定早点开民宿,也是因为来来往往的旅客很多都是外国人,我想,跟他们交流,也许会对即将离开萨拉热窝的萨沙有些益处。如今三年多过去了。萨沙离开萨拉热窝的那天,让我想起了自己离开萨拉热窝的当年。当年,我无论如何也没想到,那是我最后一次见到母亲。萨沙的样貌,和年轻时候的我几乎一样,可神态和性格是奥尔加的。

机场离我家十几公里。在时间允许的情况下,我会为住客们提供接送的服务。费用嘛,和打车差不多,十欧元。

天还没亮,我已经起床了,今天要去接一个中国客人。真是巧了,又是一个中国人。马上球赛就要开始了。球赛有个好处——一年四季都在举办,不同的国家、不同的联赛、不同的俱乐部。现在正住在我家的三个中国人,其中那男的,也是个球迷。前天夜里下着大雪,我去车站接他们,我边看球边开车,边开车边和他聊足球。他说他也喜欢河床队。喜欢阿根廷足球俱乐部的人,才是真正的球迷。还有什么能比遇上自家球迷更开心的?当然,他对河床队的喜爱,没有到我这样的程度。不能太挑剔,其实只要是球迷,差不多都能聊起来,除非对方迷的是博卡青年,而现在正在踢布宜诺斯艾利斯城的德比。进城时已经凌晨了,我带他们去附近还开着门的餐厅打包吃的,他们说坐了一天车,没怎么吃。他们从贝尔格莱德米。从贝尔格莱德坐大巴过来,确实得坐好长一阵子的车,特别是冬天。我在贝尔格莱德待过七年,奥尔加就是贝尔格莱德人。

有时候,作为和住客共享一栋房子的民宿房东,我是不得不和住客聊聊天的。聊聊天也挺好。多数时候是跟他们讲讲路线,说说景点。偶尔,也会有房客想要跟"本地人"聊聊过去,聊聊战争。聊聊也行,这些话题也不需要回避。听他们泛泛地谈一谈,对他们感兴趣的话题我也就那么泛泛地说一说。这些东西,只能泛泛地聊。不是我不想聊,而是不知道怎么去聊。我们本地人不聊这些,根本不用聊,因为这些是大家都了解的东西,不论当事人有没有在彼时此地亲身经历。而跟游客们,不管是聊这些还是不聊这些,这些东西都是聊不了的。言语不论怎么深刻,比起曾经发生过的现实,都太轻巧了。况且,遭遇围城那三年,我不在萨拉热窝。炸弹轰炸贝尔格莱德的时候,我又已经从贝尔格莱德回了萨拉热窝。奥丽娅[①]跟我一起回来的。后来有了萨沙。也只有萨沙。

差不多可以出发了,早点到机场,坐在车里边看球边等也挺不错的。今天没下雪。估计今天来的中国人不会再跟我聊足球了,毕竟喜欢足球的女人是少数,我想中国女人应该也不例外。说来奇怪,在我接待过的住客中,有不少中国人。遇到喜欢聊天的中国人,除了聊萨拉热窝,我还能跟他们聊聊中国。

好几年前,我们去过一次北京。签证很费了些周折。是去看

[①] 奥丽娅是奥尔加的昵称。

奥尔加的妹妹——索菲亚。索菲亚嫁了个中国人,是她在彼得堡的研究生同学,一个留学生。毕业后她就跟丈夫一起去了北京。按照奥尔加的说法,索菲亚在北京过得并不开心,说是不习惯:饮食不习惯、生活不习惯、人际交往不习惯,连空气也不习惯。

中国对我来说完全是另外一个世界。中国妹夫比索菲亚年长三岁,可他那张娃娃脸看起来就跟个毛头小子似的,除了满头的白发。他那白头发很有意思,按理说,中国人是黑色头发,黑色头发应该会使白头发显得特别突出,但他的头发偏偏白得很均匀,好像生下来就有这些白发似的,隔远了,头发整体看起来就像是灰色的。他很热情,带我们去了古代中国皇帝的皇宫,那皇宫真是气派。还去了长城,萨沙一说到长城就很兴奋,长城确实壮观,也确实难爬。

我们是夏天去的。长城就这么光秃秃地在太阳底下烤,每一块石头都烤得发烫。我记得当时中国妹夫从他的背包里拿出四瓶矿泉水,给了我们每人一瓶。给罢,他说他背包里还有一瓶。而后他又翻出两顶遮阳帽,递给奥尔加和索菲亚。奥尔加接了过去。索菲亚往后退了半步,她说谢谢,她说她不用。最后,那顶帽子戴在了萨沙头上。中国妹夫会讲俄语、英语和一点点塞尔维亚语,萨沙和他聊得很开心。

在北京的那几天,我没有体会到索菲亚说的那些不习惯。回来之后,我们把在北京拍的照片都洗了出来,还挂了好几张在墙上,直到奥尔加离开。那些挂着的照片,都被我收起来了,只剩下一张萨沙在长城上拍的单人照。我和萨沙,我们俩,都尽量避免谈起他妈妈。

在我们一家去中国旅游之后的第二年,索菲亚就离开了中国,离开了她的中国丈夫。具体是什么原因,我猜索菲亚对奥尔加说了很多,但奥尔加对我说得很少。这种事,不详细说就说不清楚,说得太详细又会很累,而且也未必就能说得清楚。索菲亚离开中国之前,和奥尔加联系得很频繁,她们姐妹俩感情很好,无话不谈。我的弟弟和妹妹年纪小我很多,现在他们和我无话可说,要是我有什么要跟他们说的,也只能去墓地说了。索菲亚离开中国之后,回了贝尔格莱德。奥尔加去探望她,陪她在贝尔格莱德周围散心,后来她俩一起去了她们小时候曾去过的柳波斯尼亚修道院。

奥尔加从贝尔格莱德回来后,跟我说索菲亚想去当修女。跨国婚姻竟然可怕到了这样的程度?离婚还不能解决问题,还得去当修女?奥尔加认为我的玩笑不仅不好笑,而且是种冒犯。柳波斯尼亚修道院,我也曾经去过一次,是一座古朴的女修道院,在山里,条件艰苦,地方偏僻。

冬天不是萨拉热窝的旅游旺季,旅客比夏天少很多。不然今天来的中国人,也没那么容易把入住时间提前好几天。我站在阳台上抽了支烟。教堂的钟声响了。城市还沉浸在冬日清晨的昏暗里。这个季节,这个时间点,在阳台上抽烟,最好穿上外套。手机放在导航架上,边开车边看足球,有时候会漏掉精彩的瞬间,但一心二用的刺激感能弥补这种疏漏。奥尔加离开之后,只要有球赛我都看。只要没在上班,我就在看球。看累了出去吃个饭,喝杯啤酒,或者在阳台上抽支烟,喝杯咖啡。没有球赛的时候,还可以玩实况足球，偶尔我也会选博卡青年。在这个世界上，博卡青年是我第二了解的球队。只要我选博卡青年，就一定会选河床当对手，这种选法，每回的游戏结局，都是确定的。萨沙不喜欢看足球。他每个周末都去教堂。以前是和他妈妈一起。后来他妈妈走了，他就自己去。现在他也走了。开个民宿其实挺好的，起码家里时不时地还能有人在。

后视镜上面挂的十字架在下山和转弯的时候，总是一晃一晃的。十字架是奥尔加以前挂上去的。以前我开车不看球。

在那之后不久，索菲亚的确去了柳波斯尼亚修道院，但她没有去当修女，她在那里住了一段时间，然后去了圣彼得堡。奥尔加说她去圣彼得堡是因为贝尔格莱德好的工作机会太少了。有一次，我无意中听到了她们俩打电话。工作确实是一个重要的原因，但不是唯一的原因。不然怎么解释索菲亚后来又去了摩尔曼斯克呢？极圈里的城市难道会比圣彼得堡有更多的工作机会吗？如果圣彼得堡那男人是埃及人的话，埃及人能习惯极圈城市的寒冷吗？但凡奥尔加没说的，我也不想问。据说圣彼得堡很漂亮。我去过远在中国的北京，没去过就在俄罗斯的圣彼得堡。而我最想去的，是布宜诺斯艾利斯。

雪天的清晨，对面车道驶近的车，远光灯格外晃眼。那天正午的阳光也格外晃眼，车在崎岖的山路上盘旋，鹰在天上跟着车盘旋。我载着萨沙去柳波斯尼亚修道院看奥尔加。他俩一起对着圣像祷告，我倚在教堂门口看着他俩做祷告。阳光透过教堂的玻璃花窗投下五彩的光影，那光影落在了绘有玫瑰花的壁画上，落在了地板上，还落在了他们母子身上。微小的浮尘，在光影中，不停歇地舞动。在那一时刻，我突然觉得，上帝也许真的在看着我们，但我没什么可忏悔的，也没什么可祈求的。后来萨沙自己又去了一次。我没有再去。

奥尔加和索菲亚一样，没有真的去当修女，她只是在那里待的时间比索菲亚长一些而已。在那之后，她回了贝尔格莱德。奥尔加提出离婚的时候，我同意了。我什么都没问，平静地去办了离婚手续。她说她已经和萨沙说过了。我猜想萨沙也知道。只是，他不一定知道全部，他也不需要知道全部，他最好不知道全部。连我自己，都不想知道更多了，只知道她的生活里出现了一个名叫穆斯塔法的人。她和索菲亚，当真是亲姐妹……

球进了！角球！

"安东。"奥丽雅一边轻声唤我，一边从烟盒里拿出一支细的香烟。我从没见过她抽烟，她是什么时候开始抽烟的呢？她把香烟含进她擦着玫瑰色口红的唇瓣中。她的手指还是那么纤细、修长。打火机和火，同一个颜色。香烟点着了。她浅浅地吸了一口，把烟从嘴唇中取出来，递到我嘴里。过滤嘴上，有她玫瑰唇膏的味道。我一边抽着烟一边看着她，一边握着方向盘一边看着球，一边稳住摇晃的十字架一边看着路。车飞了起来。我好像在笑，或者，笑了。

20. 邻居

萨拉热窝的布特米尔国际机场，其规模和"国际"二字是不匹配的。从莫斯科过来没有直飞的航班，必须得转机。从外观上看，布特米尔机场和摩尔曼斯克机场类似，都是矮矮的长条形建筑，门头极为不起眼。但是，从来没有人称萨拉热窝为"英雄城"。

陈在行李传送带旁等着自己的两个行李箱。每次出门旅行，她的行李都特别多。她会提早就开始列单子，尽量把旅行中可能用到的东西全写进去。她总是能往快写满的 A4 纸上再增添一些用到的几率比较小但也不是完全不可能用到的物件。最令她头疼的是衣服。她总是搞不清该带些什么衣服，以至于带的衣服常常不是太厚就是太薄，或者一到地方，发现带的衣服里没有自己想穿的。家里的两个衣柜都塞得满满的。她不时地给自己添置新衣，却很少扔掉旧的。每次整理衣柜时，她都会想：这件（已经几年没穿过了的）衣服也许我以后还会穿。那些旧衣服勾起了她的回忆，关于某些不会重现的场景、某些如同镜子反射太阳光的瞬间，某些已经逝去的人……这些"逝去"的人，包括她自己，都还活着。逝去的是过去的他们，像断了线的风筝一样飘走了，全无踪迹，只剩下些许残影。而那些旧衣物，那些在逝者未逝时的各种场景里出现过的旧衣物，给了那变幻不定的残影一点点确切的形状、一点点证明其存在过的证据，哪怕是无效的证据。她一边整理，一边把旧衣物一一套上试穿，又一一脱下，再一一收起。每次整理完，她都困惑：为什么自己有那么多衣服，却还是没衣服可穿？只能买新的。新的，过不了多久，就在堆得层层叠叠的衣柜里失了踪，再次出现在她视线中时，又成了需要整理的旧衣服。

传送带一片片地转动着，末端的闸口还没有吐出任何一件行李。因为疲倦，陈坐在了行李推车上。从莫斯科飞过来，再加上在伊斯坦布尔转机，一共用了七个多小时。她不止一次看到过关于伊斯坦布尔的旅游介绍，那些图片也曾令她向往，可她就是没有生出过一定要去的念头。而关于萨拉热窝，最初她是在一本杂志上看到的——飞机上的航空杂志——里面有两张照片给她留下了极其深刻的印象，一张是当时战地记者拍到的"萨拉热窝的罗密欧与朱丽叶"，在被命运抛向死亡的过程中，两人竭力相拥，至死不渝；另一张是墓地，一根根立柱样的墓碑，像一支支参差不齐的蜡烛。那篇文章的最后，提到了郑秀文唱过的一首歌——《萨拉热窝的罗密欧与朱丽叶》。从那时起，在她心里，萨拉热窝成为了"今后一定要去看看的地方"。

行李陆续出来了，一件件地横在传送带上，等人认领。每天，每个航班，几乎都会出现一两件孤零零地滞留在传送带上的行李，像放学的孩童，等着家长来接。陈就是那种会迟到的家长，但不是今天。她看见了自己的托运箱,硬壳,明黄色,上面有贴纸的胶痕。贴纸已经剥落了、被撕掉了,可是都脱落得不够完全,不够彻底,它的主人没有在这件事情上花足够的心思。箱子表面已经有了明显的磨损痕迹,黑色的刮痕像伤口一样,愈合了,却留下个醒目的疤。她站起身来,托运箱已经到了她面前。她同时握住箱子顶部和侧面的把手:一、二、三!用力的时候,她的血往脸上涌,手背上的筋骨发白、凸起。她坐在大箱子上又等了一会儿,另外一个小箱子才出现在传送带上。

陈站在机场门口,等着来接她的房东。她运气不错,居然成功地把民宿往前挪了日期。呵,运气不错。如果真的"运气不错",她现在就还在莫斯科,而不是来了萨拉热窝。所有的事,不论好坏,都可以将原因归结为运气。就像所有的关系,持续着的和结束了的,都可以将原因归结为性格。简单粗暴,不用花心思去理解;玄之又玄,只花那一点心思也理解不了。如此,既有借口又有理由,这般,生活的浑浑噩噩就能够得以继续。

天已经亮了。室外很冷。一刻钟过去了,房东没有出现。她给他发信息——无回复;打电话——无应答。她回到有暖气的机场大厅里,坐在椅子上等。又过去了半个小时,她什么也没等到,没有信息,没有电话。她翻看今天凌晨她和房东在民宿网站上的聊天记录,他确切地回复了她:入住时间可以往前挪到今天;确切地问了她:要不要他来接机;确切地承诺了她:他会开车来机场接她。可现在这失联的状况又是怎么一回事?是他睡过头了吗?她开始感觉到有一团东西,在胸腔里膨胀、躁动、撞击,渐渐超出了胸腔所能承受的负荷。

愤怒。食言和失联让她愤怒,这愤怒的程度,远超过了一般人在遇到"房东联系不上"时的感受。这突发的状况是一个引子,一根导火索,引爆了她长期以来被压抑的愤怒。那些情绪,就像一个埋藏在阴暗角落里的生锈铁盒,不被看见、不被记起、不被清理……不断堆积。直到一次新的愤怒,在一种事主认为不需要压抑的情况下,和铁盒里所积压的愤怒产生了同频共振……

愤怒在燃烧她的胸腔、内脏,她整个人都着火了。诸番食言、频繁失联,这些熟悉的行为,一直在被重复。她选择不去看,不去看见。现在盒子爆炸了,现实的碎片散落在眼前,她避无可避,不得不看,看自己是如何一次次地自我催眠;是如何错过了宣泄和还击的机会;又是如何退让、忍受、再退让、再忍受。在不知情的状况下成为一个有妇之夫的情人,本身已经让她愤怒,而自己没有及时抽身离开,反而在纠结在忍受,这让她更加愤怒。一层层的愤怒,都被塞进了黑暗狭小的生锈铁盒里。那个她一直在努力从前景往远景推的人,那个促使她不得不出国旅行的人,那个因为莫斯科之行而暂停占据她大脑的人,那个有妇之夫现在突然又跳到了她面前。暴怒在她身体里流窜,她必须为它们找一个出口。渐渐地,怒气化成一声声咒骂,那咒骂像是一只滚落在地的铅球……她"嚯"地一下从椅子上站起来,最后一次拨打房东的电话。无人接听。铅球还在陆陆续续地从她嘴里蹦出。她在民宿网站上写下了长篇投诉,提交了取消订单的申请,重新开始联系能在今晚入住的房源。五分钟内没有回复的,全数屏蔽、删除。就在她已经放弃民宿，准备订酒店时，最后一个叫Jasmina的房主回复了她。于是，在萨拉热窝的日子里，她有了一群沉默的邻居。

出租车驶离了机场。她回想着这些天。所谓"这些天"，从她离开广州到现在，也不过只有两天。可这两天，太漫长了。不真实感使得时间在一个个事件中流淌得过快，同时，又让时间在回忆中显得成倍的漫长。她反复回想了在莫斯科的每一个细节，还将一次又一次地重新回想，可惜，回忆并不是一部情节始终如一的电影。

司机停了车，目的地到了。陈见过这个地方。车为什么要停在这里呢？她看了看手机定位，地图上确实显示已经到地方了。她下了车，站在路边，对面是一座墓地，和她在航空杂志上见过的那张墓园的照片几乎一样。这家民宿，竟然在墓地边。陈按了门铃，来开门的是Jasmina本人。在看到陈的瞬间，她愣了愣神，随即拎过陈手里的托运箱，把陈迎了进去。Jasmina的丈夫腿有点瘸，戴着一副玻璃瓶底似的眼镜。他们夫妇都已退休，孩子没在萨拉热窝，这栋房子现在就他俩住。楼梯的墙上挂着各式各样的风景照片。客房在二楼，房间里暖气很足，房间窗户，正对着墓地。

陈放好行李，立在窗前，凝视着窗外。窗户里，是温暖的米色调，有床，有绿植，还有一个站在窗边的人；窗户外，是凄冷的白色调，有雪，有墓碑，还有许多曾经活过的人。她的脸贴得太近了,窗玻璃上凝起了雾气。她想起她在莫斯科住的地方,那空荡荡的公寓,公寓窗外,是一片积满落雪的光秃树干。莫斯科的雪和萨拉热窝的雪,看起来不一样。

墓地并不让她感到害怕,却让她感到不祥,似乎有种预示性,和昨天发生的事相关的预示性。昨天发生的事,竟然只是昨天发生的事。在观感上。她觉得从发生那件事到现在,已经过去很长时间了。Z到底怎么样了?她一路上都在查看手机,包括她被愤怒占领的时候。没有信息,什么也没有。她望着窗外这墓地,想起她在Z家楼下遇到的那只黑猫,它过马路了,刺耳的急刹车声,车灯下,猫眼睛是刺目的金色;还有路面排水口的铁栏,卡住了箱子的一只轮子,她费了好大的劲才把轮子弄出来;去机场的出租车上,挂在后视镜上的黄铜十字架,随着路况摇晃、摆荡……一切迹象,包括这墓地,都于此刻凝结在一起,某种模模糊糊的预示正在形成。陈脱掉衣服,缩进被子,闭上双眼。天花板上没有任何人的照片。

这个白天,陈睡得很熟。醒来,已经是夜里了。夜很静。静谧中,各类声响就越发凸显了出来,而凸显出来的各类声响,又使萨拉热窝的夜显得更为静谧。Z曾问她为什么会想去萨拉热窝。其实并不一定非得是萨拉热窝,只是恰好是萨拉热窝。她现在倒是想告诉他,他问的问题不对,应该问她为什么要出门旅行,还该问她为什么要来莫斯科。

斜挂在天上的一轮寒月,给墓地罩上了一层薄纱。她见过一些墓地,但窗外这样的,还是第一次亲眼见到。新圣女公墓她没来得及去，那里埋葬的都是些名人，坟墓形状大相径庭，墓碑造型千差万别。而面前的这一大片墓地，墓碑全都彼此相似，青白色的方形石柱，每根柱子上都有金字塔形的尖顶，尖顶上挂着残雪……冬夜里，它们看起来全都一模一样。这种彼此的相似性，才更像是死亡的本来面目。坟墓里的死者，大多都死于同一时间段。战争只是无数原因所导致的同一个结果，并不是原因本身；战争也只是无数的欲望所呈现的同一种方式，并不是欲望本身。人总是要死的，这一点谁也避免不了。死了，说明活过。我几乎听见了刀扎进去的声音，一定很痛吧，流血了……

陈躺回床上，闭上眼。昨天发生的事和Z的脸，又浮现在她眼前。而另外那个让她愤怒的人，重新从她大脑的小剧场中淡去了，模糊在了一片背景色里。一件事如果太大，就会遮挡住其他的事，使其他的事显得渺小、显得不重要。痛苦也同理。要忽视一种痛苦，最快的方法，是产生另一种更深入、更不可缓解的痛苦。她跑到莫斯科，又跑到萨拉热窝，地方根本不重要，就算待在重庆，她也一直在逃。但她总有种强烈的预感：她是跑不了的。她被困住了，哪里都去不了，去到哪里都是一样。

21. 女鬼

清晨六点。

闹钟响了。我抓过枕边的手机，抢在它响第二声前，关掉了它。小满在她的床上翻了个身，头往被子里埋得更深了。佩佩在更远的那张床上一动不动，我几乎能听见她均匀的呼吸。这是一间在阁楼里的卧室，有三张单人床。阁楼很安静。我往床边倾斜的顶窗望了一眼，天还没亮。我坐在床边，面对着小满的床。小满背对着我，我盯着她又粗又密的黑发，试图回忆起上一次这些头发涌向我、全身心地与我纠缠在一起是什么时候——竟然想不起来了。

我拿起衣物出了卧室，轻轻带上门。浴室在二楼，我冲了个澡。旁边的房间门敞开着。一张空荡荡的大床，和昨天一样，铺得整整齐齐。没有住客。

出门旅行的每一天我都会早起，以便能够尽量抓住每分每秒，去感受当地的清晨、当地的傍晚、当地的人和当地人的生活。其实我原本没想来萨拉热窝。小满和佩佩都在英国念研究生，本来打算趁着她们放寒假，去英国看看，可我的签证被拒了。于是她们找了几个不需要签证的地方让我选：塞尔维亚和波黑、白俄罗斯、格鲁吉亚。我选了塞尔维亚和波黑，因为萨拉热窝比其他地方有名。头发吹干了，可以出门去溜达了。

今天回来时已经十点半了。回来的路上，我还想着怎么跟她们解释我出去了这么长时间，可一进门，我就知道小满和佩佩还没有起床。房子里很安静，她们平时就起得晚。房东好像也不在。昨天一整天就没看见房东，可能是他出门太早，我们回家又回得太晚。昨晚我们去了 live house，她俩喝得比我还多。我和小满就是在音乐节上认识的。我把面包放在茶几上。沙发很软，我陷在沙发里，回想着刚才发生的一切……

我在街上看到她的时候，她正被两个醉汉骚扰。他们缠着她，说要跟她合影。这两天在萨拉热窝看到的亚裔确实不多。我犹豫了两秒钟，走上前去，跟她站在一起，打着手势比画着，跟那两个人说可以跟我合影。我边说边朝她使眼色，让她先走。她会了意，拐进了旁边那条巷子。这俩哥们大概也没有恶意，照完相，拉着我又哈啦啦地说了两句，我表示我要走了，跟他们再见，他们也没有再纠缠。

我拐进刚才她进去的那条巷子。她蹲在路边。"哈喽。"我跟她打招呼。她蹲着没动，眼睛垂着。她好像在哭。"你没事吧？"我问她。我不自觉地就说了中文。她的红围巾被掉下来的眼泪浸出了水痕。她在用手把脸上的泪抹掉。我也在她身旁蹲了下来，拿出纸巾递给她,她接了过去,仍旧低着头。难道刚才那两个人欺负她了吗?应该不至于。还是她被吓到了?过了一小会儿,她似乎止住了眼泪,抬头对我说:"刚才谢谢了。"

我对两种女人没有抵抗力,一种是古灵精怪特立独行的,还有一种是思想深邃有神秘感的。我不知道该怎么描述得更具体,打个比方,就说小满吧,她那双会说话的大眼睛里面装着她看过的电影、听过的音乐、读过的书,以及她起伏的情绪。我常常都不知道她究竟在想什么。而小满的朋友佩佩,对不少男人来说应该都是有吸引力的:圆圆脸、长卷发、鼻子微翘、身材丰满,但那是一种不足以让我想要付诸行动的吸引力。就算没有小满,我也不会和佩佩在一起。嗯,应该不会的。

面前这个女人说的这句"谢谢",是看着我的眼睛说的。那一刹那我愣住了,而后我避开了她的目光,摆手说不用谢。我说我刚才看到她就觉得她可能是中国人。她微微地点头。照理说我应该跟她就此别过,去前面那条我没走过的路。但当我问她要去哪儿,她说她不知道随即又说她要去山上的时候,我听见自己说:"我也准备去山上。"虽然我昨天才去过,但山上风景确实很好,能看到整个萨拉热窝城的景色,让人禁不住想要再去。

我从沙发上站起身来,这种软沙发就是为了把人困住而存在的。我披上外套,走到阳台。房东叫安东,那天他是开着他的宝马车来接我们的。他家在半山腰，阳台上能看见萨拉热窝城的景色，虽然比不上山顶，但视野也很开阔。从阳台往外俯瞰，下面那些房子的屋顶上都落着雪，佩佩说像一整块撒满芝士的 pizza。我之前看到安东在阳台抽烟，他说他儿子离开了萨拉热窝，他现在就一个人住，一个人住其实没有必要在阳台上抽烟的。我在广州也一个人住，我自己卷烟抽，就在客厅里抽，除非家里正住着不喜欢烟味儿的房客。没错，我也是一个民宿房东，开民宿是件挺有趣的事，在家就能遇见各式各样的人，我家有两个房间，空置的那间，提供给住客。佩佩就不喜欢烟味，佩佩也不会在我家住。我现在就想抽支烟。我想起那个女人抽烟的样子，她说她叫陈。

陈面色苍白，上山的一路上都没怎么讲话。奇怪的是，明明她就在我旁边，我却觉得她飘忽不定，就像产生了幻觉似的。我们到了山顶。我敞开外套以免出汗。陈时不时地跺脚，爬山似乎没能让她暖和起来。她从包里摸出一盒烟，烟盒标签上的文字像是塞尔维亚语。我问她这烟是不是在塞尔维亚买的，我就是从贝尔格莱德坐车来萨拉热窝的，坐了七个多钟头，一路山路。她说她在莫斯科买的。我问她莫斯科怎么样。她说还行，边说边把烟塞进嘴里，又递给我一根。山上风大，她用手护着打火机，半天才把烟点燃。她让我再告诉她一遍我的名字，她说抱歉，她说的那"抱歉"里没有抱歉的意思，而我一点儿也不介意。"吴立，"我说，"我叫吴立。"

我打了两下,火机就燃了,烟点着了,就和在山上一样。小满和佩佩还在睡,她们起床之后,还要收拾半天才能出门,出门就该吃午饭了。

昨天早上我溜达完回来时九点半,她俩还在睡,我弄好面包冲好咖啡端进房间,叫她们起床。小满从床上坐起来,看了一眼咖啡和面包,套上毛衣去二楼洗漱。佩佩还躺在床上赖着,她问我什么时候起床的。我说六点。她问我去了哪儿。我说山上。她问我山上怎么样,我给她大概形容了一下。"你怎么能起来得那么早呢?我也想去,可是我起不来。你怎么能起得来呢?我也想起来,可我怎么就起不来呢?我每天都起不来……"她还没睡醒,声音软绵绵的,直往人毛孔里钻。她的富二代生活里充满了各式各样的"想起来但起不来"。小满在的时候,她的声音会显得清醒一些。

我抽了一口烟,看看表,平时她俩要是到这个点还没起床,我就会去叫醒她们,要是她俩一直不起来,我会感到烦躁。如果要睡觉,在家睡就好了,没有必要飞十几个小时到国外睡觉。而此刻,日上三竿,我站在阳台上抽烟,心平气和。

陈抽了一口烟,从她嘴里飘出来的烟雾,使她看起来越发迷离。她说她是昨天才到萨拉热窝的。现在回想起来,她说得其实也不少,但没怎么说关于她自己。她似乎总能不知不觉地把她不想说的东西避过去。

在我说到萨拉热窝是座山城,山城让我想到重庆的时候,陈看着山下的城景,看着山坡上一栋挨着一栋的房屋,问我是不是没去过重庆。我确实没去过。我问她是不是去过。她说算是,紧接着她说她不喜欢重庆,她说重庆冬天见不到太阳,夏天又热得昼夜毫无温差可言,吃的东西又油又辣。现在想来,什么叫"算是"呢?我在她身上没有感觉到一个旅行的人对新鲜事物和景致的兴奋,她似乎对什么都淡淡的。当她听说我从贝尔格莱德来,就问我有没有去当年被轰炸的大使馆旧址。我说我去了。当时我确实是想要去的。好在她没有再问细节。

要下山的时候,她说她喜欢在这个角度俯瞰萨拉热窝的全貌,整个城市就像一大片墓地。这说法让我觉得很新鲜。我问她原因。她说围城的时候,这里本来就是一片困住活人的墓地。我告诉她,我住的民宿在半山腰,从阳台看出去,城市的景色像是一块 pizza。她说她原本订的也是山上的民宿,卧房的窗户能看到城市的景色,但房东放了她鸽子。我问她现在住在哪儿。她说墓地。如果她是在晚上说的,我还真会觉得这事儿不是完全没有可能——她其实是一个心事重重的女鬼。她说她是临时找的民宿,就在墓地边上,卧房的窗户正对着墓地。"你不怕吗?"我问她。她说她不怕,她说没有什么可怕的。我想,一个不怕墓地的人,是不会被两个醉汉吓哭的。

下山的路上,我发现她完全不在意要往哪里走,就带着她在小巷子里转悠。路边的一些旧房子上布满弹痕。有一栋被炸毁了一半的空屋,没人住,也没被拆除,并排在它左右两边的房子都是完好的,住着人。她在这栋被遗弃的房子面前站定,说这房子让她想起汶川地震的遗址。她说这半栋剩下的房子是历史留下的残骸,每个弹痕也都是历史的碎片。她说除了战争和灾难,时间也能产生残垣断壁。她还说楼也会痛,如果身上多出一个窟窿来的话,不论是人还是楼,都会很痛。

后来我们经过一小片墓地,陈走进墓地,抚掉一个圆柱形墓碑上的积雪。小满说自己喜欢萨拉热窝的墓地,说这些墓地虽然会让人感到沉重,但却是一种有温度的沉重。我觉得这话说得很好。我把这话说给陈听。陈却说所谓"有温度的墓地",温度不是来自墓地,而是来自修墓地的活人。墓地里是死亡,但凡死亡都是冷的,没有一种死亡比另一种死亡更有温度。温度,只是活人的感受。我觉得这话说得更好。陈说这话时,整个人是出神的、游离的,就好像她真的是个女鬼,还是倩女幽魂那种。

小满和佩佩起床了。楼上响起了小满的脚步声,她穿拖鞋时,脚总像提不起来似的,以前还在广州时就是这样。我们在贝尔格莱德机场碰面,我先看到她们,我叫她:"小满。"小满也看到了我,但她的脚步并没有产生变化,她的拥抱也显得很客气,好像这个拥抱只是出于礼节,是为了不让快步奔向她的我扫兴。她的冷淡并非因为佩佩在场,相反,我觉得如果佩佩不在场的话,她估计会把这个寒暄的拥抱也一并省略了。也许是因为一年的分离,她对我感到陌生了。这一路,每天都是我们三个人一起住。只有佩佩的英国男朋友来塞尔维亚和我们一起滑雪时,我和小满是单独住在一起的，但什么都没发生，她拒绝了。我又点燃了一支烟。

下山后我问陈饿不饿，我知道一家面包店，昨天才去过，面包做得很棒。她说好。她说她已经快一整天没吃东西了。怪不得脸色那么苍白。我问她为什么不吃。她说因为她太困了，而且她没觉得饿。一整天没吃东西却不觉得饿，也许是已经饿过了、饿得麻痹了，再或者——她确实是个女鬼。我往她身后看了看——有影子。那面包店确实不错，昨天买回去的面包让小满和佩佩都赞不绝口，两人边吃边嘱咐我明天再买。我在昨天没买过的品种里挑了几个装进纸袋。陈问我哪种好吃。小满昨天说可颂好吃，佩佩似乎更偏爱贝果。我把可颂指给陈。她拿了可颂、巧克力面包、白面包，还有两个我叫不出名字的。"你能吃这么多吗，还是给朋友带的？"我很好奇。她说她自己吃，但很难决定到底买什么，就各种都买一点。"你也买了不少。"她指了指我手上的面包盘。"我和两个朋友一起来的，给他们带早餐回去。"我说。"那他们很幸运，在家睡懒觉也有得吃。"她笑了，这是我今天第一次见她笑。她笑起来的样子令人心动。

刚结完账，她就拿出一个面包，恰好是可颂，往嘴里塞。然后她把咬过两口的可颂放回纸袋，拿出另外一个面包咬了起来。我边吃，边看着她把买来的每种面包一一咬过，有的咬得少，有的咬得多，有的咬得大口，有的咬得小口。现在每个面包都是她的了。本来也都是她的。她的嘴角粘上了一点点面包屑，我想拿张纸给她，但又觉得嘴角有点面包屑也蛮可爱的，就不那么像女鬼了。她问我萨拉热窝最吸引我的地方是什么。很久以后，我才明白对我来说这个问题的真正答案是什么。但在陈提问的当下，我脑子里浮现的是昨晚去吃饭的路上，小满对我们说，她觉得萨拉热窝很适合作家长住，这里物价便宜，生活便利，并且有足够的历史沉淀和文化碰撞……佩佩打断了她，指着那家专门做 pizza 的餐厅，说：到了，就是这儿了。

买完面包已经快十点了，我看看手机，她们没有给我发信息，但差不多该回去了，不然还得找理由解释。可我一直没能把"我先回去了，再见"这句话说出口。陈拐进了一家刚开门的小店，我跟在她身后，是一家卖二手衣服的店，萨拉热窝有很多这样的二手店。这边的人似乎挺习惯在二手店里淘衣服的，衣服原本也不在于新旧，而在于搭配。她随手翻着一排排旧衣服。

从二手店出来后，她的情绪似乎又变得低落了，我想起她蹲在街边掉眼泪的样子。她到底是为了什么掉眼泪呢？她在二手店门口问我是不是该回去了，不然早餐变成午餐了。我点头，说要把这两天去过的有意思的地方和好吃的餐馆推荐给她，顺便加了她的微信。

我翻开陈的微信头像，轮廓分明的黑白侧影，和她站在山上远眺时的侧脸一样。小满已经洗漱好下楼来了。

"你在干吗？"她从客厅走出来，问我。

"抽烟呢。"我边说，边退出微信界面，把手机揣进了裤兜里。

22. 作家

我同往常一样，来到艾哈迈德的咖啡馆，一坐大半天。

咖啡馆在老城里。我几乎每天都来，特别是冬天。夏天游客多，生意好。我这种坐下来叫一杯咖啡、一块胡萝卜蛋糕就赖着不走的人，如果天天都来，那是会影响艾哈迈德做生意的。冬天，冬天就不一样了，冬天来萨拉热窝的人很少。

最近我是睡醒了就来咖啡馆，反正我醒得永远比艾哈迈德开门的时间晚。全职作家就这点好处。毛姆说他自己是个二流作家，以这个标准来看，我基本就是五流或者不入流了。我也想写点好东西出来，但凡选这个行当作为营生的人，多少都有想写出好东西的愿望。可理想与现实之间，总有两座大山，一座名为"糊口"，另一座名为"天赋"。有些幸运儿生下来就翻过了第一座山，至于第二座，在翻过去之前，谁也不知道自己有没有翻过去的能力。每个写作者都雄心勃勃，相信自己天赋异禀。而天赋这东西，在自证之前，根本就不存在。对我来说，这两座山都是任重道远的征途，所以我不能拒绝我不感兴趣的撰稿。言情小说就是糊口的工具。哎，如果一个人干着写作这种劳什子的事儿，还要先考虑市场需要什么，那真是不如去干其他勾当。对我而言，已经太晚了,除了写作,我不会别的了。我还像所有的文人一样,相信自己总有一天能写出杰作,一鸣惊人。只是我经常忽略掉写出杰作的基本前提——从一堆毫无价值的狗屎中腾出时间,开始动手写它。

我刚坐下没多久,那个亚裔女人就来了。她已经连续来了两天了。上午来,坐到下午才离开。她每天进咖啡馆时,手上都抱着一袋面包,但她仍会点一杯咖啡、一块蛋糕。蛋糕每天点的都不一样,咖啡加很多奶,不加糖。她昨天来的时候我就开始注意她了。她是个游客,这一眼就能看出来。她还是个独行的游客。一个女人,在大冬天,独自,来萨拉热窝,还天天大部分时间猫在同一个咖啡馆,有点意思。黑眼睛,黑短发。我喜欢黑眼睛黑头发,短发也很新鲜。她时不时地把右边头发往耳朵后面别,小小的银色球形耳钉随之时隐时现。看不出年龄的面孔。亚洲人的年龄,真是很难通过面孔看懂。二十三岁?二十七岁?三十二岁?都有可能。在咖啡馆里,她也没取下搭在细长脖子上的正红色围巾,那应该是一条羊绒围巾。她眼角有颗针尖大小的痣,颜色比她的头发还黑。在她略显孩子气的鼻子下面,有一双饱满诱人的嘴唇。她今天还是坐在那个靠窗的位子,和昨天一样。

我每天坐在咖啡馆里,对着电脑,敲击键盘。上午一般写专栏和言情小说的情节主线。情节主线很重要,特别是写给女人看的小说。写给女人看的小说我用的笔名都是 Amor[①]。女人嘛,都喜欢爱情,那就给她们爱情,反复地给。所谓爱情不过是许许多

---

① Amor(阿莫尔)是古罗马爱神。

多的幻觉组合在一起,而制造幻觉本身是有套路可循的。在咖啡馆敲累了,就翻翻熟悉得不能再熟悉、不知道翻过多少遍的《艾伦·福特》①。这全是托艾哈迈德的福,他是《艾伦·福特》的忠实粉丝,咖啡馆里有一大堆《艾伦·福特》。为什么我不试试写特工小说呢?

那女人天天坐在那里,什么都不干。说她什么都不干,也不准确。她会时不时地啜一口她那杯加了很多奶的咖啡,或者抿一小口蛋糕,或者抽支烟。奇怪,为什么她抽烟的时候,艾哈迈德都没有阻止她呢?理论上来说,这咖啡馆室内是不能抽烟的。有时候她会翻翻书,她自己带来的书。我趁她去上洗手间的时候瞟过那书,我只看懂了一件事——她是中国人。更多时候,她就只是在发呆。她是背对着咖啡馆的玻璃门坐的。她的包放在对面的椅子上,外套搭在对面椅子的椅背上,那椅子正对着门。她不仅看着窗外发呆,还看着面前的空椅子发呆,好像有个人就坐在她对面似的。我坐的是她斜对面靠墙的桌子,这张桌子在一个狭窄的角落里,不太受客人们的欢迎,正好作为我的"专用桌"。多数时候,我喜欢面对着门坐。她发呆的时候看起来是飘忽的,有种不真实感,也许因为她苍白的脸色,以及与这苍白脸色相统一的恍惚神情——似乎她不在此地,似乎她也在努力搞清楚她自己到底在哪里。迷失了的女人。这种形象常常出现在我的小说里。只是她的这种迷失,像是迷失在梦境里出现了海市蜃楼的荒漠,

---

① 在前南斯拉夫很受欢迎的意大利漫画,主角是个无能的特工。

而我笔下的那些迷失，更像是迷失在雾气蒸腾的沼泽，粉色鎏金的沼泽……

在目光相交的那些刹那，她的眼睛滑过我，但没有真的在看我。而我呢，天天都在观察她。职业病，侦探也有这样的职业病。也许我可以试试写侦探小说。在她来的第一天，也就是昨天，咖啡馆人很少，快到下午三点时，她走了。她走后我把她扔的垃圾捡起来，仔细查看。艾哈迈德一脸问号地看着我。我告诉他我正准备写一部侦探小说。这又是当作家的另一个好处，所有不合常理的、诡异的、乖僻的行为，都能以"创作需要"为借口。而一般人，当"年轻"离开他们的时候，就很难找到能让大家都接受的借口了。在她扔掉的垃圾里，有一张她的登机牌，从莫斯科来，转机土耳其。从贝尔格莱德转不是更快吗？最有意思的是，我在那天早上，给她取了个代号（我常常给还未命名的小说主角取代号）。当我想到要用代号来称呼她时，跳进脑子里的是一个没能闭合的圆形字母：C。而她的登机牌上，姓名的第一个字母，就是C。就这么巧！除了登机牌，还有一张超市的收银小票，上面用俄语写着：香蕉、牛奶、酸奶、苹果、另一种酸奶、果汁、啤酒（看来她是喝酒的）、还是酸奶、SOBRANIE（是她抽的那盒烟吧）……尼古丁、酒精、水果、奶制品，真有意思。我拿起桌上她擦过嘴的纸巾，我的推测没错，上面没有口红印，只有咖啡渍。玫瑰色的口红能把她从苍白中救出来。不过，苍白有苍白的迷人之处。瘦弱、苍白、虔诚的女人，眼底一旦燃起火焰来，是具有毁灭性的。

她从莫斯科来萨拉热窝干什么呢？就为了天天闲坐在咖啡馆里？这也许不是她第一次来萨拉热窝了，所以那些著名的景点她都已经去过了。或者她是离开咖啡馆之后再去的？不，五点钟天就黑尽了，一个独行的女人，观光不应该是在白天吗？她也许是个失了婚的女人。或者她是来萨拉热窝等人的，等谁呢？她时不时看看手机，不是一直盯着手机看，而是时不时地查看一眼，好像在等谁联系她。也许她在等她的情人，她来萨拉热窝是为了跟情人幽会，可对方却失了音信，迟迟未至。也许艾哈迈德的咖啡馆就是他们约定碰头的地方，他们的"老地方"。可明天当我问艾哈迈德的时候，他会说他对她没有印象，他不认为她以前来过这里。他还会笑着问我准备什么时候下手。下你个头！我也笑。我倒是真的没有和中国女人在一起过。也许我可以给正在写的故事里，增添点"异国情调"。手头正在写的这本小说是给女人看的，也许像杜拉斯那样，给女主角来个中国情人。中国男人是什么样的呢？应该也有我这样的吧。

今天我仍然没去跟她搭讪。想象她，比实际接触她，似乎更有趣。我曾经想过，如果一个女人想要保持住对我的吸引力，最好的办法，就是和我保持距离。也许她也在注意我，也许她那滑过我但不作停留的目光，只是一种手段。她不可能不知道我在观察她。女人大多都是敏感的，苍白的女人尤其如此。她抽烟抽得不勤，每支烟只抽一半就掐了。只有一次，烟是燃尽了的——她把烟夹在指间，眼望着窗外，一动不动，连烟灰掉进咖啡杯她都全无察觉，她在梦游，直到那支烟炙到了手，她才回过神来，松开了手指——烟屁股也掉进了咖啡杯里。她拿起手机，拨了号码，把手机贴在露出来的右耳上。她的耳朵小小的，耳垂利索地贴在脸侧。电话似乎没打通，反正她一句话都没对着话筒讲。这是打给谁的电话呢？也许她不是在等人，而是在跑路。也许她犯了案，失手杀了人，偷了危险的东西或是损害了某些势力的利益。总之她是在逃跑。也许也没那么复杂，只是逃婚，离开那个说不出口拒绝却又不愿意嫁的人。也许她是黑帮老大的情人。为什么是萨拉热窝，因为这儿刚好不用签证。可为什么是莫斯科呢？也许她原本就住在莫斯科。她不住在中国，她住在莫斯科。又也许，她本来就准备去一趟莫斯科，或者是她在莫斯科犯了事儿。我很难想象如果她是犯罪，到底会犯什么罪，在我看来，她什么罪都能犯。也许她在莫斯科的丈夫跟其他女人好上了，她把他毒死了……我想象着她身上发生了的，或者将要发生的种种可能。故事在想象的时候最为迷人，一旦到了要写下来的时候，又是另外一回事了。

挂掉电话后，她把咖啡杯推开，伏在桌上。脸埋在交叠的双臂里。过了一会，她抬起头来叫艾哈迈德，面容越发苍白了。艾哈迈德问她怎么了，她边摆手，边用英文说没事。她说她想要一杯浓缩黑咖啡和半杯水。艾哈迈德收掉了她桌上的咖啡杯，朝我使了个眼色。咖啡来了，她把咖啡倒进水里，一仰脖子一闭眼，像喝药一样，喝掉了那杯没有糖没有奶被水稀释过的咖啡，重新伏回桌上。她看起来很痛苦，也许是肚子痛，或者头痛，或者心痛。黑咖啡对前两者是否有效我不知道，但对后者是肯定无效的，后者的对症药是酒精不是咖啡因。没过多久，艾哈迈德又朝我使了个眼色。在我准备要去问问她怎么样的时候，她从座位上站起来，结了账，披上外套，拿起包和面包，离开了咖啡馆。

明天对现在的我来说是明天，对后天的我来说却是昨天。我晚上没睡好，我在想她，在猜想她，在想象她。在我的想象里，她起码已经有了二十个身份，每种身份都有与之相对应的情节，有时还不止一种情节。在有一个设想中，她眼角那颗痣，那个黑点，如果盯上三秒，就会成为一个黑洞，把人的神智卷进去的黑洞。她的恍惚，是因为她在镜子前流连，不小心多瞧了那颗痣一眼，于是自己的一部分神智也被卷了进去。这已经是一个带点儿科幻意味的设想了。当然，还有很多其他的设想，在有一些设想里，不，应该说是在大部分设想里，她都有不穿衣服的时候，她在辗转，她在引诱，她在挣扎，她在抗拒，她在撕扯，在被撕扯，在死亡，在致人死亡……艺术不仅源于生活，更源于想象。如果没有想象力，人类是不可能进步的。但如果没有生活，想象也会失去基础。生活是什么？生活是从小到大，从部分到整体，从出生到死亡……或者反过来。生活是一个圆形，也许不是正圆，一定不是正圆，是一个坑坑洼洼的闭合形状，有圆的部分，看起来倒是挺像那么回事儿，有始有终。可是一旦你沿着这个闭合的形状一直走下去，就会发现，所有的闭合形状，都是没有出路的。出路，是没有的。后天，我将会无可挽回地陷入一个凹凸不平的闭合形状里。不过，还是先说明天吧。

明天，我同往常一样，来到艾哈迈德的咖啡馆。

她来得比前两天略早一点，照例拿着一袋面包。她仍旧在咖啡里加很多牛奶、抽烟、发呆、查看手机。咖啡馆从中午开始就坐满了。靠门的那一桌刚离开，就有三个中国人走了进来。一定是中国人，否则她不会一听到声音就不由自主地回头。一个男人，两个女人。其中一个女人披着长卷发，另一个后脑勺绑了个发髻。游客。她瞟了他们一眼，把头转了回来。他们也看见她了。在看到她的瞬间，那男人的眼神闪躲了开去，脸上浮起了一丝不自在的神色。难道他们认识？那为什么没打招呼呢？陈游离的眼睛回了神。从这一刻起，到他们离开咖啡馆，她都没有再看他们一眼。但是，在我用眼睛观察她的时候，我发现她在用耳朵观察他们。这很有意思，也许现在，就在这个当下，在这段文字出现的当下，我们也在被别人观察。他们在观察我们，观察我们周围的环境，观察这个小小的咖啡馆，观察萨拉热窝，观察真主要让他们观察的一切。

这咖啡馆艾哈迈德开了快六年了，他在这儿遇见了他的老婆阿米娜，他们的女儿谢姆拉已经三岁多了。我在这个小小的咖啡馆赖着也有六年了。我在这儿遇见了我的缪斯们，但灵感这东西，和缪斯一样，总是来了又去。萨拉热窝不是一个适合作家待的地方，太沉闷了。咖啡馆的窗框漆成了红色，墙上的木头相框里，工工整整地贴着两排黑白老照片。如果不算我坐的这个角落，室内一共四张圆形小桌。这间咖啡馆得以存活下来，大概也是因为它小吧。春夏秋季，大家都喜欢坐在室外。咖啡馆在街角，在小巷子和大路的交汇处。小巷子边上，能再放四张小桌，门在大路那边，门前还能再放两张小桌。放在外面的椅子，也漆得跟窗框一样红。我穿着一件烟灰色的圆领毛衣。陈的脖子上，仍然搭着那条红围巾。她拿出一支烟，点燃，吸了一口。卷发女人的眉头立即皱了起来，她大概不喜欢烟味。不知道如果陈看到这个皱眉的动作，会作何反应。坐在我这个位置，既能看到她，也能看到他们。唯一可惜的是，我不会中文。

陈在听他们说话。她竖着耳朵在听。只要认真观察，就会发现，"竖着耳朵在听"是一种确实存在的状态，当一个人全神贯注地听的时候，尽管她可能伪装出了放松的姿势、满不在乎的神情、专注于其他事情的状态，但她的耳朵不会说谎，在那个时候，她的耳朵会像兔子一样，机敏地立定在脑袋两侧，严阵以待。

那两个女人在热烈地谈论着什么，男人看起来仍旧是不自在的，有几个霎那，他脸上甚至闪过了尴尬的神色。中国男人就是这样的吗？他的目光一次次落在陈身上。难道他也和我一样，被她吸引？那他刚才为什么要避开她的目光？我听不懂他们说话，但我和我的女主角一样，竖起了耳朵，仔细听着他们的语气、听他们的语调。这三个人的关系很难讲，也许是三个朋友，也许是一对情侣和一个朋友，但不太能看出，到底谁和谁是情侣，应该是这男人和其中一个女人吧，如果两个女人是情侣，带着这个男人干吗呢？当然也不排除这种可能性，对于一对女同性恋伴侣来说，男人也有男人的可用之处……我不该这么想，这么想多了，就会这么写。卷发女人的脸庞圆润，胸脯丰满，上扬的眼角带着媚态，这种类型对不精通女人的男人是很有诱惑力的。他们起身要走的时候，陈正用靠着窗户的左手支棱她左边的脸颊。那男人站起来时又看了她一眼。走出咖啡馆时，他再次回头，看到的仍然只是她的背影。他的这行为，竟然让我产生了一种虚荣心得到满足的感觉。

他们刚走没多久，陈又叫了一杯浓缩黑咖啡，这次她没有把那一小杯端上来的咖啡倒进水杯里。她轻轻啜了一小口，大约觉得烫，放下了。她拿起手机，拨了号码，似乎仍然没打通。她还是在打给昨天没接她电话的人吗？放下手机，她重新支棱起脸颊，双眼又开始在空气中飘浮、涣散。我禁不住想象，如果这双眼睛燃烧起来，会是怎样一幅光景。

走之前，她把咖啡一口气喝了个见底，眉头皱得紧紧的，喝完之后大约嫌苦，又喝了点水，吃了口蛋糕。今天的蛋糕，她就只吃了这一口。她起身，我直勾勾地看着她，她也回看了我一眼，朝我礼貌地微笑、点头。临走时，她也用同样的方式跟艾哈迈德打了招呼。

她一出咖啡馆，艾哈迈德就会凑过来，挤眉弄眼地对我说："穆法①，都好几天了，这可不像你的作风啊！"我会想：是啊，也差不多了，该去揭开谜底了。可是，谜面从后天开始，再也没

---

① 穆法是穆斯塔法的昵称。

出现过……今天晚上,我还不知道,明天会是最后一次见到她;我也没想到,自己竟然会在这种事上犯下失掉时机的错误。机会还在时,想象是种享受;机会溜走后,想象就成了折磨。之后,我穷尽了我所有的想象力,付诸于久久不能入眠的夜晚,付诸于屏幕上跳跃的文字,而渴望,仍旧在我脑后,以从未有过的姿态,张着合不上的血盆大口……不过,我相信这种渴望不会一直持续下去的,它应该和所有的风流韵事一样,一段时间后就会自然而然地过去。反正总会出现其他缪斯,反正总会有其他女人。

我同往常一样,来到艾哈迈德的咖啡馆,一坐大半天。

我同往常一样,来到艾哈迈德的咖啡馆,一坐大半天。

我同往常一样,来到艾哈迈德的咖啡馆,一坐大半天。

23. 游客

手机铃在响：铃铃铃，铃铃铃……

手机。

手机……

手机！Z！

我从床上坐起来，抓过手机——不是，不是Z。手机屏幕上闪动着那个熟悉的名字。要不要接呢？时差。难道他不知道我这边现在是凌晨吗？不论莫斯科还是萨拉热窝，都是凌晨。他打电话给我的时间，都是他方便的时间。我想起了那个梦，那个今天下午也曾想起过的梦。梦里那种庆幸的心情是那么真实："幸好……幸好，幸好死掉的是陈。"是啊，幸好，幸好死掉的是我，而不是他的太太。情人死了，生活的列车依然行驶在正轨上；而太太死了，服侍公婆、照顾小孩、生活中琐碎的柴米油盐，谁来负责？他说的那些冠冕堂皇的话，那些裹着蜂蜜的话，都是空心的，是有毒的。最可笑的是，难道我真的不知道这一切只是谎言吗？他欺骗我，而我竟是这欺骗的帮凶。又或者，其实是我在欺骗我自己，他只是个同谋而已。我按下锁屏键，屏幕黑了，铃声没了。

雪，在墓地里，反射着路灯和月光。墓地像一只冷冰冰的手，在拧我的心脏。墓地里的人，终究会被人遗忘，最后只剩下墓碑上的一个名字。墓碑是为还活着的人们立的。墓碑上的名字，是一个符号，当所有记得这个符号的人，也陆陆续续进了墓地，符号就只是符号而已了。墓碑的主人到底是个什么样的人？他在有生之年经历了怎样的喜怒哀乐？答案在时间中尽数流散。墓碑上的符号只能说明：曾经有个以那一符号为代号的人，或许，在这个世界上存在过。

活着的时间是那么短暂。活着的时候，人总愿意相信他们会一直活下去。也有另外一些人，他们不愿意再活下去了。活着，确实，太痛苦了。无边无际。宇宙是无边无际的吗？如果不是，那宇宙外面是什么呢？一层一层，总有一个东西是无边无际的，无边无际，无始无终，无穷无尽……太可怕了，比活着还要可怕。

墓地里的居民，我的这些邻居们，都是火化的吗？还是土葬的？他们用了什么样的棺木呢？或是尸骨直接入土？没有人在坟上种树，至少在这片墓地里没有。光，似有若无地投在天花板上，天花板空荡荡的。Z让我走，让我删掉一切联系方式，让我不要再与他联系，以免惹上麻烦。于是眼前这片墓地，成了这些日子里我每天的起点和终点。

萨拉热窝的罗密欧与朱丽叶也在墓地里。穆斯林姑娘和塞尔维亚小伙子，他们没能逃离被围城的萨拉热窝，死在了双方军队的乱枪之下。过桥之前，他们分别跟交战双方阵营里的熟人说好了：他们中午过去的时候，不要开枪。确实，在那一天中午，双方暂停了开火。而在他们俩过桥之时，枪响了。事后，交战双方都不承认是自己先开的枪。那姑娘中枪之后，爬向了已经气绝的小伙子，拥住他的尸体……太不幸了，同时又很幸运，能拥有这样的爱情。假如他们当年逃出了萨拉热窝呢？故事又会有怎样的结局？也许会有那么一天，那个已经不再是小伙子的男人，会在梦里庆幸，出车祸的，不是他的太太。假如记者没有恰好记录下这一幕，那么，他们也会和其他死在围城时期的人一样，被人遗忘，渐渐成为墓碑上的一个符号，或者连符号都没有。而现在，他们成了一个凄美的爱情故事，一个童话。死亡成全了爱情的永恒。但这是永恒吗？这是终止吧。戛然而止。爱情能够不通过死亡来达到永恒吗？到底什么是永恒？真的有什么东西是可以永恒的吗？如果死亡可以永恒，那就等于在说：死就是寂灭，死亡之后，没有之后。Z就是这样想的吧，那晚，他和我谈论过死亡。没有谁能跟我保证死亡就是永恒，就是结束，所以我不敢，所以我只能破破烂烂地活下去。

肚子在叫。下午在咖啡馆里，那胡萝卜蛋糕，我只吃了一口。我一直觉得，拿胡萝卜来做蛋糕是一件很奇怪的事。但存在即是合理，肯定有人喜欢，比如那个天天都在咖啡馆里的老外。他总是做出对着电脑敲击键盘的样子，也许他是个作家。就像那三个人，准确地说，是那两个女人，所讨论的话题——萨拉热窝是一个适合作家写作的地方。她们说，是因为这里有历史，这里的历史本身就有很强的故事性；还因为这里的物价低廉，生活成本不高，民众的物欲也不高，至少和国内相比是如此……类似的话我已经听过了,只是没她们讲得有趣。到底哪一个是他女朋友呢?哪一个是,又有什么关系呢?他说他和朋友一起来的,他漏掉了"朋友"前的"女"字。早上,他说:明天见。没想到,还没到明天,就又见到了。他完全没有想要跟我打招呼的意思。他侧开的脸和早上的那张脸是多么的不同。不,不会有错,那表情,我没有看错,就像没有人会把一只猎豹错看成一只乌龟,也没有人会把一朵玫瑰错看成一条狗。如果在路上碰到那个人和他太太在一起,他也会假装不认识我吧。他一定会的。我突然想起我做过这样一个梦,梦里的他松了口气:幸好不是他太太。是啊,幸好,幸好死的人是我。

烟盒里还剩两支烟,我打开了窗户。真冷。这种包装的寿百年我以前没见过,是在Z家附近的超市买的。Z不抽烟,但他不介意我抽烟,他说在俄罗斯,女人抽烟比男人多。我打开阳台的门。他让我就在房间里抽,他说外面冷。后来他把外套递给我,他自己也套上了外套,我们在他家的阳台上聊天,我抽着这包黑盒寿百年。一包烟抽了一个星期,头痛粉远比香烟容易让我上瘾。已经两个月没有碰过头痛粉了。要戒掉真不是一件容易的事。去痛片也被我留在了莫斯科。真是滑稽,我一个药剂师,竟然会在那样的情况下,给他留一瓶去痛片……难道吃了会管用吗。

咖啡能在一定程度上缓解我的偏头痛。于是我每天都坐在咖啡馆里。我喜欢那个咖啡馆的颜色。冬日里,明亮热烈的色彩能给人温暖的错觉:大红色、橙色……Z家附近的超市就是橙色的。在萨拉热窝的这段时间,白天和黑夜全都黏在了一起,清醒和困倦也都混乱了。这大约是用咖啡治疗偏头痛的后遗症：喝多了会失眠，失眠会让头疼发作得更为频繁；不喝又没办法避免头疼；有时候就算喝了，头也照样疼，不一定管用。就像昨天，哦，不，已经是前天了，那杯意式浓缩咖啡就一点用都没有，后来还是疼得厉害。今天，不，昨天，在我点那杯意式浓缩咖啡时，头还没有开始疼，但出现了一些前兆，头疼发作的前兆：眉头发紧，就好像眉心悬着一根电灯开关线，线，被轻微地拉扯了一下，力道不强，灯泡暂时没被拉亮。不是每次发作都是同样的前兆，也不是每次发作都会有前兆。如果有头痛粉，我就不用喝意式浓缩咖啡，那么苦，和药根本没区别。拿铁喝起来倒是还成，可拿铁不管用。

我每天都经过鸽子广场旁的药店，那里面不会有头痛粉，估计布洛芬之类的药是会有的。但我没进去过。痛一痛也行，反正也不是第一次了，能有多痛呢，会比被刀子在身上扎个窟窿更痛吗？

假如下午没有把所有的面包都拿去喂鸽子，而是像前几天一样，留了半个给夜里清醒着的自己，那现在就不用挨饿。人生有那么多的"假如"，又一个"假如"也没有。我不需要这个"假如"，我不愿意再吃那些面包。我已经把那家店里的所有品种都尝过了。确实，又不是那家店的过错。可我就是不想吃了，吃不了了，看着都反胃。

"鸽子代表和平"，到底是谁把这种代表性强加给鸽子的？那些按捺不住的"和平天使"，就这么飞扑过来，把我围得水泄不通。我甩出去的每一块面包，都在这灰色的狂潮中引发出一阵混乱。那些飞到我身上来没啄到面包的，就啄我的手。这景象，确实叫"和平"。如果是在非和平时期,谁会有兴致喂鸽子?如果是在围困时期,谁会有多余的食物喂鸽子?那个时候,鸽子就是食物。我已经好久没吃过鸽子药膳了。

假如昨晚把 pizza 都吃掉,现在也不会觉得饿吧。一家不起眼的小餐馆,里面只有三张桌子,做出来的 pizza 出奇地好吃。店铺的墙上挂着的很多照片:单人照、比赛照、各式各样的合照……每一张上,都有同一个篮球运动员。店里的老旧电视机循环播放着过去的球赛和采访。店主说墙上那个人曾是南斯拉夫的篮球明星,是他的父亲。他们确实有着相似的眉眼。他还说,他的父亲已经去世了。

就在他说他父亲去世的刹那,许多影像,如幻灯片一般,一张张在我眼前闪过:黑猫的眼睛、挡风玻璃前摇晃的十字架、一朵玫瑰花、鸽子扑腾的翅膀、咖啡馆角落里的那个男人、笼罩在晨雾里的萨拉热窝城、眼前的这片墓地、墓碑顶上的雪、墙壁上的弹痕、红色的窗框、点不着的打火机……所有这些涌现出的画面,都在推搡着我去把那个一直在脑海里盘旋的想法付诸实践——在等 pizza 上桌的几分钟里,我订了回莫斯科的机票。我第一次这么快地订好机票。从莫斯科来萨拉热窝的机票,订得更快,只是,那不是我订的。

撒在 pizza 上的切巴契契①是切碎了的,融化的芝士使得切巴

---

① 用碎肉做成的肉卷,流行于巴尔干半岛,在波黑和塞尔维亚被视为国菜。

契契和面饼完美地融合在了一起。那是我迄今为止吃过的最美味的 pizza。很大，我没能吃完。萨拉热窝像 pizza 吗？也许吧。不论在看得见还是看不见的层面上，不论它愿不愿意，它都像 pizza 一样，被切割成块了……

天亮之后，陈像一个游客那样，像她本来所应该的那样，翻出旅行计划，按照里面所列的景点，一一游览。她去了著名的狮子墓园，那里埋葬着萨拉热窝的罗密欧与朱丽叶。狮子墓园，和她房间窗外的墓园不同，不是穆斯林的墓园。狮子墓园旁边，有穆斯林的墓园。两个墓园，泾渭分明。她找到了那对恋人的坟墓，墓碑是两块叠在一起的心型白色大理石，其中一块上，嵌着两个人的合照：男人表情祥和，女人表情严肃。逐渐地，那照片在她眼里模糊了。模糊了很久。尽管后来她擦干了面颊上的水痕，但残留的盐分仍旧噬咬着她的脸。

回到老城，陈发现，其实许多景点她都已经在前两天的闲逛中经过了。她在"永恒之火"前停下了脚步，那是一座英雄纪念碑，纪念二战胜利的。纪念碑和它所在的黄色建筑物融为了一体，火焰在一楼的圆形拱门里。所谓"永恒之火"，是不会熄灭的长明火，和一年后谭在摩尔曼斯克看到的二战纪念碑前的长明火焰一样。她凝视着那团火时想到的人，也和一年后谭在摩尔曼斯克的二战纪念碑前想到的一样。

有轨电车不紧不慢地穿过城区。最后，陈又不知不觉地回到了鸽子广场，在清真寺对面的咖啡馆要了杯波斯尼亚咖啡，含在舌尖的方糖，在咖啡苦涩浓厚的浮沫中，融化了。

24. 孩子

陈回来的时候,我正在厨房里盘算着今天晚餐要做点什么。

"Jasmina。"她叫我。我应了她一声。她走到厨房门口,对我说她要提前离开萨拉热窝。她说她已经买好了机票,明天就走。我问她是不是出了什么事,这么匆忙。她说没有,她说没出什么事,她说她想在回国前再去一趟莫斯科。

明天她就要走了。她明天就要走了。

在她上楼时我叫住了她,我说:"你明天就走了,今晚跟我们一起吃晚餐吧。"她摇摇头说这样太麻烦我了。"一点也不麻烦,待会儿吃饭的时候我叫你。"我又补充道,"除非你晚上有其他安排。"她摇头说没有。"那就这么说了。"不等她回答,我转身进了厨房。

我把刚刚拿出来的意大利面收回橱柜里,开始重新安排今天的晚餐。明天就走,真是突然。她来的时候也是那么突然——她在民宿网站上问能不能当天入住。那网站平时都是鲍里斯在弄,那天也是凑巧了,我心血来潮地打开了网站,正看到她发来的消息。我们家已经有段时间没有住客了,冬天本来游客就少,我们二楼客房的窗户还对着墓地。鲍里斯曾经建议把网页描述里关于墓地的部分去掉，我和安德烈都不同意。必须得提前让住客知道实际情况。我在网站上回复了她，我说：欢迎你来。她按门铃的时候，我刚把客房打扫完。她站在门口，艰难地拖着两个行李箱，看着我，礼貌地问："这是 Jasmina 家吗？"

我怔怔地看着她……半晌才回过神来：是，是是是，当然是！

陈站在厨房门口，问我有什么可以帮忙的。我说："没有，你坐着休息一会儿，等一等，或者上楼去睡一会儿。"

这个可怜的姑娘，昨晚肯定又没睡好。半夜里，我起来上厕所，隐约听见了楼上的脚步声。不，并没有很吵，是木地板太陈旧了，我们一直以来都没有换过地板。不只昨天，前几天夜里，我也听见了那轻微的脚步声。是因为时差的缘故吗？她从莫斯科来，莫斯科和这里只差两小时，应该不至于会让人失眠。不知道她在莫斯科待了多久。这几天她每天出门都很早，下午一回来她就直接回卧室了，天天如此，除了昨天。昨天她回来得晚一些。昨天她回来的时候我问她吃饭了没，她说她吃了。我们家的住宿是包含早餐的，但她从没在家吃过。起初我以为她不爱吃面包和牛奶，我就去超市买了蛋糕和酸奶。后来我发现，她应该是连冰箱都没开过。晚上也没见她出门吃晚餐。不知道她每天吃的什么，到底吃了没有。可怜的孩子，这么瘦。

她没有坐下，也没有上楼去，她立在厨房门口，说她可以帮我削土豆。边说边用手比划着削土豆的样子。行。我被她逗笑了。我把土豆洗干净，装在盘子里，递给她。她端着土豆在饭桌前坐下，专心致志地削了起来。

一个年轻姑娘冬天独自一人来萨拉热窝旅行，如果她不是对历史有着强烈的兴趣，那就是在生活中遭遇了挫折。假如我独自旅行，我是不会选择萨拉热窝的，至少不会选择冬天的萨拉热窝。一个人旅行，就不适合去冷的地方，也不适合去凄凉的地方。当然，我很高兴她来了萨拉热窝，而且萨拉热窝很美，这是毋庸置疑的。也许就是它的美，使得它不得不经受它所经受的一切。美，未必是一件幸运的事。不知道东方人的审美标准是否和我们一样，在我看来，这个正在削土豆的姑娘就挺美的，如果去掉眉眼间的忧愁，应该会更美。这么年轻，不应该在心上压那么多事。也许是失恋了，这个年龄的姑娘，恋爱大过天。我也曾以为爱情比什么都重要，爱情必须纯粹无瑕。后来，萨拉热窝围困开始了……确实，爱情是朵娇艳的玫瑰，只是，当生命变成荒原，寸草不生的时候，生长于其上的玫瑰会怎么样呢？Admira 和 Bosko 成了"萨拉热窝的罗密欧与朱丽叶"。二十多年就这么过去了。

削完土豆之后，陈又帮我搅拌做煎饼用的面糊。真是个好孩子。她不小心把面粉沾到鼻子上了。我提醒她。她跑去照了照镜子，对着镜子笑了。她笑起来的样子是那么好看，眼睛像月牙一样，弯弯的。

晚饭还得等一会儿，我问她饿不饿。我给她热了半杯牛奶，又给她拿了一个可颂。可颂是今天买的，昨天的今早我和安德烈已经吃掉了。也不知道她早上吃的什么，到底吃了没有。夜里她睡不着也没见她下来吃点东西。

我们有一搭没一搭地聊着天，我问她住得习不习惯。她说习惯。我问她是不是晚上睡得不好。她说可能是因为时差。我问她是不是墓地影响了她的睡眠。她说不是。我问她觉得萨拉热窝怎么样。她说她最喜欢在山上看萨拉热窝的全景，在全景中，没有那么强烈的战争痕迹。我问她有没有在旅途中交到新朋友。她说没有。我记得我还问了她一句，问她情绪是否好了一些。她怔了一下，说："我不知道。"我说围城的时候我就在萨拉热窝，安德烈也在，我们全家都在。我说我这一辈子也有许多问题想不明白，还有许多事情没搞清楚，但我活了下来，安德烈和鲍里斯也活了下来。跟活下来相比，其他的，都微不足道。

安德烈回来的时候，惊讶地看着满桌的食物。是，我们很少吃这么丰盛的晚餐。他感叹说自己好久没吃过煎饼了。陈说她在莫斯科吃过这种煎饼，有各种不同的馅儿。安德烈问她为什么会突然决定提前回家，是不是出了什么事。她说没有，她说她不是回家，是去莫斯科。

"你不是从莫斯科过来的吗？"安德烈问。

"是的，我是从莫斯科来的，所以我得再回去一趟。"陈停下手里的叉子。

"是出了什么事吗？"我问。

"有个朋友，我想再回去看看他。"陈放下手里的叉子。

果然，是因为感情的事。

"他怎么了？"安德烈往嘴里塞了一块香肠，鼓着腮帮子嚼吧着。

"我不知道。"陈放下另一只手里的刀子,在餐巾上蹭了蹭手心。

"你不知道?"安德烈扶了扶眼镜。他那眼镜经常从鼻梁滑落到鼻尖。一旦完全扶上去,他的眼睛就会消失在一个个没完没了的圆圈里。

我朝安德烈使了个眼色。

陈低头看着自己拽着餐巾的手,喃喃道:"我不知道。"

可怜的孩子。

"你明天几点的飞机?"我转移了话题。

临睡前,我躺在床上看 Amor 新出的言情小说,他的小说我几乎每本都看。这本我已经看了一半,是一个《廊桥遗梦》似的故事。Amor 是波黑本土的作家,这本书里的故事就发生在萨拉热窝,情节非常精彩,可今天我却看不进去。我放下书,把老花眼镜褪到鼻尖,瞅着身边正看报纸的安德烈。我问他觉得陈有多大年纪了。他头也没抬,说:"25。"不,她应该不止 25 了。不止。

"她真像米利卡呀!"我说。

安德烈放下报纸,转过头来:"她是个中国人。"

"那又怎么样?米利卡也是这样的短头发,小小的鼻子、小小的脸。尤其是那对眼睛,多像啊!"

"不像。"安德烈重新拿起报纸。

"我看你是不记得米利卡的样子了。"

他又放下报纸，对着我皱起眉头："你怎么会突然说起这个来？"

我没理会他："米利卡现在也差不多是这个年纪了。"

"这个中国人顶多二十五六岁。"这个自以为是的傻瓜还在继续，"今天的晚餐是因为这个？"他问我为什么不直接告诉她关于米利卡的事。他甚至说如果我愿意，也可以给"这个中国人"写信。

我放下书，关掉灯，背转身。

这个人，这么多年了，还是这个样子。

说？怎么说？说我的米利卡和她差不多大了吗？那我的米利卡在哪儿呢？我要怎么回答？就算说了，说了又能有什么用？难道还指望谁能明白？人与人的痛苦，并不相通。就连这个跟我同床共枕了几十年的人，也理解不了我的痛苦，他尤其理解不了。战争使这个人回到了婚姻的轨道上，回到了我身边，却使我失去了米利卡。

写信，亏他能这么为我着想！没有米利卡，就找个米利卡的影子，假装成那是米利卡吗？这只会无时无刻地提醒我：我的米利卡不见了，失踪。是，是失踪了，没有人找到她，没有人，所以她就是失踪了，她只是失踪了。总有一天，她还会回来的，她会拿着行李箱，就像那天陈那样，站在门口敲门，对我说：妈妈，我回来了。

飞机上的另一个人

25. 从萨拉热窝飞往莫斯科

十一点四十的飞机,到机场只有十公里路,时间很充裕。Jasmina 说早点出门比较保险。一路上,我想起那个没来接我的房东。民宿网站上显示因为房东没有处理,网站自动判罚,房费已经退给我了。我点开那房东的头像,中年男人,络腮胡,虽然表情是在微笑,可眉目间神情严肃。就照片而言,他看起来不像是个会无故爽约的人。假如他没有爽约,那么我在萨拉热窝的这几天,过得应该会有很大不同吧。我会住在半山腰的房子里,窗户对着萨拉热窝的城景;每天走的路会不一样,我肯定不会去那个面包店,可能也不会去那个咖啡馆,甚至连黄堡也不会去;我会碰到不同的人,或者不会碰到任何人;墓地也不会是我每天的起点和终点;甚至,我现在都不会在去机场的路上……

Jasmina 叫了我一声,往车窗外指了指。我没明白她想让我看什么。她说刚才那个地方,前几天出了很严重的车祸。她问我开不开车。她说雪天路滑,车不能开得太快。雪天开车确实要谨慎,当年去川西就差点出了事。今早我第一次在 Jasmina 家吃早餐,她准备了牛奶麦片、咖啡、香肠、煎蛋和面包,各种各样的面包。她说面包是她早上才出门买的,很新鲜,问我要不要带上飞机。

昨晚跟他们夫妻俩一起吃饭，Jasmina做了那么多菜。她人真的很好。

应该不会在机场碰到谁吧？如果我能想起来那个把女朋友称作"朋友"的男人说过他要坐车回贝尔格莱德，再从贝尔格莱德回国，我就不会生出"万一碰见谁"的想法。如果原先那个房东来接我，那我也许根本就不会遇到没有必要遇到的人。如果一切是注定的，那么这"注定"里面充满了多少偶然呐！可能那个房东也出了车祸。他因为出了车祸不能来接我，或是家里出了事。不论是什么样的突发状况，只要人没死，都该有个解释、有个说法、有个交待，哪怕只是出于礼貌。我想不出任何理由，一个民宿房东会以这样的方式爽约，就算是为了自己，他也不应该这么做，这会影响他今后在这个民宿网站上的评分。我订房间之前，看了住客对他的评价，清一色的好评。Jasmina家的评分也不错，但有评论说房东态度比较冷淡，正因为这个，我一开始没怎么和他们交流……直到昨晚。竟然有人会说Jasmina冷淡。她大约是我住过的民宿里最热情的房东了。

我下了车，Jasmina跟我一起把行李从后备箱里拿出来。她昨天说送我的时候没说送机的费用，我拿出二十欧元给她，她一个劲儿地摆手、摇头，说什么也不要。我向她道谢，她跟我道别。我来的时候，就是在前面那个门口，等着本该来接我的房东。现在另一个房东送我到了机场，我要走了，离开萨拉热窝，去莫斯科。

回莫斯科。

我喜欢坐在靠窗户的座位，看城市逐渐缩小；看贴着机舱的灰雾，那是云，正在被机身划破的云；看表面静默、实则气象万千的云海；看平流层的清朗、澄净、广阔、空旷；看朝阳和夕阳给云层染上精妙的赤橙黄、青蓝紫；看夜色浓重的漆黑；看机窗玻璃上倒映出来的那个人……端详自己的时间越久，越会觉得陌生：这对眼睛、这双眉、这个鼻子、这张嘴……眼前的这张脸，到底是谁？甚至，它们根本就无法组成一张脸。五官在挣扎着要独立于面孔，每个部位都有它自己的个性和立场。如果五官无法组成面孔，那么面孔、身体和脑袋里的空想也无法组成我。那所谓的"我"，到底是什么呢？

不能往机窗外久看，阳光强烈的时候，得把遮光板拉下来；想得入了征的时候，得把头转回来，如果还能记起要把头转回来的话。

飞机准点起飞，窗外是正午，陈拉下遮光板，合上眼睛。

来的时候，她坐的也是土耳其航空，是那一晚去萨拉热窝最后的航班，Z 帮她订的票。她想不明白，在那样的情况下，他怎么还能保持冷静，还能从容地订机票、叫车、提醒她不要落下东西。现在回想起来，一切都不像是真的。

前天，在订下回莫斯科的机票后，她感到轻松、解脱。这感觉只维持到了昨天晚饭时间。今早起床时，她心里升起一股忐忑：要回莫斯科了。真的要回莫斯科吗？她踏出了那个面对墓地的房间，踏出 Jasmina 家，车载着她驶往机场，机场越来越近，到机场换登机牌、托运、过海关、候机、登机,到现在,飞机经历了一点小小的气流,已经进入了平流层。离莫斯科每近一点,那忐忑感就随之增强一点。

飞机离萨拉热窝越来越远,离伊斯坦布尔越来越近。又是伊斯坦布尔。

空姐开始发飞机餐了。午餐。面包、黄油、配着烟熏三文鱼的沙拉,点心是巧克力蛋糕。鱼肉配土豆还是鸡肉配意大利面?鱼肉配土豆。配的是炸过的土豆块,看起来和莫斯科麦当劳里的俄式炸薯条差不多,只不过不是现炸的,味道要逊色许多。土豆、米饭、面条;鱼肉、鸡肉、猪肉、牛肉,这是她选择飞机餐的排序依据,搭配的肉类没有主食要紧。巧克力蛋糕口感粗糙,很甜。萨拉热窝所有的点心都很甜,非常甜,甜得齁人,在那家小咖啡馆里,她从来没把点心吃完过。

陈旁边坐着一位包着黑色头巾的中年女性,浓密的眉毛描画得很精细,没有蒙面。萨拉热窝也没有蒙面的女性。那位女士在看一部老电影——《罗马假日》。奥黛丽·赫本和格利高里·派克在24小时内发生的浪漫故事。她一边吃一边瞟着斜前方椅背上的屏幕。

我看过这部电影。美丽如奥黛丽·赫本,也会嫌弃自己:太瘦、脖子太长、发际线太靠后。我在莫斯科几乎也只待了24小时。这一天的大半部分,也像是个浪漫故事,可后来……不知道Z回家了没有,如果恢复得快,应该五六天就可以拆线出院了。

也许他还在医院,如果他还在医院,我该怎么去找他呢?他让我当面删除掉他的所有联系方式:俄罗斯的电话号码、中国的电话号码、微信。他没给我的朋友圈点过赞,他自己从来不发朋友圈。我跟他没有共同的朋友。我只在一个笔记本上记下过他俄罗斯的地址和电话号码,以防到了莫斯科出现手机没电之类的状况。我试图在微信里添加这个号码。说不定他有两个微信呢?但他没有。

我也许可以去他家等他,如果他不在家,我就给他留张字条。回国的机票是后天的,如果明天见不到他,就很难再联系上了。也许我家的旧手机里还有他中国的电话号码,但愿我没有在换手机的时候清空通讯录。或者……会不会根本就没有人,伤口太深,不治。不,不可能,如果马上去医院,不至于不治,刀进去得不浅,但不至于致命。当时可以马上叫救护车的,但他制止了我。他冷静地,制止了我。他让我先走。他说等我走了他再叫救护车。他说他不想让我惹上麻烦。他说可能会需要去警察局,可能会被盘问,还可能会被拘留。他让我去收拾行李,他帮我订机票提前去萨拉热窝,然后直接从萨拉热窝回国,他问我护照号,问我本来订的什么时间回去。还没等我收拾好行李,他就把去萨拉热窝的机票和从萨拉热窝回重庆的机票都买好了,连网约车都叫好了。他提醒我不要落下东西,特别是证件。他说:好了,去机场的车已经到楼下了。出门之前,他还给了我一个袋子,里面装着两支我们在超市买的香蕉,他说万一路上饿了。在那样的状况下,他竟然还跟我说路上万一饿……一切都不对劲,越想越不对劲。他为什么要这么做?为什么要让我离开?我又为什么要离开!如果我当时坚持叫救护车，坚持把他送到医院……我可以在医院照顾他，甚至可以多请几天假在莫斯科照顾他。不管怎么说，那把刀是我扎在他身上的。我完全可以先把他送到医院救治，如果有警察来询问，如果他不告发我，是可以敷衍过去的。他是不会告发我的，他让我带上香蕉免得路上饿……

如果他在家，他会让我进去吗？我要跟他说什么呢？道歉吗？要是他不接受我的道歉呢？道歉又有什么用呢？我已经道过歉了。我一直在道歉。他并不需要我的道歉，否则他就不会让我先走以免惹上麻烦。如果是别人来开的门，比如是他的父母，我要怎么说呢？说我是他的同事来探望他吗？他们会不会误会我是他的女朋友？如果他父母误会我是他女朋友招呼我坐下，如果他不否认，我也不会去否认。只要他需要，我可以改签机票，多待几天再走。不，不会被误会的，没有人会同意自己的男朋友在天花板上贴前女友的大幅照片。除非是他把她取下来了。他会取下来吗？为了不让父母操心。他的父母认识照片上的人吗？如果他父母知道那是我干的，会是什么样的反应呢？会赶我走，还是会要我赔偿？我愿意赔偿。赔偿，他从来没提过要我赔偿，他还掏钱给我买了机票让我走。我一定得走吗？为什么非得要我走呢？他就那么怕让我惹上麻烦吗？或许是他自己怕麻烦。又或者他是故意的？故意的……难道他当时已经感觉到自己伤得很重有生命危险才把我支走？不，那伤应该没有到那么严重的地步。会不会是我判断失误呢？当时那样的状况……要是真的不治呢？伤得太重，不治。如果是这样的话，我留下了，那就是误杀；我走了，警方也会怀疑他是被人杀害的。是因为这样,他才让我不要联系他吗?但我已经给他打过电话了。打不通,没有任何反应,也没有人给我回拨。从事情发生,到我离开,有差不多半个小时,如果是严重到不能救治的伤,他不可能撑得了那么久。他是那么的镇定……他自己也说了,伤得不严重,叫我不要担心,他只是不想让我惹上麻烦。后续想来,这两句话是矛盾的,伤得不严重就不会惹出什么麻烦,而真的会惹麻烦的情况只有一种,就是伤得太重。不,不可能,这种伤不会的,不应该……假如什么都没有发生……也许就是什么都没有发生,一切只是一个梦而已,醒过来就好了……

假如一切都只是个梦,那这个梦未免也太过真实了,真实得不像是真的。

在伊斯坦布尔的转机时间只有一个小时二十分钟,比去萨拉热窝时还少十分钟。飞机准点到达。从飞机落地到陈下飞机进入航站楼,二十多分钟就过去了。她正疾步走向下一航程的登机口。下午的 IST 机场旅人如梭,比凌晨热闹得多。登机口就在眼前。航班还在候机状态,还有一点点时间。她走进离登机口不远的食品免税店,那里面摆满了各种烟酒糖果巧克力。她在一排排货架中流连、犹豫……在航班的登机广播第三遍响起时,她空着手出了免税店。

飞机在重复着它每天都会重复的动作:等待乘客上机、在跑道上滑行、收起轮子,仰面冲向云层。

陈坐上了去莫斯科的飞机。

陈又坐上了去莫斯科的飞机。

她要飞去另外一个莫斯科,一个完全不同的莫斯科。一周前,她在飞机上,对莫斯科满怀期望。那期望是憧憬,是肥皂泡里的彩虹,是隐匿在薄雾中的玫瑰;现在,她在飞机上,同样怀抱着期望。这期望是等候,是试图在混沌中寻找一个固体物,一个可触摸之物。她依旧坐在窗边。伊斯坦布尔也有红顶的低矮房屋,密集地挨在一起。城市靠海。从空中俯瞰,海洋表面平滑,而城市却凹凹凸凸,密密麻麻。健康的肌体都有平滑的表面,癌变组织才凹凹凸凸,密密麻麻。

飞机越飞越高,城市模糊了,广阔的山川河流,也跌落到云层之下,不复可见。夕阳在缓慢地堕入云下,橙黄转红,红越来越深,渐渐发蓝、发紫。

陈看着窗外。等待着她的会是什么呢?她想让飞机飞得更快一点,同时又想让飞机调头往回。对她来说,莫斯科现在是一个已经发生了的未知的将来。陈的思维像陀螺一样,围绕着同一个圆心打转,直到飞机降落在伏努科沃机场。她又回到了莫斯科的冬夜。

26. 从莫斯科飞往萨拉热窝

伏努科沃机场比谢列梅捷沃机场小，航班多是飞俄罗斯国内或者欧洲境内的。机场里本国人比外国人多。陈正拖着两个行李箱往值机柜台走，丝毫没有注意到机场的大小，也没有注意到刚从她身边走过的俄罗斯士兵。她把护照递给值机人员。

"目的地？"

"萨拉热窝。"

值机的中年女人看起来很疲倦，口红褪了色，睫毛膏晕黑了眼角。她对着电脑，操作了半天，又一次问陈去哪里。

"萨拉热窝。"

"在哪里转机？"

在哪里转机？陈被这个问题问住了，她从手机相册里翻出Z让她拍下的机票信息，递给那个女人。

"我的机票有问题吗？"如果我们没有听错的话，陈的语调里除了疑问、忧虑之外，还有期待，一点点她自己都没觉察到的期待。

"有几件托运行李？"这是她得到的回答。

"两件，"她说，"有两件。"

两个箱子都在传送带上没了踪影。换回两张登机牌。她忘了提靠窗的要求，可碰巧了，两个航班的座位，都靠窗。

出关，出关。出关的地方，玻璃上装饰着一排排长得像鸡的狐狸，太像鸡了，像一只正在啄食的鸡，可偏偏你一看它就知道它不是鸡，是狐狸。

边检核对了一下照片，在陈的护照上盖了个章。就这样，陈出了俄罗斯国境。她是昨天晚上入境的，她没想到自己今天就出境了。回想入境时的情形，根本不像是昨天，而是很久以前。很久是到底多久呢？以后她回想起来，会觉得，在莫斯科的这一天，长过离开莫斯科的那五天。

离飞机起飞的时间还有三个小时。屏幕上显示着候机的航班信息。红眼航班很多，候机厅里的人却不多。两手空空的陈，在一台饮料自动售货机前停了下来。那里面有一瓶饮料，和她昨晚在超市里看到的一样，红色的标签，红色的汁液——马林果汁。她曾在超市货架前犹豫，后来拿了旁边的红得更深更浓的石榴汁。她在Z家打开石榴汁尝过了，酸甜，带涩。这架自动售货机里没有石榴汁。石榴汁是冷门的果汁。对陈来说，马林果汁比石榴汁更小众，她不知道，在俄罗斯，马林果汁是人人都喝的果汁。贩卖机里的饮料都是冰的。她抿了一小口，随即拧上了盖子。

还有三个小时要熬。候机的时候，时间通常都过得很慢。一旦登机，或是结束旅程后，留在记忆里强烈的感受，不是当时所体会的"时间走得比平时更慢"，而是久等的辛苦。是辛苦，不是久。当下所感受到的"时间过得好慢",通常在回忆里都会成为一个飞快进行的瞬间。而回忆时所感受到的"时间过得很慢",通常都来自于那些感受不到时间存在的当下。时间很快,又很慢,还时快时慢。对现在的陈来说,时间就很慢。她看了看手机,没有人跟她联系,所谓"没有人",是在指没有那一个特定的人——Z。

凌晨,机场的不少店铺都还开着。休闲酒吧。她站在广告牌前凝视着画面里那一杯被金色光华所缠绕、贯穿的啤酒,而玻璃杯里,啤酒本身就是金色的光华。Z说他不喝啤酒。他到底是不喝啤酒还是不喝酒?此刻,她发现自己根本不了解Z。来莫斯科的这一趟,令她更加不了解他了。一点也不了解。她不认识他。一切都很迷离,越来越迷离,以至于诡秘、离奇。那杯啤酒下面写着一句英文:OPEN YOUR WORLD。广告牌的灯箱打着光,就是那光使得啤酒透出迷幻的金色。她脑海里闪过黑猫的黄眼睛,那眼睛迎着直射过来的远光灯,也是金黄色的。前面的店铺是维多利亚的秘密。她出门前往行李箱里装了黑色的蕾丝内衣。咖啡厅开着,是莫斯科大街小巷都有的连锁咖啡厅——"巧克力女王",里面一个人也没有。免税店也开着,她进了免税店,各种各样的巧克力,还有精致昂贵的俄罗斯套娃,其中一个和她在古姆商场里看中的那个一模一样:通体黑色,光洁发亮,上面描着金红色的火凤凰。Z当时说,阿尔巴特大街上的选择更多。但他们没去成阿尔巴特大街,他们直接回家了,因为她头疼。这是今天发生的事。她问自己:这确实是今天发生的事吗?今天发生了太多事。最后的那件事,像一座山从天上砸下来,把今天切断了,于是,之前发生的一切都成了模糊的"陈年",都成了遥远的"旧事"。她把黑色的套娃放回了货架,空着手出了免税店。

时间,消磨不掉的大把时间。通道上堆着一个个白色的长方体箱子,一个箱子上叠着另一个箱子。工作人员说这是太空舱酒店。她曾在网上看到过关于胶囊酒店的介绍,那是在一个叫作"酒店"的空间里,安放着很多这样的长方体。而面前的这些长方体赤裸地暴露在外,12个装人的箱子,码成一列两层,整整齐齐地摆放在空旷的候机区。此刻,位于机场候机大厅里的太空舱满员了。要一小时之后才会有空位。她站在那儿流连了一会,犹豫着要不要排一个小时队,好躺进这些白色的箱子里。四四方方的长方形箱子,纯白色。最终,她走开了,离开了太空舱酒店,回到了刚才路过的咖啡厅,取出耳机。《The Dark Side of the Moon》有40多分钟,再听两遍就差不多该登机了。

飞机在升空,凌晨三点,俯瞰窗外:灯火通明的莫斯科城,和所有巨型城市一样,像一块镶嵌复杂的电路板,通着电,不分白昼黑夜,不停运行。她旁边坐着个土耳其人,一脸黑色的络腮胡,这络腮胡跟普希金似的。普希金。

餐食在飞机停止颠簸后开始发放。她只揭开盖子看了一眼就盖上了,而后从包里掏出香蕉,吃了起来。今天早晨Z吃的就是这一把香蕉,现在还剩下两根。香蕉是熟了的,她吃完一根,又剥开另一根。她想起刚才在免税店里看到的套娃。套娃很有意思,一个套一个，套着三四个，五六个，七八个或者更多。假设最后那个小的里面其实还有更小的呢？假设最外面那个大的，可以套进最里面的那个小的呢？假设其实它可以无穷无尽地嵌套下去呢？假设我们的世界也是许多套娃中的一个呢？假设人也是一个套娃呢？Z里面的Z会是什么样子呢？再往里呢？她自己里面又套着什么呢？假如她没有闹头疼，他们就会去逛阿尔巴特大街，也许事情就不会发生，她现在就还在莫斯科，还在他家，而不是在飞去伊斯坦布尔的飞机上。上飞机之前，她琢磨着要不要买下那个价格不菲的套娃。她犹豫了，克制住了，现在又感到后悔了——自己再也没有机会得到那个泛着乌黑光泽、绘着火凤凰的玩意儿了。

　　她闭上眼。如果她睡着了，那她一定会做梦，梦境里的时间比现实中的时间更加不可捉摸，或者，其实，两者是同样不可捉摸的。但她没睡着，她睡不着，眼球在眼皮底下不规律地转动着、震颤着。她回想着事情的过程，一帧帧画面，他当时的反应，还有那个她不敢再看的伤处——直到她离开，刀刃都还留在他的身体里……她还想着假如，许多的假如，每一个假如都能避免已经发生了的局面，然而，每一个假如都只是假如。她在想，同时她又在竭力地不去想，只是前者的力量远大于后者。她取下眼罩，在面前的屏幕上胡乱地点出一部电影来，讲爱情的电影。她不该点开电影的，剩下的时间不够看完一部电影。她不知道电影最后是什么样的结局，女主角到底有没有走出自己的困境，最紧要的，是她不知道这部电影叫什么名字。

转机的时间很紧张，一个半小时。伊斯坦布尔超出了她的想象。并非是伊斯坦布尔的景色让她震撼，夜里的伊斯坦布尔也只是一块明亮的电路板，仅此而已。超出她想象的，是她此刻竟然身处伊斯坦布尔的这一事实。她从没想过自己会到伊斯坦布尔。她自己买的机票是塞尔维亚航空公司的，在贝尔格莱德转机。对，途经塞尔维亚去萨拉热窝，而非途经土耳其去萨拉热窝。她有种不真实感：也许她不是在土耳其，而是在自己的梦里。人在梦里也会哭、会笑、会得意、会恐惧、会累、会痛、会兴奋、会死掉，还会重新活过来……

她就这样到了伊斯坦布尔，与贝尔格莱德擦身而过。在她回国后，所有这次旅行涉及了的和可能本来会涉及的一切地点：俄罗斯、波黑、土耳其、塞尔维亚，她都没有再去过。

飞萨拉热窝的这一趟航班上的餐食，卖相好过上一趟：牛角面包、酸奶、水果沙拉。我几乎全吃光了。萨拉热窝到底是一个什么样的地方？莫斯科又是个什么样的地方？从重庆到莫斯科，又从莫斯科到萨拉热窝……我到底是要去哪里，这一切又有什么意义？重庆，重庆又是个什么样的地方？我和Z曾在重庆一边吃火锅一边聊重庆。我是个重庆人。可是我真的了解重庆吗？我能说得出重庆是个什么样的地方吗？他是哪里人来着？我想不起来了。我居然连他是哪里人都不记得。或者是我根本就没问过？不，我一定是问过的……

眼睛发涩。年纪越大越受不住熬夜。如果能够在云里游泳，或者在贝加尔湖里潜水……我学自由潜，是因为听说自由潜像瑜伽。原来我是可以在水里憋气憋四分钟的。在这四分钟里，是与世隔绝的宁静。憋到最后，吸进来没呼出去的气，都变成了尿排出体外。教练说这叫潜水反射。我觉得这是个魔术，隔着身体的各种组织器官。把无色无臭的透明气体变成金色的液体。啤酒。Z就那样看着我。他说他不喝啤酒。他也不喝果汁，至少不喝石榴汁。

他说自己根本就不记得天花板上那张脸了。他说照片已经不起作用了，只是习惯而已。习惯是可以改掉的，瘾也可以戒掉，就像我戒头痛粉那样。如果现在手边有头痛粉就好了。他说自己已经很多年没有见过照片里的人了。照片里的人，她是谁？她在哪里？她还在吗？他一定很爱她吧。他说不存在爱不爱，他连她的脸都想不起来了。他说她失去了作用，她本来是用来起什么作用的呢？起作用，药才起作用。她是什么药呢？去痛片吗？她一点也不像去痛片。去痛片。难道去痛片对伤口能起作用吗？那我又是什么药呢……你说我还会回到莫斯科？你凭什么这么说？我根本就不该去莫斯科。不去就不会发生这样的事。天呐，怎么会这样……不，你不要这么说，你到底是谁?！你转过来。你要说就看着我说。不，天花板上的人不是我。你到底是谁，你为什么一直追着我不放，你就不能放过我吗？你转过来呀！我不怕你……不，你不要过来，我只想看看你是谁……不要走过来，你就站在那里！你不要再往前了！不，我叫你不要再往前了！没有，我没有后退……

那人还在步步逼近，陈拔腿开跑，她一边跑一边回头看，始终没能看清那人的脸，或者，那人根本没有脸。就这样，陈朝睡眠的深处跑去，直到剧烈的震动就把她惊醒了。土耳其航空的飞机降落在了萨拉热窝的清晨。

27. 从广州飞往莫斯科

陈坐在去白云机场的出租车上，城市的景色一一掠过车窗，她凝视着车窗透明的玻璃，却根本没有在看。

昨晚她收到那男人发来的信息，他问她在哪里，又问她什么时候回重庆，他说让她一路上注意安全，又说等她回去后一起去一家新开的港式餐厅……他没话找话，说了很多有的没的，没一句在说主题，但每一句又都在说主题——他在试图挽回。他要挽回的不是她，而是一种状态，一种同时拥有白玫瑰和红玫瑰的状态，一种同时拥有家庭和情人的状态，一种同时拥有稳定和刺激的状态。她几乎已经看清了这一点。看清了他说的那些话只是一些话而已。看清了她自己，竟然沦落成一块别人正餐之外的点心。现实，面对起来是需要花很大力气的。他发来的信息，使她难以入眠。她躺在床上，天花板成了一个屏幕，屏幕上的投影在不断地切换着画面：她和那男人之间发生过的种种，在发生的当下曾经存在的不同可能性，该怎么应对这些不同的可能性；未来可能发生的种种，从那些可能发生的种种之中衍生出的其他种种，针对每一种情况的不同应对方式……思维在不着痕迹地从过去切换到未来，又从未来切换回过去，直到睡眠终于肯对她施予仁慈。

睡梦中的她，看见自己把一颗颗绿色的药丸塞进那男人手肘窝上凸起的血管。那条血管生了霉，长满绿毛。她拿着那手臂仔细端详，越看越不像那男人的手臂，而是像她自己的手臂。只有孤零零的一条手臂，没有身体……

我被吓醒了，或者是被电话铃声吵醒的，我接了起来，电话那头说我老婆出了车祸。我老婆？我半天才反应过来是在说谁。我是他。他接的电话。他的老婆。我现在是他。反应过来后，我连忙问对方是在哪个医院，是否严重。对方说已经运到殡仪馆去了。我背脊发凉，浑身无力。我趴在方向盘上，车在自己开。到了。我冲进殡仪馆，我老婆在太平间里，身上盖着一袭白布，我不敢相信这一切是真的。他们让我认尸。我的手在发抖。发抖的手，在颤颤巍巍地揭开那块白布——那不是我老婆！那里躺着的不是我老婆——是陈。我松了口气……里面躺着的不是他老婆，是我！我全然地感受到了他的庆幸，他在看到那具尸体是我时的那种庆幸。我就是他，"我"在暗自庆幸……

陈再次被吓得醒了过来。这回是真的醒了过来。心，扑通扑通地跳。梦的内容，在瞬间模糊了，她完全不记得自己梦见了什么，只隐约知道这是一个和那男人相关的噩梦。一星期后，在萨拉热窝，她将回想起这个梦的内容，不止一次。

飞机的起飞时间是中午十一点五十。凌晨从梦中惊醒后，过了很久，她才重新睡着。早上闹钟响的时候，她没能起得来，离开酒店时已经快九点半了，好在一路通畅，白云机场已经出现在眼前了。

这是她第一次来广州。重庆没有直飞莫斯科的航班。本来也可以从上海或者北京飞，如果从北京走，她还能见见毕业后留在北京的同学。但她选了她从没去过的广州。在广州的这两天，各种点心、烧味、卤味、甜品……她全吃了一遍。偶尔她会把拍下的美食照片发给Z，他回复说他不太爱吃粤式的东西，太甜，随即又补充说在国外待久了，只要看到中餐，哪怕是粤菜，也还是会觉得有食欲。她问他要不要从国内带点什么给他，比如吃的，或是其他。他说不用，他说什么都不用。他说他需要的东西在中国超市里都能买到。

她到广州之前，Z问她有没有朋友在广州，要是没有，他就让他大学同宿舍的哥们儿接待她。她道谢说不用麻烦，说她也有个同班的大学同学在广州。

她在值机柜台前排队时就在犹豫，要不要托运行李箱，托运了比较方便，但万一突然要用行李箱里的东西呢？可是想一想似乎又没有什么是必须要用的，可能会用到的东西她早上整理行李的时候都拿出来放背包里了。最后，当值机人员问她有几件托运行李时，她说两件，随即改口，说："不，一件。"

过完安检，离登机还有五十分钟，她一边往登机口走，一边东瞧西看，机场里竟然有陶陶居，可惜没开门。她前天去吃了陶陶居在上下九的那家老店，流沙包很不错。她又经过 问卖粤式点心的店。烧卖、凤爪、虾饺、糯米鸡、叉烧包……一笼笼点心垒在冒着蒸气的餐台上。没吃早餐的人,不由自主地拐进了店里。她要了一笼叉烧包,一笼虾饺。叉烧包太甜,虾饺的馅儿太散,毫无Q弹可言。不应该对机场里的食物抱太大期望,再不好吃也强过飞机餐。叉烧包是她的最爱,但凡不至于做得太差,她都爱吃。至于虾饺,就是另外一回事了。三个叉烧包,剩了一个;三个虾饺,剩了两个半。每一个剩下的点心上,都有被她咬过的痕迹。

出了餐厅后,她去了趟厕所,出来时哼着歌,从饮水机里接了一大杯温水,走到登机口去候机了。飞机要飞十个小时,莫斯科和中国的时差有五个小时,Z应该还在睡觉。她编辑了一条发给他的信息,准备上飞机后再发出去。

俄罗斯航空。这架飞机一排8个座位,陈的座位靠窗。办理登机时,她特别嘱咐要一个靠窗的座位。空姐和她一起,合力把她塞得满满当当的行李箱举到了行李架上。每个座位上都配有小枕头、眼罩、拖鞋。她坐下来,第一件事就是换上一次性拖鞋,那拖鞋很薄,她的脚底板几乎能感受到地毯的粗糙。她自己原本也带了一次性拖鞋,就在背包里。背包在她脚边,里面装着她的水杯、书、飞机枕、降噪耳机和丝绸眼罩。系上安全带坐定后,她重新读了一遍刚才编辑的信息:"我上飞机了,马上就要起飞了,落地之后联系。"她把最后那个句号换成了一个眼睛弯弯的微笑表情,点击发送。

她旁边的座位是空着的,没人坐。空乘人员在做起飞前最后的安全检查。空姐请她把耳机取下来,说起飞的时候不能戴。她点头,照办。当飞机开始在跑道上滑行时,她又把取下的降噪耳机重新戴上,飞机引擎传来的轰隆声减弱了,世上的一切纷繁嘈杂好似也清静了下来。

音乐很有意思,常常会出现这样的状况,一首歌,在你第一次听到它的时候,你所处的地点,或者当时和你在一起的人,再或者是一些细节、情绪,甚至是所处的季节,都会随着那旋律,刻在你脑海里。每当那首歌响起,你也会回想起彼时彼刻。音乐,会把记忆的碎片推到你面前。往昔不可追,而往昔中你曾体验过的感受,音乐能在某种程度上带你重回。

耳机里响起一首她曾经在夏天听过的歌,初夏。这首歌在她耳朵里,就等同于初夏的声音。还有一些歌,对她来说是盛夏,热得让人发白日梦的盛夏。重庆的夏天,总是很热。她和Z第二次见面,就是在重庆。他到重庆出差,问她在不在。他们一起吃了顿不太辣的火锅。这还是在她跟那男人搅合在一起之前的事。她统共跟Z见过两次,或者算是三次吧,每次见面,她都能从Z身上感受到那种特别的好意,以及Z眼底的温柔。每次见面之后,她都会怀疑这是自己的错觉,因为他很少主动跟她联系。但在她记忆中,那温柔是如此真切,以至于她几乎能在他的瞳孔里瞧见她自己,笼罩在重庆夜色中的自己,沐浴在南京午后阳光下的自己……

南京。中山路两侧满是法国梧桐。那天,他们经过了中山北路,她在跟Z说话,她在笑。她回头,看见Z在看着她。她太明白那种眼神,可那眼神里,又有她不明白的东西。夏日的阳光从梧桐叶间的缝隙漏下来,光斑落在人行道上、落在行人身上。她仰头,看见空中细小的浮尘,在一束束阳光下闪烁、飘舞。那一刻,她觉得自己也和阳光中的浮尘一样,轻盈、明亮。记忆是一卷胶卷,每一帧里留下的人、事、物都是虚幻的,唯有感觉仿佛是真实的。记忆所记起忆起的,都是感觉。

莫名地,Z的形象就附着在了陈对南京的印象上。只是,她没有在法国梧桐飘絮的时节到过南京,也没有体味过南京的冬天。她将不会在这些季节去南京。在往后的一生中,陈没有再去过南京。

颠簸。飞机正在努力攀上平流层。陈看着机窗,禁不住想:假如。假如Z的那种温柔不只是淡淡地飘浮在半空中,假如Z的好意并没有随着道别而消散,一切、一切的一切,会不会有不同?那些原本不该发生的事,是否就不会发生?

她原是想借着休一次假,将自己从可笑的第三者的角色中抽离,彻底结束这段令她痛苦的情感关系。可她不知道休假要去哪里。有天夜里,她做了个梦。绿皮火车,哐当哐当,摇晃。她坐在硬座车厢里,窗外全是雪和枯树。车厢里人很少,几乎没人。车到站了,上来一个人,坐在她对面,温和地问她为什么哭。她听到这个问题才意识到自己在哭。她抬起头,看见Z的脸。如果那是Z的脸的话。她无法清晰地回想起Z的脸,但她知道,那是他。她接过他递来的纸巾,眼泪愈发汹涌。Z跟她说:这是西伯利亚,前面是贝加尔湖,车的终点,是莫斯科。那一晚,她还做了许多别的梦:梦见她在童年时家附近的花园里,用游蛙泳的姿势在天上飞（她常常做这个梦）；梦见画家把模特儿的头从肢体上拆解下来，模特儿从真人变成了一个玩偶，一滴血都没流；还梦见药房里的药片全从盒子、瓶子、铝箔里钻了出来，围着她打转，紧追着她不放……醒来后，她唯一记得的，是那个火车的梦。莫斯科。她给Z发信息说她的梦。她把流眼泪的部分省去了。Z回复她说，莫斯科最好的旅游季节是六月到九月，但如果她愿意，随时欢迎她去。他就是这么说的：欢迎她随时去。后来有一天，她在一篇公众号的推送里，又看到了关于萨拉热窝的介绍，配的音乐是《萨拉热窝的罗密欧与朱丽叶》。就这么决定了，先去莫斯科，再去萨拉热窝。

她把年假全休了，外加一天明年的生日假。于是，她坐上了这架去莫斯科的飞机，旁边的空座位上，坐着她的包。她沉浸在种种"假如"当中，渐渐失去了知觉。机窗外，天色渐暗。

莫斯科意外

28. 好久不见

莫斯科时间,下午五点,SU221 航班降落在了谢列梅捷沃机场。

机舱内,乘客在鼓掌。真新鲜。这是陈第一次在飞机降落后,看到乘客们鼓掌。每一天有无数航班安全起飞、安全降落。飞机从天上掉下来的几率大约只有百万分之一。正因为稀少,才显得特别突出;还因为一掉下来,死亡率接近 100%。没有人会在汽车平安到达目的地时鼓掌,虽然每一年有更多的人在车祸中丧生。喏,生活,就是这样。鼓掌,鼓掌吧!为平安度过一次风险鼓掌,为活下来鼓掌。能活着就已经值得掌声了。鼓掌的人,多数是出于习惯;也有的是真的在庆幸——这一趟还真是遇到了两次明显的气流;还有的是看到大家都在鼓掌,那自己也鼓掌吧。

陈被掌声感染,跟着拍起手来。拍手这个动作本身,让本来就对莫斯科之行满怀期待的她,更加满怀期待。耳机里的音乐,循环到了《飞人生活》,一首关于飞机的歌,准确地说,是三首关于飞机的歌:《飞人生活(一)》《飞人生活(二)》《飞人生活(三)》。这三首歌是飞机、是梦、是泡在水里的三伏天,每一首都雾气腾腾。刚刚联网的手机在震动,她点开 Z 发过来的两条信息:"一路平安"是在她起飞后没多久回复的;"我现在出发,到了发信息给我"是在二十分钟之前发的。她看着手机,嘴角不由自主地上翘。回完信息,她凝视着机窗玻璃中的倒影。倒影中的女人,浅粉色的微笑逗留在眼角眉梢。莫斯科就在机舱外,莫斯科正浸没在隆冬的现实里。倒影中的女人还在机舱里,倒影中的女人正沉浸在夏日的幻象中。

莫斯科有三个机场:谢列梅捷沃、伏努科沃、多莫杰多沃。俄罗斯的名字大都很拗口,不论是人名还是地名。陈在入境处排队,入境卡她在飞机上就填好了。Z说他在路上,说如果她出来得早,就等他一下。她一点也不着急。她还要入关,还要等托运行李。耳机里在循环播放着那三首《飞人生活》。是的,夏天就在她耳边循环。循环,往复。直到入境的队伍渐渐缩短,轮到她过海关了。"来俄罗斯干吗?""旅游。"边检的工作人员是个中年秃顶男子,戴着一副一丝不苟的眼镜,操着一口生硬的俄式英语。他看看护照上的照片,又看看陈,反复核对后,才举起手中的权力,在护照上敲下放行印章。

先入境再去上洗手间是明智的抉择。这样一来,洗手间排队的人和入境处排队的人都相对较少。上厕所之前,陈照了照厕所里的镜子。上完厕所后,她又回到了镜子前,放平箱子,拿出化妆袋,洗干净手。额头和鼻子都出油了,得用粉饼拍一拍。腮红已经褪了,她对着镜子,做出笑的表情,往鼓起的苹果肌上轻轻地刷了两下腮红。眉毛重新描过了,不浓不淡,不着痕迹。她凑近镜子,在两只眼睛的睫毛根部画上纤细的眼线。脖子上也要再补一补粉底。收拾停当,她打量着镜子,镜子里的人对她摆出浓淡不一的微笑,用不同的语气对她说了好几次:好久不见。

拖着两个行李箱很难显得优雅,陈在托运提取处拿了一辆付费推车,把箱子叠在推车上。在她化妆的时候,Z就发信息说他到了,说他在出口等她。陈推着推车走了出去。

她边走边四处张望。她没看到Z。她在一个人少的地方站定,拿出手机拨打Z的电话。电话还没通,Z就突然从旁边出现在了她面前。"嗨。"他跟她打招呼。她感到自己的脸瞬间发起烫来。完了,不会脸红了吧?太丢人了。"你刚才在哪里?我怎么没看见你呢?"她用讲话掩饰脸红的尴尬。他在笑。她看见他在笑,他出现在她面前时,脸上就挂着笑。她看不见自己,但她感觉得到,自己的嘴角也在不由自主地上翘。他说自己在那边,边说边指了指。他说刚才就已经看到她了。他说:"行李不少啊。"她脸上略微降下去的温度又升了起来。她什么也没说,只是笑。两个人就在那儿笑。不能再这样继续笑下去了,傻子似的。这种气氛,她担心自己的脸是不是一直红着。她问他:"等久了吧?"他笑着摇头,从她手里接过行李推车,出了机场。

室外真冷啊!突然的冷,激得她觉得自己的耳朵也开始发烫了。他叫的车还没到。他叫她戴上帽子。她点头,戴上帽子。"咦,你怎么不戴呢?"她问他。他笑着正要回答,车灯一晃,车来了。

从谢列梅捷沃机场到Z家,大约50分钟车程。现在是晚高峰。空调出风口在往外喷暖气。Z和陈并排坐在昏暗的后座。陈望着窗外,心想:呵,这就是莫斯科,竟然就已经在莫斯科了。窗外黑咕隆咚的,到处都是雪。她的脸仍旧热辣辣的。车里的暖气太足了。她想要把车窗摇下来,终究还是忍住了。在重庆见面的那次不是这样的,那时她的脸没有发烫,在南京时也没有。路灯一盏盏掠过车窗,明暗在有节律地变换。车里不流通的空气在流动,是的,她能感受到空气的流动。空气在座位的空隙间流动,在他与她之间流动。流动的空气拂过她的发丝、面庞、脖子……她微微斜过脸看他,在预感到下一秒他的眼神就将与自己的目光相交时,她又把头转向车窗。她觉得他的目光在随着空气流动,在车里流动,不管他看向哪里,都是在看向她。以己度人。

沉默,空气开始拉扯呼吸。这沉默,终于,Z先开口把它打破了。他跟她说,先回家放行李,然后去吃点东西。他在征求她的意见。她没有意见。她说好。她在他的眼神里,又看到了那种温柔。那温柔就像新月夜里的星星,而夜空中,除了看得见的星星,还有许多看不见的星体。夜空是复杂的。她没能理解那复杂。谁又能呢?谁又能真的通过眼睛,看清陌生人的心?陌生人,他们认识挺久了,不算是陌生人了;换一个角度,换一种参照关系,他们又是不折不扣的陌生人。在这个世界上,谁和谁又不是陌生人呢?

隔了一会儿,他问她晚饭想吃什么。她说随便。自己竟然说随便。她听见"随便"这两个字从嘴里蹦出后,连忙补充说她不知道有什么选择,并问他有什么建议。不,她摇头,她并不是一定要吃中餐，俄餐也可以，只要是好吃的都可以。可是，什么才能算是好吃的呢？"好吃"要怎么衡量，用谁的标准去衡量？他说家附近有麦当劳、俄式快餐厅、高加索烤肉店，还有两家小咖啡馆。他说要是想吃正餐，那就去市里。她看着在说话的他，她以前没有这么观察过他轮廓分明的嘴唇。她觉得口渴。

电梯停在了八楼，她今晚就住在Z家。计划中，接下来在莫斯科的每一天，她都将住在他家。她现在还不知道，她又怎么能预料得到，她只在他家，住了这一晚。

Z掏出钥匙打开门，铜质指甲刀在钥匙扣上摇晃。门开了。他把她的箱子提进门。她一进门，就确信，他独居。他家很空旷，沙发上只有两个靠垫，茶几上什么都没有，厨房的餐桌上有一只水杯和一个烧水壶。房间应该是收拾过的，每一个套在垃圾桶上的垃圾袋里都空无一物。对于一个独居男人来说，这住所算是很整洁了。她不知道Z是否有女朋友，就算有，也不住在这里。也是，如果有女朋友，他也不方便接待她。应该是这样的吧。

已经七点多了，他们没有在家停留，放下行李就直接出门去吃饭。他提议就在附近吃。好啊，就在附近吃。坐了快十个小时飞机她也累了，还有时差。中国时间，现在是凌晨了。这已经不是晚餐，而是宵夜了。陈在飞机上吃过晚餐了，餐盒里一块棕色的面包，酸酸的，味道很特别。她曾在北京的老莫餐厅吃过黑面包。Z给了她三个选择：高加索烤肉、俄罗斯煎饼、麦当劳。谁会跑到俄罗斯来吃麦当劳？她笑着摇头，说她不要吃麦当劳。正说着,他们就经过了麦当劳。俄罗斯的麦当劳里有种薯条不错,Z边说边推门进去了。薯条能有多好吃?他递了一块给她。果然不错!才炸出来,厚厚的,肉嘟嘟的口感。她小口地吃着。

北方冬天,如果在路上边走边吃,咀嚼的时候得把嘴闭上,不然冷空气会进到肚子里。Z说莫斯科的冬夜里常有醉汉冻死在路边。酗酒的人喝醉之后死在梦里,也算是死得其所。只是在下雪的冬夜,那个醒不来的梦一定很冷吧。或者先是热,发烫,像燃烧一样发烫,而后逐渐变冷,直至彻底冷却。薯条在彻底冷却之前,就被全数吃掉了。她看到街角报刊亭边上在卖土耳其烤肉饼。好香。她要吃这个。不,她不吃高加索烤肉了,她要吃这个。他买了两个,递给她一个。"那这可就是晚饭了。"他故作严肃。说罢,他又说家里除了方便面没什么吃的,得去超市买点,万一晚上饿。喏,超市就在前面不远,就那个,对,就是那个橙色的招牌。

这是一家24小时营业的超市。他拿着购物篮跟在她后面。篮子里装着啤酒、果汁、苹果、牛奶。"哪种好吃?"她拿着三盒不同的酸奶,问他。他也不知道。他说:都买来试试就知道了。最后篮子里的东西都是她拿的,他只在收银台前拿了一把香蕉。他轻轻按了一下她准备付账的手,说:我来。在他结账的时候,她盯着收银员背后的香烟货架,好多烟她都没见过。"你想要吗?"他问她。她在犹豫。他问她想要哪种。"那个,第三排,左边第六个。"她一边说,他一边用俄语翻译给收银员。"是那个吗?""是的。""对,是那个。""还要一个打火机。""还要一个打火机。"

"以前没见你抽烟。""那时候是不抽。"

街上很冷,但她不觉得冷。他们原路走回家,路面上的雪扫到路的两旁,堆得有小腿肚那么高,树枝上也积着雪。她拆开烟盒,抽出一支烟。她感觉到他在看她。她用眼神询问他,他伸出手帮她护住打火机。烟点着了,她吸了一口,烟头像颗红色的小星星,随着她的气息忽闪着。

她洗完澡吹干头发时,他正在洗澡。她又走进他的书房,隔着玻璃,端详着那一帧嵌在相框里的照片。照片里的人,是他的女朋友吗?她刚刚参观他家时,就看到这张照片了,他也看到她在看这张照片,但他什么也没说。应该是女朋友吧,否则他不会把照片放在这里。这照片是旅行时拍的吧。怪不得。为什么不放合照呢?会不会是妹妹呢?但长得和他一点也不像啊。她想问他,但不知为何,没问出口。公寓里只有一间卧室,他把卧室让给她睡,自己睡沙发。他说卧室的床单被套他都换过了,一边说着,一边打开卧室的灯。灯刚亮就熄了,再开也没反应了。可能是灯泡坏了。他没有找到新的灯泡。他说明天去超市买。"如果你害怕,我现在就去买。"她阻止了他,她说自己不害怕。

他们坐在客厅里聊天。洗完澡真舒服,半躺着靠在沙发上,懒懒散散的,她开了一罐啤酒。她问他要不要喝,他说他不喝。她想用手机放点音乐,但手机没电了。

"你想听什么?"

"《飞人生活》。不,《The Dark Side of the Moon》吧。"

"《The Dark Side of the Moon》？怎么写的？"他拿出自己的手机搜索，指着屏幕问她："是不是这个？"

就是这个。单曲循环吧。这首歌有43分钟。是有点累，但还不困。明天去哪里？我也不知道明天去哪里。红场？好啊。你说去哪里就去哪里。是，我喝了酒就会脸红。没有，我没有喝醉，这一罐都还没喝完呢。你之前说去摩尔曼斯克，去了吗？什么，前天才回来？我是不是耽误你玩了？嗯，好玩吗？有什么特别好玩的地方？极光啊。你看到了吗？没有看到？怎么没看到呢？哦，这么不巧啊……没事，以后还有很多机会的，我也没看过极光呢！那个袋子，对，就是书柜旁边那个，那里面是什么？滑雪板？你喜欢滑雪么？不会？那你怎么会有滑雪板？不过我也不会。小时候爸爸带我去滑过雪，那是我第一次滑雪，就差点摔到悬崖下面去了……我当时双手抓着悬崖的边缘，我喊我爸，从他站的那个地方看不见悬崖，我叫他拉我，他说：你自己爬起来呀！你能相信吗，他竟然让我自己爬起来。后来他看我没动，过来拉我，他看见那悬崖时脸都白了。后来就再也没滑过雪了。原来你也不会呀。那你会潜水吗？不，不是在论坛潜水，哈哈，那个我也会。我喜欢待在水里……我想去阳台上抽支烟。就在这里抽？你确定吗？不抽烟的人一般都不喜欢烟味。没关系的。好，我穿上外套……唔，你怎么也出来了？是呀，是很冷呢。啤酒罐子正好拿来做烟灰缸。还有一口呢。好了，没了。要是知道你不喝，我就不买两罐了。你真的不喝吗？不喜欢喝？也是，啤酒是挺苦的。

嗯，好嘛，那进去吧，确实挺冷的呢……里面就暖和多了。我口渴。不，我不要喝热水，这里还有一罐啤酒，我得把它消灭了，谁让你不喝。没有，我没饿。你饿了吗？现在就要睡了吗？你别说，今天那个薯条还真挺好吃的。我还不想睡。我能起得来，你叫我我就能起得来。喝点酒更容易入睡，我去上个厕所……哗啦啦……冲水没反应呀。先不管吗？那好吧……北方的室内真的好暖和，比重庆暖和多了。才从北京回去的时候，冬天很不习惯。为什么不留在北京？我也不知道。你觉得重庆不错吗？真的吗？那你上次不是说吃了火锅拉肚子吗？这样啊，好吧。我一点也不喜欢重庆。真的。那你呢，你为什么来莫斯科？你也不知道？我不信。你故意学我。我还想去新圣女公墓。好呀，那就后天去。莫斯科周围你都去玩过了吗？好嘛，我也喝点水。你还会俄语呢。骗人，我明明在超市有听见你说。你自己学的吗？算是？什么叫算是？真的吗，有这么夸张？脖子也红了吗？

　　镜子里我的脸，确实通红了。我也不常喝酒，一喝酒就上脸。我又去尿了尿，马桶是不是坏了？他说等下他来弄，可是那里面有我的尿欸……反正再脸红也不能比现在更红了。这沙发躺着真舒服，眼皮好重……

　　他在靠近我，他离我越来越近。闭着眼我也能感觉到他的目光。他在看我，他在端详我。他在望着我，就这样望着。他没有再靠近了。过了好一阵，他轻声叫我，叫我到床上去睡。我没动。我听见他仿佛叹了口气，很轻，他在叹气。他为什么要叹气。他走开了。我听见他尿尿的声音,马桶里还有我的尿……他出来了。他把音乐关了。吊灯把他的影子投在我脸上,那阴影越来越大,越来越浓……结果他只是轻轻地推了推我,他说沙发睡着不舒服,叫我到床上去睡。

陈慢慢睁开眼,从贵妃榻上站起来,晃晃悠悠,走进他的卧室,躺进他的被窝。床单被套是换过的,有一股洗衣粉的味道。但用旧了的床品,再怎么洗,还是会留有使用者的气息。她听见他帮她关上了卧室的门。她觉得自己甚至听见了他在沙发上躺下的声音。困倦,她感到困倦,也许还有一点点失望。她把头缩进被子,在被窝里,翻来滚去。最后,她的手,伸进了内衣。被咬住的下唇,在抑制着喉咙想要发出声音的冲动……而后,睡眠来了,来得比夜色更黑。

29. 一千个红场中的一个

　　门响了。有人进了房间。一片漆黑。声音。窸窸窣窣的声音。他们在翻找。他们在找什么？猫咪。他们在找猫咪。猫咪藏在被子里。有人正在向我俯身，鼻息离我越来越近，似曾相识的鼻息。我想要睁开眼，我努力睁开眼，我似乎睁开了眼，仍旧，仍旧什么也看不见。脚步声，来了又去。不同的脚步声，来来去去，一一朝我俯下身。他们在看我。都在看我。眼睛是可以释放辐射的，不同的眼神释放出的辐射有细微的不同。失明时，其他感官会变强。失明。我已经失明了吗？我感觉得到，那一双双不同的眼睛，放出的辐射却是同一个波段。有人在看我，我却在床上，在被子里，目不能视，动弹不得。猫咪。猫咪也在被子里。猫咪在舔舐着自己的皮毛。那毛茸茸的一团，真的只是一只猫咪吗？热。温度越来越高。炙烤。这到底是哪里？我在哪里？玻璃墙壁上，全是眼睛，我却睁不开自己的眼睛。我看见我在透明的房间里，我在看着我自己，原来我的眼睛也是众多眼睛中的一对！我俯视着睡在床上的这个人：这个女人，面色苍白，双目紧闭……她睁不开眼。我睁不开眼。我逃不开这些目光。一张网，潜伏在黑暗中的目光所织就的网。各式各样的声响，声响也长着眼睛。嘭！烟花在猫咪放大的瞳孔里绽开。嘭,嘭,嘭嘭嘭。接连不断。呼吸,一吸难过一吸。那女人马上要死了。她睁不开眼是因为她快要死了。她死了么,已经死了么?谁已经死了?床上的女人。床上的女人是谁……

门响了。有人在敲门。砰,砰,砰,敲门声。门不是开着的吗?来来去去那么多人。砰,砰砰,有人在敲门。敲门声愈发清晰,其他声音逐渐模糊。死人睁不开眼。黑漆漆的。我被蒙住了。被子,被子蒙着我。有人在叫我。低沉的嗓音,低沉的敲门声。砰,砰,砰砰砰。谁在敲门?翻身挣脱被子,窗,亮光。这是哪里?我在哪里?那声音又叫了我一声。那是谁?——Z。那是Z。莫斯科,我在莫斯科。我重新把头埋进被子里。我做了一个梦。被子里热烘烘黑漆漆的。敲门声还在响。柔和,锲而不舍。该起来了么?我从被子里探出头,睁开眼。睁眼的刹那,天花板赫然跃入眼帘。随即,梦里的一切,全都在脑海中沉没了,消失了,被抹去了。只剩下天花板。

天花板。

天花板上有一张照片。海报大小。海报里仰面躺着一个女人。她在看着我。她直勾勾地看着我,斜着头。这样的姿势,脖子不疼吗?那块皮草到底是毯子还是围巾呢?一只倒霉的野兽被扒掉了皮,现在,这张皮草围抱着照片里的女人。她蓬起的头发也像是动物毛发。她被周遭的一切簇拥着:黄黑斑点的兽皮、按在兽皮上的兰花指、过时已久的蓬蓬头、散乱的咖啡色珠链、绿油油的薄衫裙……她看着我,嘴唇微启,似乎在笑,又似乎没笑。恐怕是在笑的。她在笑，在笑我。她的嘴角在笑我，她泛白的面颊在笑我，她上挑的眉毛在笑我，连她那几根突兀的手指都在笑我。她看着我，隐晦的笑，在她眼里闪烁，她的眼睛也在笑我。她在天花板上，看了我一整晚，笑了我一整晚。

我认得她。昨晚我在书房里见过她。两张照片的拍摄角度不一样。照片上的人，服饰发型全都不同，连气质都不太一样，但她们是同一个人。她是谁呢？她不会是Z的妹妹。没有人会把自己妹妹的照片贴在天花板上。他就这样天天晚上看着她睡觉吗？他天天晚上睡觉就让她这样看着吗？他看她的时候，她脸上的笑容，应该是另外一种笑容吧……原来是这样。是因为她吗？我仰面躺着，打量着她。她也仰面躺着，打量着我。这不只是一张照片。敲门声暂停了一会，又继续响了起来。我应了一声。今晚不能再睡这张床了，除非把那海报取下来，而我又能以什么立场提出这样的要求呢？

Z指着茶几上的水杯，说：温水。我一口气喝了个底朝天。确实渴。久不在北方，都忘记北方的干燥了，房间里加湿器不知道是什么时候没水了，或者从一开始就没水。他问我睡得好不好。天花板上有一张照片。我说天花板上有一张照片。他随意地笑了笑，好像那天花板上的照片就只是张风景画似的。他那笑容，让我把想问的问题都咽了回去，有什么可问的呢？这关我什么事吗？

我去厕所洗漱，马桶是干净的，已经可以冲水了。我化好妆出来，Z正坐在沙发上吃香蕉，他面前还有另一根香蕉的皮。我回到房间，关上门，站在窗边换衣服，在这个位置天花板上的人就看不见我了。临出门时，Z像背顺口溜一样，问我：帽子围巾手套手机？手套。我折回房间。踏出房间前，我不自觉地，又跟天花板上的人对视了一眼。你是谁？

在俄式煎饼店里，Z点了蘑菇馅的煎饼，他说这是昨天晚餐的备选之一，其实当早餐吃更合适。我不知道点什么好。他就又点了两个，一个黄油的，一个香肠的。我说我在老莫喝过罗宋汤。他说在俄罗斯本地喝的会更正宗。煎饼上来了，他让我都先尝尝，选一个我爱吃的。结果都挺好吃的。特别是蘑菇的。红菜汤里飘着白色的东西，他说那是酸奶油。他说他不喜欢酸奶油，也不太喜欢红菜汤。我觉得放了酸奶油的红菜汤味道还挺不错。他笑着说："那你适合来俄罗斯。"是吗，我适合来俄罗斯吗？

走出煎饼店时已经快十一点了。天气很好，太阳出来了。雪在反光，显得世界特别明亮。Z说俄罗斯人爱吃煎饼，里面什么都可以放，可以放果酱，可以放三文鱼，还可以放酸奶油。"只要你想得到的都能放进煎饼里。""毛肚黄喉鸭肠猪牙梗？""呃，这方面确实不能和重庆人比……"他的笑容也被雪的反光映衬得更为明亮了。

旅行攻略里说莫斯科的地铁站很美，而且很深，上下地铁的电梯很长，最长的有100多米。重庆也有这么长的电梯，两路口皇冠大扶梯。上次Z来，我们就在两路口吃的火锅，当时我还问过他要不要去坐。等地铁的时候，旁边一对情侣在拥抱，我们上了车，他们仍旧在站台上紧紧相拥着。车启动了，那对情侣从我眼前消失了。我又感觉到了Z的目光，那让我产生错觉的温柔眼神。刚刚吃饭的时候他也用这样的眼神看着我。到底是错觉吗？如果不是，那他为什么不在我来之前把房间里的照片收起来呢，哪怕是暂时的。

我们在大剧院站下了地铁。他说看戏有两个去处，克里姆林宫剧院和大剧院。他在大剧院门口，问我想去哪个。我说这取决于演出剧目。他说那晚上回去看看都有什么剧目。我们从大剧院旁边经过，他在前面走。他比我高出大半个头。出着太阳，有风。"我们去哪里？"我问。"去红场。"他一边说着，一边回过头。他问我要不要帮我拍照。我们又回到大剧院门口。拍完他把手机还给我，说：你的帽子手套围巾都是红的。你一路都在看我，你现在才发现么？

莫斯科跟我想象的不太一样。我说不上来哪里不一样。红场也跟我想象的不太一样。红场看起来就像是在梦里，在色彩特别鲜艳的梦里。教堂的洋葱顶上有雪。有一年生日，我曾收到过一个搭好的纸模型，就是这座五彩斑斓的教堂。现在，身临其境，它看上去比在电视里、照片里、纸模型里显得更为梦幻，简直像从童话中搬出来的。最让我惊喜的是，红场中间竟然有个滑冰场。露天的滑冰场，我只在冬天去过一次什刹海公园。"嘿，你看，那边可以滑冰！"我扯住他的袖子，加快了走向冰场的脚步。"想去玩吗？"他的声音带着笑意。那还用问！

Z在入口买了票，一张；租了鞋，一双。他说自己不会滑，他说他在外面等着陈。陈不干，扯住他的袖子，说教他。他看着她自告奋勇的样子,他在笑,那笑容很遥远,仿佛只是一个倒影,是回忆在现实中的投影。他摇头,他说他学过不止一次,没有一次学会了的,每次的结果都是膝盖淤青屁股生疼。"我保证你学会。"她拍着胸口说。Z一边笑一边摇头,他努力止住自己的笑,他止不住自己的笑,笑得似乎眼泪都要流出来了。"有那么好笑吗?你这么不相信我?"她不依不饶。他跟她解释,说他不是不相信她,是不相信自己。他又说:如果你要分心来教我,你自己就不能玩得尽兴了。他把冰鞋递给她,叮嘱她要系紧。"去吧,我在这里等你。"他说。她往前滑,回头看了他一眼,他慢慢变小了,变远了。

"一千个人心中有一千个哈姆雷特。"这个句型不仅仅可以用在文学作品上,它几乎可以用在任何人、事、物上:一千个人心中有一千个普希金;一千个人心中有一千种爱情;一千个人心中有一千个红场。它无非是在说:世界是主观的。红场在陈的心中有两种无法融合在一起的印象,其中一种,就凝固在这个红场中央的滑冰场上。

陈很久没滑冰了,起初还有点不适应,好在就记忆而言,肌肉比大脑可靠。她觉得自己很轻盈,像在飞一样,她做过很多飞翔的梦,多数都是以游泳的姿势在飞,几乎从没用滑冰的姿势飞过,至少她不记得有过了。不记得的,就是没有过的,就是没发生过的。

两侧的建筑和风一起,在飞快地向后跑,前方的建筑在变大。她迎着风。她自己成了一阵风。她滑过的地方被她带起一阵风。

红场在如风般的变换中，放大、缩小……克里姆林宫、古姆商场、圣瓦西里大教堂、历史博物馆在她快慢不一的脚步下，时远、时近……她转圈，红场就跟着她一起，在太阳底下，旋转，旋转，旋转……

她屡次回头，Z就站在冰场旁，她朝他滑去，她兴高采烈，如果不是冰场边上有隔板，她几乎想要去拥抱他了。远远看去，他的脸模糊不清，脸上的表情似乎阴晴不定。一旦滑近了看，他脸上又只有温柔的笑。也许是阳光，阳光使他的脸由于远近而产生了折射，哈哈哈，什么呀，脸怎么能折射呢？她在又一次滑向他的时候，突然觉得他的笑容，就和这旋转的红场一样，很不真实。温和、包容、怜爱，只是表面；往里，往里是某种飘忽不定的伤感，隐隐约约不可捉摸；再往里，只剩下混沌。水中似有倒影，可水面波光粼粼，除了反光，什么都看不清……

陈出了滑冰场，运动后的燥热使得她脸蛋发红。Z站在那里等，脸也发红，冻的。他满可以在古姆里等她，但他哪儿也没去，他就站在场边，一直站在场边，看着她，看她滑。

"你鼻子都红啦！"我指着他的鼻子笑他。他问我接下来想去哪里。"我不知道。"我听见自己边说边在笑，笑得很大声。他也笑了："那就先去古姆吧，去休息一下，那里面有冰激凌车。"冰激凌！

古姆里人不算多，今天不是周末。这样美丽的建筑，竟然是个百货公司！里面还挺大。果然有冰激凌！各种口味，一排排摆在冰激凌车里。要选什么口味呢？我问他要什么，他说他有点冷，现在不想吃，他说巧克力味和树莓味都还不错。"嗯……那我要什么呢，我想想啊……"就算听不懂俄语，我也知道他对卖冰激凌的人说的什么。两个冰激凌，一个树莓味，一个巧克力味，Z都递给了我，他说：尝尝，爱吃哪个吃哪个，吃不完就不要了。

我们坐在喷泉旁，树莓味的更好吃。这是他第一次问我饿不饿。我一点也不饿。他第二次问我饿不饿是两个多小时之后，我们已经去过了圣瓦西里大教堂，刚出克里姆林宫。那时候我已经很饿了，肚子咕咕叫。他说莫斯科河就在克里姆林宫的那边，如果饿了我们就先去特维尔大街吃东西，改天再去看莫斯科河。他又说冬天的莫斯科河其实看不看都无所谓。夏天有人在里面游泳吗？我问他。他说他不知道，他说他不会游泳。他不会游泳。他竟然不会游泳。他也不会滑冰，还不会滑雪。我也不会滑雪，但我会滑冰，会游泳，还会自由潜。

30. 被遗忘的脸

我吞下去痛片,躺到沙发上。客厅的天花板上没有照片。其实在上蟹肉沙拉的时候,我的头就隐隐开始有要痛的意思了,也许是因为滑冰的时候,取下了帽子,受了冻,或者是偏头痛发作,再或者两者兼而有之。我叫了杯咖啡。

Z带我去的地方叫普希金咖啡馆,餐厅很有特色,据说是保留着19世纪的装修和家具。我对普希金的了解止于他是俄罗斯的诗人。菜单上有中文,还印着普希金的小说《叶甫盖尼·奥涅金》里讲食物的段落:

> 他一进来就看到往顶板飞的瓶盖,
> 葡萄酒像彗星一样喷出来了,
> 他前面是血污的烤牛肉,
> 还有地菇,是青年的豪华,
> 是最精彩的法国菜,
> 还有恒古不变的法国肝泥厚饼,
> 就在比利时软奶酪
> 和金色的菠萝的中间。

原来普希金除了诗还写小说。这小说也写得跟诗一样。不过这翻译，翻译得真是……如果普希金的作品是这种文字水平，估计是成不了一代名家的。我们没有点葡萄酒，也没有点烤牛肉、比利时软奶酪和法国肝泥厚饼，这里也不提供金色的菠萝。

餐厅里有一张靠窗的桌子，是"普希金专座"。普希金的蜡像代替普希金没日没夜地坐在桌前，握着鹅毛笔做出沉思的样子。桌上有烛台，还有一个蜡像普希金从来不曾按过也将不会去按的铜质服务铃，以及一杯永远也喝不尽的树脂葡萄酒。

Z说这个咖啡馆和普希金其实没有关系。有种说法是：普希金在那次致命的决斗前，曾经到咖啡馆小憩。有很多人误以为是这个咖啡馆。他说这非常荒谬，普希金是在彼得堡决斗的，彼得堡离莫斯科有1000多公里，难不成他决斗之前还专门从彼得堡坐马车到莫斯科的一个咖啡馆沉思吗？（那我们为什么要来这里呢）他说普希金一辈子的大多数时间都在彼得堡。（他还真是了解普希金）他说在阿尔巴特大街上，倒是有个故居，普希金在那里一共住了三个月。他还说《叶甫盖尼·奥涅金》不能简单地归类为小说，它是诗体小说。（尸体小说？噢，诗体小说，怪不得呢）他大约是说了这些吧。

沙发缝里有个硬东西硌到了我的手肘。这是什么？我把它抠了出来。一本中文书。深蓝色封皮，普希金诗集。他看了一眼，接过去说：原来在这里。我猜他一定很喜欢普希金。他却摇头否认了，他说他不喜欢普希金。我问他普希金真的是决斗死的吗。他点头，说："他死得很无谓。"用"无畏"来形容自己不喜欢的人，倒是很客观。就像我虽对那个让我不得不逃离的男人心怀怨恨，却也必须得承认他手段高明，否则我不会陷入那样的局面。

我禁不住问他，既然不喜欢普希金，为什么还要买普希金的诗集。他凝视着封面，轻呼出一口气，说：这不是我的书。"那是谁的呢？"我脱口而出。他没回答，整个人都嵌进封皮那深蓝色里了。我没忍住："那天花板上的照片也不是你的咯？"他把头从深蓝色里抬起来，看着我。一个人竟然可以在眼神中同时放入戏谑和温和。那当然不是他的照片，他是男人，照片里的是女人。那当然是他的照片，那张照片属于他。"那是你女朋友？"他只简短地回答了两个字：不是。

通常来说，这种时候我会止住话题，毕竟知情识趣是种修养。可在这一刻，我突然变得刨根究底，像无法自控的猫，抓住毛线球的一根头子不放。"你一定很爱她吧？"他没有回答我，把书放到茶几上，在沙发上坐了下来。沉默有时候可以非常大声，就像现在。我看着他，他注视着自己的手，就好像这问题的答案在他手掌心里似的。我拿了个垫子靠在背后，这样能更清楚地看到他的脸。他平稳的声音打破了响亮的沉默，他说没有什么爱不爱的，如果不看照片，他连她的脸都无法回忆起了。（她的脸就在天花板上，昨天笑了我一整晚）他说照片就只是一张照片而已，他只能想起照片上的脸，（照片上的脸不就是她的脸吗）可照片上的脸不是她的脸。他说她的照片不是她，她的照片只是一张照片。照片里的形象已经替代了她的形象，把她从她自己里挤了出去，把她从他那里挤出去了。她被挤出去了，她已经不复存在了。

他的原话不是这么说的。他说的没有这么连贯，也没有这么清晰。但他说的就这个意思。他说两句又停下来，似乎是在努力组织语言，然后，他又以同样断续的方式说：其实这和忘怀与否无关。照片就只是照片而已。他放在那里，也只是一种习惯罢了。除此之外没有别的了。

这算是在解释吗？他有必要向我解释吗？解释的动机又是什么呢？或者这是他对他自己说的。我禁不住在脑子里搜寻：有谁会把我的照片贴在天花板上吗？那些已经过去了的事和已经成为了过去的人，逐一浮上心头——没有。一个也没有。我不认为有人会把我的照片贴在天花板上日复一日地看着。我没那么走运。就算有那么一个人，如果我不知道，也是没有。但我知道没有。没有也无所谓，我不在乎。

Z起身倒了杯水给我，问我感觉怎么样，有没有好一些。老毛病，偏头痛。反正也治不好。我问他是否喜欢莫斯科。他说没什么喜不喜欢，来这里无非是阴差阳错的工作调动。而换一个工作又太费劲了，没必要，反正都一样。是啊，换一个工作又太费劲了。他说他念书时曾经有过去俄罗斯的机会，他们学校每年都组织贝加尔湖科考，他想去，但没能争取上。我想起之前看过一个帖子专门讲贝加尔湖，说如果冬天去，可以冰潜。在厚厚的冰面上挖个四四方方的洞，然后教练带着，穿着潜水服背着氧气瓶，跳进冰窟窿里。从图片上看，水下很清澈，有一些小鱼，不多。最美的不是水里的生物，而是在水下看凝结在水面的冰层，大小不一的气泡凝滞在冰层里，形成层层叠叠的抽象图案，阳光让冰层里封印的气泡显得奇幻又迷离。

Z说水里一定很冷,如果那个窟窿重新结冰,一切的美丽就只剩下恐怖。这话让我想起小时候看过一个故事,是讲地质科考队员深入西伯利亚考察遇险的故事。他们失去了方向,又遇到了突如其来的寒流和隐蔽的沼泽,最后,一队八人,只有两个人活了下来。好像是这样,我记不太清了,只记得其中有人被冻死了,还有人被沼泽吞噬了。西伯利亚的沼泽,一定也是很冷的。身体一寸寸地往下陷,落入沼泽的人无法自救,越是挣扎陷得越深。队友们束手无策,只能眼睁睁看着沼泽一点一点地将他往下拽。他在一寸寸地消失,鼻子渐渐没入了沼泽,剩下一双绝望的眼睛,随后露在外面的眼睛也消失了……眉毛、额头被一一吞没,最后连头发都没剩一根。死亡本身,恐怕就是寒冷的。

Z说受火刑的人未必会同意这个观点。他说照片里的那个人曾经跟他说(他自己主动提起了照片里的人),说如果她死了,不要火化她,她不想被烧。她想要直接埋进土里,有没有棺材都无所谓,只是一定不要烧。他说死了就什么都没有了,什么都感觉不到了,烧不烧其实根本无所谓,但还是有很多人不愿意火葬。可见"被烧"在人类的集体记忆里,是一件多么可怕的事。

确实如此,我爷爷死前就明确表示过不愿意火化,他的儿女在他病床前答应不火化他。他一死就被运到了火葬场。如果是我自己,如果我死了,我也觉得能不火葬就不火葬。Z说死都已经死了,扔水里、喂秃鹫、扔火里、埋土里,这些又有什么区别?他说照片里的人说有区别(他其实没有用过"照片里的人"这个词,他说的是"她",他第一次说的时候,我就立马明白了他在说谁),地球上的生命是从土地发展而来的(不是从水里吗),人类生活在土地上,食物也大多出于土地。她希望自己死后能回到土地里(沼泽算是土地吗),还希望能在她的坟上种一棵桂花树,她自己则变成桂花树的肥料。为什么是桂花树?可能是因为她喜欢桂花吧,或者她觉得没有什么能比桂花更好闻了。

把自己的死寄托在了一棵树的生上。呵,真是一位极富想象力的"香香公主"。但不得不承认,她的这个主意其实挺不错的。就是不知道最终给她善后的人,有没有对她作出承诺,或者,会不会兑现自己的承诺。

他在继续说。他说如果他自己死了,他不在意别人怎么处理他的尸体,都已经是尸体了,还有什么区别?这是死后的事情,死后怎么样根本无所谓。如果死得不痛苦,死了其实也无所谓。反正,人迟早都要死。有的人活着,和死了也差不多。如果活得和死了也差不多,那还不如死了。

我和Z,在莫斯科的冬夜里,谈论尸体,谈论死亡。

死,大约是人人都想过的。在医院工作,就算像我这样不直接面对病人的,离死亡也很近。病房里时时刻刻都有人正在濒死,以前医院六楼有太平间,前两年改造了,现在尸体全都直接转去殡仪馆的太平间了。

死了也无所谓吗?真的是这样吗?那为什么还要活着呢?如果死了就完了,那么,死了确实很轻松:不用再偏头痛;不用再对着枯燥的药品说明书;不用再写无聊的药物监测反馈报告;不用再去面对那些复杂和肮脏；不用再穿着红舞鞋跳舞跳个不停，反正跳到最后也是死亡；不用再逃……我一直在逃，被紧追不放。可谁能保证死后没有轮回，死后就是完全的寂灭与虚无？

猫在惨叫，雪地上一片惨白，十二月的莫斯科，喵呜——喵呜——喵呜——一声比一声尖利，一声比一声近在耳旁，紧追不放……

我从沙发上惊醒了过来，我是什么时候睡过去的？我刚才明明还在和Z聊天，聊到什么来着？噢，死亡。我疑惑了：到底哪些话是我们谈过的，哪些话是我梦见的？这个瞬间，这个迷糊的瞬间，似曾相识——我曾经身处在这个一模一样的疑惑里，连场景都一模一样。

31. 莫斯科郊外的晚上

坚硬的空气压迫着我,把我推搡出门。

就这样,没有人推我,我被推出了门外。门关上了。原来这扇门是红的,深红色,红得发黑。行李箱好重,怎么会这么重?你为什么不跟着我走,你为什么老要往旁边斜,你比拉着你的左手还要不听使唤。

下楼。楼。电梯按钮冰凉。这是什么味道,谁家在做宵夜吗?宵夜,已经到宵夜时间了。食物的味道,别人的食物,我没闻过的味道。奶酪牛肉金菠萝。

就已经到楼下了吗?电梯是怎么下来的?下雪了。行李箱的拉杆在出汗。手心好黏,右手,是右手,蹭不干的手心。怎么会这样?

Z说是一辆白车。他说车已经到了。街边一排全是白车,下雪了,每辆车都是白的。得找车。到底是哪一辆车?不要推,也不要催……

怎么拉不动了呢?刚才在往旁边斜,现在你是完全不走了是吗……该死!这么密的排水栅栏行李箱的轮子也能掉进去。那辆车打着灯。白色的车,是那辆吧。得把轮子拉出来。不行,出不来。天呐，怎么会这样。好热。再试试。还是不行。算了，先看看。卡得真是天衣无缝。抠不出来。太重了，怎么会这么重呢？得对准，完全对准。根本看不清。这下子应该两边都对准了，好，得两只手同时用力抬。再来一次。

轰！

终于出来了。还好，还好是往旁边倒的。双眼发黑了。先缓缓。缓一缓。

喇叭声。应该就是马路对面那辆车了。路太窄了，两边都停满了，行李箱只能一个一个地过了。先过小的吧。好了。现在过大的。

哎呀！！

它什么时候站到行李箱上去的?! 黑猫。你看着我干吗？从行李箱上下来！真晃眼睛。眼睛真黄。下去。去。

"喵呜——"

这叫声。这是在那之前让我醒过来的叫声！不会吧，难道就是这只猫吗？可那声音那么近。这是只野猫吧。给我下去！跳得倒是快。你往哪里去？——跑！快跑！快跑呀！！

急刹车。声音太刺耳。

它为什么不跑。它回头看了我一眼，就在那辆差点撞到它的车急刹的时候。黄眼睛。

黄眼睛慢慢穿过远光灯，穿过马路。

是这辆车，后备箱弹开了，这行李箱不应该有这么重啊。司机下来了，行李箱到他手上就变轻了。一个、两个，都躺进了后备箱。他家的窗户还亮着吗？是哪扇窗户？全是窗户。

车在启动，发动机在咳嗽。黑漆漆的窗户，亮着灯的窗户，全都越来越远，直至消失了。都消失了。我也消失了。别抖了。还是那么黏。路灯在闪光。

有的时候，人能够把一个瞬间清晰地保存下来。被留住的碎片，像一张照片。并且，在那个瞬间发生的瞬间，就知道这一刻将永不磨灭。"永不"是多久呢？不会太久。生命短暂。照片也许能幸存，记忆却不能幸免。就在这一刻，我意识到这一刻将短暂地永恒下去。同时，另一个永恒时刻也浮现在眼前：我刚下班。"呜啦——呜啦——呜啦——"的鸣笛声在医院门口响起，出勤的救护车回来了。担架被抬了下来，放在手术车上，担架上的人浑身是血，意识清楚，理智模糊。医院大门口，担架在往里推，我在往外走。手臂突然被抓住了，抓住我手臂的，是被抢救者的手。两秒后，放开了。那两秒钟，是一张照片。

烟味。曾经有人在这辆车里吸烟。烟还在口袋里，回去就没拿出来过。抽一根吧……没有火。司机有火吗，打火机用英文怎么说？算了。

后视镜里的眼睛是垂着的，挂在后视镜上的十字架在晃，细微的晃动叠加着更细微的晃动，在我眼前晃动。钉子给了手掌一个窟窿。窟窿，带血的窟窿，流血的窟窿……一切都在晃，在窟窿里晃。

刚才忘记了戴手套。皮座椅上的纹理掠过掌心，滑腻，擦不干，擦不净。冷。又热。身上都湿了。

还在晃,路灯在晃,红灯在路口晃。路口越来越少,交通灯越来越少。绿灯,座椅靠背,黄灯。急刹车。轮胎发出尖叫——晃动停止了。

没怎么撞痛,头只是碰到了前面的座椅。车已经完全停稳,司机转过头——竟然是一张蒙古国人的脸。刚才帮我拿行李的是这张脸吗?这张带着歉意的脸在说话。一句也听不懂,但我知道他在问我有没有事。没事,没事。他应该也听不懂。他也知道我没事。

我并不是没事。怎么可能没事?!正因为我坐在去机场的车上,我没事,所以不可能没事。

很久以后,我才真正明白过来:预示不仅有画面和声音,还有气味,一种黏稠又凛冽的气味,附着在其他气味之上,比如宵夜,比如汽油,比如快要出炉的 pizza,难以察觉;预示也不仅是感觉,还有事件,比如黑猫回头时被远光灯扫过的黄眼睛。猫。有只猫曾经在我被子里……为什么会在我被子里?是什么时候的事?不,从来没发生过这样的事,从来没有猫钻进我被子里过。那只猫不仅躲在我被子里,还在蹭我的腿……

急刹车后,车开得平稳了些。急刹车的声音在耳边重复。看见车在过马路的黑猫面前急刹,和坐在车上感受车在黄灯变红了的十字路口急刹,是不一样的。前者将心脏固定住,使其不能动弹,再像拧毛巾一样,纠紧;后者,后者使心脏渴望爬过喉头,获得摇晃的自由,像十字架一样摇晃的自由。不是每辆车上都有十字架。

后视镜里，司机有一双细长的眼睛。

已经出城了。车灯的光强过路灯的光。莫斯科的郊外。往后的几天，我每天都在问自己：为什么没有掉头往回？

车在继续往前。前面是哪里？前面是莫斯科的郊外，越来越郊外。前面还是机场。是的吧。我是要去机场的吧。我去机场干吗呢？离开莫斯科，去萨拉热窝。

所有的高速路都差不多。车灯比车开得快。车灯只用开，不用开。

头痛粉，不应该戒掉，为什么要戒掉。它让我镇静。不需要头痛，只需要头痛粉，一包接一包，往嘴里倒。

背上濡湿、冰凉，和手心一样。我肯定一样东西都没落下，浴巾睡衣化妆品帽子围巾，忘了的手套被递了过来，放进了包里。除了药。

"没事，你先走吧。"Z让我先走。他坚持要我先走。空气就是这么一点点变得坚硬的。要把异物挤出去。最后，他的脸，也变得越来越坚硬，眼睛里的温和是苔藓，苔藓下面尽是岩石。

机场越来越近。机场变了样，不是我来的时候看到的那样了。才过一天，机场就变了样。机场竟然这么快就变了样。这不是机场吧？这是机场吗？

车停下来了。确定是这里吗？会不会搞错？车是Z叫的。票是Z买的。他不仅给我买了去萨拉热窝的机票，还买了从萨拉热窝直接回重庆的机票。

我下了车。司机也下了车。两个行李箱也下了车。司机回到车上。行李箱和我留在机场。短暂的交集之后,又各自去到各自的地方。

这也是机场,另外一个机场。他没有搞错任何一个目的地。就是这个机场。这里有当天最晚的一班飞机,能转机飞去萨拉热窝。

行李箱还在往一边斜,你是坏了吗,你为什么不愿意走?

伏努科沃机场的玻璃门开开合合,陈在门前略微停顿,等着那张嘴完全张开,然后,毫无反抗地把自己投了进去,只有行李箱在无力地挣扎。

32. 不眠夜

人人都想预知命运。命运恰恰是最不可预知的。五天前，当伏努科沃机场的玻璃门把陈吞没时，陈是预想不到自己会在此刻走出这扇玻璃门的。门外，莫斯科的冬夜在静静地注视着她。两只行李箱被她拖着，八个轮子，不偏不倚，滚滚向前。

她叫的车来了。如果离开莫斯科的那天是她自己叫的车，也许她就叫到谢列梅捷沃机场去了。如此一来，她就赶不上飞机，离不开莫斯科，去不了萨拉热窝。一切是否会因此而全然不同？司机下车帮她放好行李，她一边道谢，一边仔细瞧了司机一眼——一个年迈的斯拉夫人。她钻进车后座。车里没有烟味。后视镜上没有十字架。车子启动了。后车窗外，伏努科沃机场航站楼那隆起的弧形穹顶，好似垒起的坟堆，正在往夜色里退。

五天前，陈就是经由这条路去伏努科沃机场的，她却对车窗外流动的景物印象全无。这是一条她不认识的路，路的一头是机场，另一头不知道通往什么地方，也许根本就没有另一头，或者连这一头也没有，有的只是无数个纵横交错的路口。窗外的莫斯科显现出一种无差别性：这未必就非得是莫斯科，这完全可以是其他地方，比如萨拉热窝。她发现，萨拉热窝，那个她今天上午才离开的萨拉热窝，变得遥远又模糊，消散在半空中，失去了重量，失去了现实感；而莫斯科，那个她只停留了一天的莫斯科，在这一刻，却像是浸在清水中的头发丝，纤毫毕现。仿佛在萨拉热窝的日子只是一场幻觉，她从未离开过莫斯科。

时针和分针显示，现在是九点十九分。叫车的时候，她输入的是酒店的地址。此刻，一个新的念头蹦进了她脑子里——干脆直接去Z家。

直接去Z家吗？现在吗？她再次看了看表，九点二十分。现在去会不会太晚了？到了估计都十点多了。太晚了会打扰到他休息吧。他可能已经睡了，或是根本就还没出院。他会不会已经回国休养了？不，带着伤口坐十个小时的长途飞机？不会的。电话还是打不通。不知道他恢复得怎么样了。或者他在家，但不止他一个人在家。说不定他的父母来了，来照顾他。我大晚上提着行李箱去他家，会引起误会吧？万一他们都已经睡了呢？被吵醒开门，看到门外站着一个拖着两个行李箱的陌生人……最糟糕的是，如果只有Z睡着了，就没人能帮忙解释了。要怎么介绍自己呢？说自己就是那个把利刃插进他们儿子身体里的罪魁祸首吗？只能说是他同事吧。那行李箱又怎么解释？来投奔的同事吗？在这种时候？如果Z醒着，会帮着打圆场吧，也许他会说这是他的女朋友，或者朋友。呵，女朋友。也有可能Z确实不是一个人在家，但是陪着他的不是父母，而是天花板上那个人。那门口提着行李箱的陌生人要如何自处？Z又得费多大的口舌去解释呢？他会去解释吗？……算了，今天还是不去了。

酒店到了。如果那天早上,在萨拉热窝机场,Jasmina 没有回复陈在民宿网站上发的信息,陈在萨拉热窝就会住到酒店去。应该没有哪一家酒店的窗户会对着墓地。如此,她在萨拉热窝的经历也许会不同。也许。也许而已。可说到底,她在萨拉热窝又有什么经历可言?那些天,时间只是在重复性地模仿着它自己。时间原本就是一种重复性的自我模仿……噢,那个把女朋友称为"朋友"的男人,吴立,他对陈说,如果她去广州,可以住他那里,因为他也是个民宿房东。他还说了很多别的话,那些话全都掉落在了萨拉热窝清晨的石板路上。她总是在他说话的时候不由自主地走神,只有在咖啡馆碰到他和他的"朋友"时,她是全神贯注的,而那时,他几乎没说一句话。

陈用房卡刷房间的门,红灯闪烁。她重复着刷卡的动作——绿灯,门开了。住酒店有住酒店的好处。国际连锁酒店,房间的配置和设施都是统一的,一切都在预期之内。她仰躺在床上。有多少人会把照片贴在天花板上呢?整个房间都是柔和的茶色调。如果换成深棕色调,时间就会往回后退,房间会呈现出一种岁月复现的感觉。Z 家的家具、地板都是红棕色调的。正对着天花板上那张照片的床,也是深棕色的。而那张海报大小的照片,是绿色调的。她记得那照片,却无法还原照片上的脸。在她脑海里,那照片像是拍糊了,拍照的人在按下快门时,手抖了。陈的肚子在"咕噜咕噜"地叫唤。要不要出去吃点东西呢?外面好冷……

陈离开房间时,已经十点半了。这个时间点,很多餐厅都关门了,她绕着酒店周围转悠。麦当劳还开着。又是麦当劳。她不想吃麦当劳。她想吃一碗面条，或是一碗米饭。但她的脚和她的胃意见不一。她走进麦当劳，买了一份薯条，俄式薯条。酒店对面是一家24小时超市。又是一家24小时超市。绿色的招牌，和Z家附近的超市不是同一家。她在一排排货架前搜寻了半天，结账时，手里只拿了几根香蕉。

浴缸里的水快要放满了。陈把自己泡了进去。水，折叠了她的身体，她看着自己光滑的肚皮，应该快要来月经了吧。月亮的阴晴圆缺，比月经更为规律。月亮还是那个月亮，每个月都有几天不亮。陈在水里闭上眼，眼前是一片灰蒙蒙的树林，残月悬于树梢，黑色的鸟成群掠过头顶，无数的翅膀在低空中扑腾，伴随着"呀、呀、呀"的叫声。她抬头看它们……突然，脚踩空了！她一蹬脚，整个人往水里滑去……沼泽！她的双手在空气中舞动，赤裸的身体在浴缸里挣扎……她睁开浸在水里的双眼，猛地收回手，把身体从浴缸里撑了起来。心脏狂跳。水顺着她的脸直往下淌。呛水了。她在浴缸里呛水了。咳嗽、鼻涕。红鼻子红眼睛。刚才，那沼泽，那沼泽在把她往下拽……

陈爬到床上躺了好一阵才缓过神来。她打开地图，查看从酒店到Z家的距离。两公里。竟然只有两公里！她从床上坐起来，她现在就要去。现在就去！现在还没到十二点。如果没有人在家怎么办？现在快十二点了，难道要在午夜一直敲门吗？虽然黑猫不祥的鬼话并不可信，可那只猫，那只黑猫，会不会在走道里蹲着，等着。还有那无声无息的电梯……她想象着可能发生的一切，此刻的感受和在车上时不同了，她不再担心遇到他的父母或者朋友或者天花板上的那个人,她担心的是——没人应门。一想到敲门没人应,她就没来由地毛骨悚然。她拿起手机拨打 Z 的号码,仍旧不通。他到底出院了吗?如果他的电话能打通,她就能知道他的情况,知道他在哪里,知道自己是否可以立马去看他。可他的电话一直打不通。为什么他的电话会一直打不通呢?陈躺回床上。那个她只停留了一天的莫斯科变了,变得不再清晰,不再分明,变成了虚幻的流沙。那流沙建构起一串串与 Z 相关的故事:不同版本的爱情故事,也许没有发生的故事,以陈为主角的故事,围绕着天花板上的女人所展开的故事……建构好的每一个故事又在顷刻间坍塌,变回沙砾,一粒一粒,流逝在眼前,随即又重回指尖,开始下一个故事……

天快要亮时,陈终于失去了知觉。在短短的两三个小时里,她从一个梦,游到另一个梦,在梦里流浪,在梦与梦之间无休止地转场……遮光窗帘没有拉上,阳光穿过半透明的纱帘,潜入房间。陈把被子夹在交叠的双腿间,背朝窗户,两个枕头的缝隙里,埋着她的脸。酒店的早餐供应时间早已结束。

在拥有一千多万人口的莫斯科,彻夜失眠的人,从来不止一个。

33. 不速之客

呸呸呸，真见鬼！最近发生的事，别说朝左肩吐三下唾沫，吐三百下都不够！

刚才那只该死的黑猫就这么当着我的面穿过了马路①，走着走着还拐了个弯！这些流浪猫真是无法无天了。冬天还长着呢，看它们能熬到什么时候！这一周已经够不吉利了！到底还要不要折回超市去把甜菜买了呢？我也真是，做红菜汤，所有东西都买了，就是忘了甜菜，没有甜菜还做什么红菜汤?！真是见鬼了。呸呸呸。不能说鬼。如果现在不去，下午就还得出趟门。出门也行，待在家里瘆得慌。可昨夜一宿没合眼，早上刚要睡着，闹钟又响了，得送科里亚去上学了。科里亚这孩子，昨晚见他睡得那么香，没想到早上起来的第一句话，居然是问我隔壁的人是不是回来了。小孩子家家的，瞎说什么呀！呸呸呸！你也像妈妈这样，对着左边肩膀，不是右边，是左边，呸呸呸，对，就是这样，对对对。

实在是太倒霉了。在家里自杀，让我们这些邻居怎么办？对孩子造成了多坏的影响啊！幸好那天警察来的时候科里亚还没放

---

① 俄罗斯民间认为看见黑猫从面前跑过，预示着会有不好的事情发生。

学。可这孩子,像什么都知道似的,真不明白他是怎么知道的。他还问我隔壁的人是不是自杀死了。你能相信吗,这么小的孩子,嘴里居然冒出"自杀"这种词!今天吃早餐的时候,他竟说他梦见了隔壁那个人。老天爷!我赶紧让他住了嘴。瞎说什么!不许再说了!赶紧把梦忘掉,不许去想了!他没有再说什么,乖乖地坐在餐桌前吃完了饭。

上学路上,我俩都没怎么说话,快到学校门口了,他问我:"人为什么会自杀?是不是人人都会死?"天呐!你这孩子怎么这么不听话呢!我不是告诉过你了吗!不要再去想这件事了!不许说"自杀",也不许说"死",明白了吗?老是说死啊死啊的,呸呸呸,非常不好,很不吉利!我不想再听到你说这些了,这不是小孩子该说的!你记住了吗,科里亚,嗯?小家伙含着眼泪点了点头,进了校门。可怜的孩子,一定是被隔壁的事吓坏了。这么小的年纪,就碰上了这种事儿。得想个办法让他高兴一下。上个月他好像说过想吃红菜汤,做起来太麻烦了,我一直没给他做。那就今天做给他吃吧。

我是往回走了好一段,才想起来忘了买甜菜的。刚才在超市里,我就觉得有什么东西忘了买,可怎么也想不起来。结果,没买的不只有黑面包,还有甜菜,还有甜菜!要么回家放下买的东西再去超市,要么现在就折返去超市。已经走出超市这么远了,但是回家又还得再出来一趟。算了,还是去超市吧,反正早晚要去。谁料到,一转头,黑猫就在我面前过马路。晦气呀!今早出门时我特意留意了隔壁,看起来好像没什么异样。要不是科里亚跟我一起,我真要再去敲敲门。刚才在超市里我就想,待会儿回去放下东西,就去敲门,看看到底是不是有人住在里面。就算没有人,大白天的,鬼,呸呸呸,那什么,也不敢怎么样吧?可万一它等到晚上呢?这些念头弄得我心神不宁,连甜菜都忘买了。只记得忘了,却不记得忘了什么,我已经老到这个地步了吗?现在可好,还得走回超市去买。

今天超市里的甜菜都不怎么好了。没办法,还是得买呀,不然怎么做红菜汤。红菜汤做起来就是费事!又得提着袋子重新走回去,这破记性。这些破事儿真让人心烦。这么长一段路,手都挤勒出红痕了。还好往回的路上没有野猫乱窜了。

终于要到家了,我们楼里的电梯也是发了神经病了,经常没反应,还乱停。这不会是闹鬼了吧?啊呸呸呸。隔壁的门紧闭着。待会真的要来敲门吗?待会再说吧……

见鬼了,神龛里的圣像画不见了!到处都找不着。明明昨天还在神龛里。天呐!连圣像画都不见了……要倒大霉了!家里到处都找过了,圣像画肯定不会在垃圾桶里,但我还是把垃圾桶翻了一遍。没有。到处都找不到……

如果站在上帝视角看我,那我就是一只热锅上的蚂蚁,在团团转。对,你们看到的这个人,正因为焦急和惊慌而浑身冒汗。

圣像画到哪儿去了呢?真是奇了怪了!太诡异了……不是我迷信,你能站在我的立场想想吗?邻居离奇自杀——夜里隔壁传来奇怪的声音——我去敲门却没人应——早上起来儿了说他梦见了那个死人——在路上又碰到黑猫过马路——现在连神龛里的圣像画都不见了！这不是一件事，这是一系列事！单一的事件可以说成是偶然，而这么多事连在一起，就绝不是"偶然"那么简单了。上午给玛莎发的信息她没回，我得给她打个电话。圣像画不见了可不得了。我得找时间去一趟教堂。对，去教堂。头晕，天花板和地板都在旋转……我得坐下来。

谢天谢地，玛莎终于接了电话！她说她刚才在开会，问我怎么样了。还能怎么样，一整夜担惊受怕。关键是，连圣像画都不翼而飞了！我给她讲了早上发生的一切，我感觉自己快撑不住了。她略一沉吟，说让我摸摸裤兜，看看裤兜里有没有。圣像画怎么可能在裤兜里呢？但我还是伸手去摸——哈呀，真的在裤兜里！我简直要哭了。玛莎叫我不要自己吓自己，圣像画是昨夜我去隔壁敲门前自己从神龛里拿出来的。是，我想起来了，我顺手放在兜里了。玛莎说我的神经绷得太紧了，让我白天好好休息，同时再考虑一下搬家的事。我说我想再去隔壁敲敲门。她说其实敲不敲都行，只要我自己能承受得住。电话里有人在叫她，她说她要去忙了，先不跟我说了，随即挂断了电话。休息。说得轻松，怎么休息？科里亚要吃红菜汤，还得在去接他之前做好！

我把圣像画放回神龛。我要去看看隔壁到底是怎么回事，今晚不会还闹吧。我踏出门，在准备关上门时，我又折返回来，进了厨房，再次从神龛里拿出圣像画。这次我没有揣进兜里，我握在手上。

笃笃笃。我在门外面敲着那扇门。门里没有动静。笃笃笃。

如果有人来开门，那至少说明是人，而不是别的什么东西。笃笃笃。我用力敲着。笃笃笃笃笃笃笃。还是没反应。难道昨晚幻听了吗？或者是里面的人故意不来开门？有什么理由故意不开门呢？我把耳朵贴在门上——什么也没听见。不知道这屋子的房东知不知道自己的住客自杀了，他也真是太倒霉了。或者这是那人自己买下来的房子。如果是租的，这房子以后怕是很难再租出去了。或者租给不知情的人。如果住进这么一个死过人的公寓里，那才是倒霉。以后租房子前我可得调查仔细了。不过话说回来，这种事还真不好调查。但愿别让我租到这样的房子。

没办法，敲了半天都没人应，我只好回家。这一次，我没有忘记把圣像画放回原位。放下后我才发现，因为捏得太紧，小拇指的指甲盖儿在手心里掐出了红印子。

我把买的菜从塑料袋里拿出来，牛骨要炖，牛肉要切块和牛骨头一起炖。炖上牛肉之后，还得把甜菜、胡萝卜、白菜、洋葱、土豆、番茄该切丝的切丝，该切丁的切丁。甜菜的汁水顺着刨丝器往下流，我的手也染上了紫红色。鲜血是深红色的，干了的血迹是红褐色的，几近于黑。那天警察来得倒是很快，那个警官叫亚历山大·彼德罗维奇。亚历山大·彼德罗维奇应该算是警察里好的了，真是不明白，这么一个堂堂的男子汉，为什么要去当警察？如果我也有那么一个男人就好了，至少晚上不用那么害怕了，可偏偏男人就没一个靠得住的。也许也有例外吧，说不定这个亚历山大·彼德罗维奇就是 个例外，谁知道呢……哎哟，割到手了！老天爷！血跟甜菜汁混在了一起。我赶忙把手指放进嘴里，血的腥味和甜菜汁的味道混合在一起，令人作呕。我赶紧用另一只手敲木头菜板①。真是倒霉，活生生的倒霉，晦气！都怪隔壁那个该死的家伙！真是该死！呸呸呸！

终于把菜都弄好了。冰箱里还有昨晚剩的肉饼。不行，我得去躺一下，午饭待会儿再吃吧。锅里炖着牛肉，火已经关到了最小。我躺进被子里，钟响了，我才刚躺下，钟就响了，教堂的钟：一下，两下……十一下，十二下，十三……怎么还多敲了一下呢？钟敲了十三下。最后那一下特别长，特别响。我起身想看看外面是怎么回事，天竟然已经黑了，我刚刚躺下的时候还是正午，我睡了这么长时间吗？我连忙起身，科里亚在家，他已经回来了，正在客厅里看电视。我问他作业写了没有，他对我不理不睬。妈妈问你话呢，你怎么不回答呢？没写作业不能看电视！而且都这么晚了，你还看电视，你不该去睡觉了吗？我不知道他有没有在听，他看也没看我一眼，目不转睛地盯着电视。这是个什么小孩啊！我正要发作，门响了。不是敲门声，是钥匙插进锁芯的声音。门开了，沃洛加出现在门前。你来干什么?！我没钱，你赶紧走！我没有钱给你！噢不，别，别，我真的没钱……什么？你要带走科里亚？不，你不能带走科里亚！不，不，求你了，不，你不能，不能带走科里亚，科里亚是我的命根子！我转过头，科里亚已经不在客厅里了。是回房间了吗？我进房间找他，房间里也没有人。我回到客厅，沃洛加也不见了。天呐，他是不是把我的科里亚带

---

① 俄罗斯民间认为，敲木头可以避免不吉利的事发生。

走了?! 我想要开门追出去,可是门怎么也打不开,推门、拧把手都无济于事。门从里面反锁了。可是我自己就在屋子里,哪里还有什么里面? 我仔细看面前的门,这是一扇深红色的门,这不是我家的门,我也不在家里,我在走廊上,门缝里漫出一片暗红……

我猛地从床上坐起来,一身冷汗。原来是个梦。牛肉汤的香气飘出了厨房,还有骨汤翻滚的声音。科里亚在房间门口叫我,他睁着小鹿一样的眼睛,问我,妈妈你没事吧。我让他过来,一把搂住他,我的心肝儿。如果没有科里亚我根本不知道要怎么活下去。我不能没有科里亚……他从我的怀里挣脱,一转眼,他就长大了,长成了沃洛加的模样,他朝我伸出两只手——钱,他要钱。我拼命往后退,那两只手还是掐住了我的脖子……

我听见自己的心扑通直跳,眼皮也在跳。我努力睁开双眼——只是个梦而已。我刚才是做梦了吧? 有人在敲门。我又听见了敲门声,很微弱,笃笃笃,笃笃笃。难道我还在梦里吗? 这梦怎么没完没了呢,而且全是噩梦,一个梦里套着另一个梦。我感到愤怒,反正是梦,怕什么! 谁也不能抢走我的科里亚! 我的科里亚也绝不会变成梦里那样的混蛋,为了钱要杀自己的妈妈,不会的,我的科里亚绝对不会! 还有沃洛加,我为什么要怕那个混蛋? 他凭什么带走我的科里亚,还有脸说自己是科里亚的爸爸? 他算是个什么爸爸?! 我起身查看,科里亚并不在家。好,我现在就去开门,我不怕他。我要跟他说清楚,让他滚蛋!

我开了门。我家门外,没有人……

敲的不是我家的门,是隔壁的门——自杀的那家。

一个黑衣黑裤黑发的女人站在那门口敲门。她转头看向我。一张苍白的脸,支在一条血红的围巾上。在看到我的瞬间,她睁大了细长的双眼。我问她是谁,要找谁,到底是谁派她来的!那人已经死了你不知道吗?还是你就是来找死人的?还是你自己就是个死人,就是一个鬼?胆子倒是大,白天也敢出来!我告诉你,我不怕你。你别想伤害我的科里亚!否则我就叫警察抓你,我现在就打电话叫警察,你这鬼东西!你想折磨我到什么时候!你这害人精!我拿出电话按下102。那女人看到我打电话,拔腿就走,我伸出手去抓她——没抓住。她像只猫一样溜掉了。对,就像一只猫,一只带来厄运的黑猫,长着一对细长邪恶的眼睛。

我回到家,关上门。这个梦真是逼真,我什么时候才能再醒过来呢?我坐在椅子上,看了看钟,从我去睡觉到现在,才过了一个小时。我闭上眼又重新睁开,我还坐在椅子上。电话铃响了。我接了起来,是玛莎打来的,她问我怎么样了。难道刚才那不是梦?我问玛莎:"你是不是个梦?"我把她问懵了。她说:"柳达你真的得好好休息调整一下,特别是得换一个住处。"

难道刚才那女人不是梦里的吗?可她消失得那么快,真的就像一只猫。一只连眼睛都是黑色的黑猫。我颤颤巍巍地从椅子上站起来,哆嗦着打开门——走廊上空无一人。她为什么要去敲那死人的门。是那人的朋友?那她又为什么要匆忙地逃走?难道真的是鬼吗?面无人色的脸,那红围巾就像是用血织就的……

牛肉汤还在锅里翻滚,刚才准备好的菜差不多可以下锅了。

我满脑子都是刚才的画面,木然地把食材往锅里倒。盐罐子打翻了,盐撒了一地。连盐罐都打翻了①。也许玛莎说得对,我不能继续住在这里了,确实得搬家了。但这样一来,押金就拿不回来了,交的房租也打水漂了,或者再忍一忍,忍到租期到了再搬……可我真的受不了了,一天也住不下去了,活着实在太难了……

柳达用往锅里倒过甜菜丝和洋葱丁的手,捂住了脸。

---

① 俄罗斯民间认为,盐撒在地上和打翻盐罐均预示着有不幸发生。

34. 直到莫斯科河畔

陈没想到会是这样。她感到自己的双脚不受控制，它们有自己的意志，不以她的意志为转移。她已经上气不接下气了，它们却仍在交替着向前，一刻不停。

那俄罗斯女人说的话，她一句也听不懂。她在敲门，笃笃笃笃，笃笃，笃笃笃。门紧闭着，严丝合缝。她继续敲，深红色的门碰撞着她的指关节：笃笃笃，笃笃笃……哐当！门猛地一下开了。她敲的是Z家的门，开的却是旁边那扇门。那俄罗斯女人陡然出现在敞开的门后，头发像一把堆放在谷仓里的陈年稻草，染成金色的头发，发根已经长出了一支烟那么长的褐色，皱巴巴的旧睡衣耷拉在身体上，浮肿的五官耷拉在脸上，眼球上布满红血丝。这些特征和细节，都是在陈的双脚停止动作后出现在她脑海里的。这有可能是那个女人的样子，也有可能是她把记忆中的某个印象附着在了那女人身上。她不能确定脑海中的这一形象是否真切，而场景却是真切的——那女人打开门，面色不善，一连串质问来势汹汹。陈听不懂俄语，但不用听懂她也知道那是在质问。楼道里光线微弱。质问声，从那两片毫无血色的薄嘴唇中发出，越来越尖利，随即演变成了咆哮，咆哮里全是恶意。最后，那女人掏出电话，短短地按了三下，拨了出去。那是报警电话。陈不知道俄罗斯的报警电话是多少，也听不明白那咆哮的内容，但她知道，那女人拨的是报警电话。脚，陈的双脚，就是在这个时候开始行动的。就在陈的双脚开始行动的同时，那女人朝陈伸出了干枯的手……终究是陈的脚快了半拍，那只青筋暴起的手只抡住了楼道里干燥的空气。

　　现在陈停了下来。她在人行道中间停了下来，双手按住膝盖，白雾在不断从她嘴里逃逸。那个女人，那个眼珠子发黄的俄罗斯女人，就像猫逮耗子一样，差一点，就逮住了她。猫，对，那女人就像一只歇斯底里的猫。猫。曾经蹲在她箱子上的猫。那只横穿马路的猫。她不知道自己在怕什么。也许她什么都不怕，是她的双脚在怕。怕那个女人吗？还是怕警察？或者怕的是那个女人打电话给警察的原因？她没有立马去探究她的双脚到底在怕什么，她只知道它们带着她、拉着她、驮着她脱离了险境，一个未知的险境，一个她弄不明白为什么是险境的险境。前面就是她和Z去过的超市，橙色的门头映在她深褐色的瞳孔里，就像火焰。她走进超市，蔬菜区有西红柿、土豆、洋葱、西芹、甜椒、胡萝卜，最底下装甜菜的篮子里只剩下了一个孤零零的甜菜。她不认识甜菜。她径直穿过蔬菜区，没有朝它们看上一眼。渴。她从货架上拿下一瓶可乐，直接拧开，咕嘟咕嘟往嘴里灌，然后打了个嗝，又长又响。陈拿着喝过的可乐去结账。结账时，顺便又买了一包上次买过的烟。还有打火机。我还要买一个打火机。我还要一个那个，那个，对，就是那个。

陈站在超市门口。她十一点多才出酒店，出门时她想如果Z不在家，她就晚上再来看看；如果晚上还是没人，那她就写一张纸条，明早从他家的门缝里塞进去。而现在，她知道，自己不会再去了。是的，她不会再去了。她搞不懂这一切到底是怎么回事，她也不可能搞得懂一切到底是怎么回事。我们谁又真的能搞得懂一切到底是怎么回事呢？一切，是的，我是说，一切。她不会再去了。她去不了了。哪里都去不了了。

那现在去哪里？回酒店吗？不，她不想回酒店。她把剩下的半瓶可乐扔进了垃圾桶。去哪里呢？要不就去之前没去成的地方吧。她掏出手机查看地图。一刻钟之后，她从地铁的月台上消失了。行驶中的地铁所发出的巨大噪声，丝毫不亚于正在起飞或者降落的飞机。她应该带着降噪耳机出门的。地铁像条蛇，在漆黑深邃的地底下游荡。车门玻璃里的倒影，向她投来审视的目光。她认得玻璃窗里的那个倒影，可那倒影却是一副不认识她的表情。到站了，这是一个换乘站，她不需要换乘，但她得从另一条地铁线的出站口出地铁。那个站叫阿尔巴特，如果一个站的站名叫阿尔巴特，那它应该是离阿尔巴特大街最近的站吧。就像她现在下车的国立列宁图书馆站，应该就在国立列宁图书馆边上吧。总不能是阿尔巴特大街其实离列宁图书馆更近吧？应该是这样的。认路是她众多弱项中的一个，所以，迷路是她众多强项中的一个，如果迷路也可以算是强项的话。算吧。算吗？她将路过列宁图书馆，就在从阿尔巴特大街去红场的路上。老迈的青铜陀思妥耶夫斯基枯坐在图书馆前，落得一身雪。

阿尔巴特大街真有什么好看的吗？什么叫好看呢？她路过了普希金故居，那栋湖水蓝色的房子。她没有进去。她想起Z在普希金咖啡馆里跟她说：这个咖啡馆和普希金没有半点关系。故居对面是普希金和他妻子的雕像。他们站立着，他的妻子把手搭在他手上，让他扶着，她在前面，他在后面，她的眼睛平视着前方，他的眼睛也平视着前方，只是他们俩的前方，不是同一个方向。在萨拉热窝失眠的夜里，陈查过了，普希金确实死于决斗，为了荣誉。可说到底，那究竟是为了谁的荣誉？Z说自己不喜欢普希金。喜欢和不喜欢，根本就是同一种情感的两面。

纪念品商店一家挨着一家，商品琳琅满目，质量参差不齐：琥珀、红金、宝石饰品；漆盒、茶炊、木雕、地毯；冰箱贴、明信片……总之都是些卖给游客的玩意儿。没有哪个莫斯科本地人会跑来阿尔巴特大街上挨宰。这些具有民族特色的工艺品当然也包括套娃。对，套娃。陈在阿尔巴特大街上看到的所有套娃，都不如在古姆看到的那些和机场里看到的那个。待会儿她就会去红场，但她没去古姆。明天，明天她将在谢列梅捷沃机场里的纪念品商店里再次遇到那个套娃，黑色的绘着火凤凰的套娃，她曾有四次得到它的机会，全溜走了。阿尔巴特大街上有一个剧院，剧院外墙上挂着巨幅海报，大约是演出的剧目吧。她本来也是要去剧院的。没去成。去不成了。

红场变了样。今天的天气和那天的一样好，太阳在天上笑。可是，谁能看得懂，每一天，它的笑容有什么不同？红场变了样。完全是另外一个红场了。陈的眼球像两颗还未成熟的苹果，又酸又涩。一切都很明亮，太亮了。铺天盖地的光。她几乎睁不开眼。红场艳丽的色彩在变暗、变灰、变淡，逐渐趋近于黑白。冷，这黑白让人觉得冷。陈看到的红场上全是巨型冰砖，像集装箱一样码得整整齐齐，码得那么高，和天连在了一起。机场里的"太空舱"也可以码这么高吗？

冰，到处都是冰。完美的透明立方体，每一块都在产生光的折射，同时也将光反射向紧邻着的冰砖；反射出去的光，一部分折射进四周透明的冰砖里，其余的即刻被反射回来；反射回来的光又再度被反射出去……循环往复，无尽无休。每一块立方体的边缘都在射出眩光，致人目盲。冷，从脚踝升起。她的双脚，那双有自己意志的脚，已经在这冷感里失去了意识。就连太阳，都在天上打着寒战，太阳在抖，太阳也觉得冷，但它依然在笑。冷。笑。

全都冻住了。红场里的人，行人、游人、滑雪的人、站岗的人，全都冻住了。他们还在动，但他们冻住了。冻在了那一个个凝结成冰的立方体里。需要多少个这样的立方体才能铺满莫斯科城？她试图去观察每块立方体到底有多大，但这尝试是徒劳的——她看得见每块冰砖的边缘，却辨识不出它们的大小，当她的目光开始从一个边缘移动到另一个边缘时，另一个边缘要么变成一条射线，要么变成一个点；或者当她试图要用目光从整体上去估量时，立方体就开始变形，她知道这种变形不是真的变形，而是它们在合谋欺骗她的眼睛。尖顶钟楼、洋葱教堂、雪糕房子全都褪了色，封存在一块块连绵不绝的冰砖里。红场现在成了这副样子，红场变了样，从一片飞快运动和旋转着的五彩斑斓，变成了一片静止而凝滞的黑白灰。她凝神注视着冰块里活动的人，他们的每个动作都很慢。一切都变慢了。她自己在变慢。风不再"呼呼呼"地吹，而是"呼——呼——呼——"地吹，就像一盒用八倍慢速播放的录像带。能在瞬息之间上天入地的思维，现在正瘫在光滑的冰面上蠕动。光，晃来晃去。声音，忽近忽远。连呼吸都变慢了。游丝般的气息，在鼻腔和喉咙里艰难地打转，似乎每一个肺泡都在进入冬眠状态。陈用了一个世纪的工夫抬起头，终于看清了头顶上闪电一般的冰砖边缘。从她开始感到"慢"的时候，时间就成了一种现实意义上的神秘主义。没人知道她在这立方体里困了多久，只能用"很久很久"来进行毫无意义的形容。她听到了各种各样的声音：滑冰场上冰刃不断地触碰到冰面；一小撮雪从教堂的洋葱顶上滑下来；舌头在人们的交谈中颤动……她还听见在克里姆林宫的另一边，莫斯科河的冰面因为破冰船的经过，发出滑稽的惨叫："咔嚓、咔嚓——咔嚓嚓——咔嚓嚓嚓——"

岂止红场变了样，整个莫斯科都变了样。莫斯科变得和六天前完全不同了，变成了一个需要自己看地图找路的莫斯科、一个需要操心三餐和住宿的莫斯科、一个凡事都得当心的莫斯科、一个不能把自己扔给别人的莫斯科——一个充满诡秘、危险和不确定性的莫斯科。还有冷。一切都在变得更冷。

那些立方体是怎么消失的，或者说，它们是否真的消失了，陈也说不上来。她只觉得冷，冷从天上顺着巨型冰砖的边缘往地面淌,又沿着下水井盖的栅栏缝往地底下渗。时间渐渐地回到了它原本的速度,尽管根本没人知道所谓"它原本的速度"到底是个什么速度。陈和她的双脚正在合一,她分辨不出这种合一到底是她在向她冷得失去知觉的双脚靠拢,还是双脚在向还残存着知觉的她靠拢。古姆就在眼前。她没有进去。她莫名地觉得,自己和当场冻死之间的距离,就只差着一个褪了色的树莓冰激凌。

游船跟着破冰船,在结了冰的莫斯科河上,朝着白墙金顶的基督救世主大教堂方向移动。教堂的顶上,立着装饰繁复的东正教十字架。莫斯科河,在冰面下流淌着,一刻不停,却在河面破碎的浮冰之间,做出静默的模样,任凭夕阳的余晖将它染上转瞬即逝的红。

陈在莫斯科河畔游荡。太冷了,该回去了。同时,她又不可理喻地觉得这钻进骨髓里的冷在救她,在以某种理性无法解释的方式拯救她。红场变了,莫斯科变了,一切都变了。不可逆转地变了。她不明白关于Z的一切是怎么回事,但她明白自己大概永远不会知道答案了。混沌里没有一个固体物,一切都是迷雾,不可触摸,不可分辨。她想知道答案,又隐隐地期望自己永远不要知道。她模模糊糊地感到自己不会再见到Z了,Z不可能再出现在她面前了。

陈沿着河岸边一直走,一直走。她不知道自己走了多久,不知道自己要走到哪里去,也不知道自己身在何处。天色已暗,她停下来,凝神地望着面前流淌着的莫斯科河。她不知道,也不可能知道,那个她以为再也见不到了的人,他身体的一部分,正从她眼前流淌而过,细碎的灰烬在莫斯科河里翻腾着,没入河底,沉为淤泥。

第三部　Z

飞机上的两个人

35. 概率论

两个互不相识的人同天乘坐同一航班的概率是多少？同一架飞机上的两个乘客相邻而坐的概率是多少？坐在一起后互相交谈过的概率是多少？交谈后留下联系方式的概率又是多少？关键在于，概率论可靠吗？它在什么时候是可靠的？概率是宏观的，是基于对个体不确定性的统计以期预测未来事件发生的可能性。宏观是什么？如果没有无数微观个体作为统计的基础，宏观就无从谈起。而对于个体来说，哪有什么概率，只有发生和没发生。发生了是 100%，没发生是 0%。发生与不发生，是结果。概率一说，只存在于发生之前。然而，随着时间的推移，一切的人、事、物都将发生或者不发生。有意思的是，就连不发生，也是一种发生。

仰躺在床上的陈是被前台打来的电话吵醒的。对方问她今天是要退房还是要继续入住。退房。她看了看时间：快十一点四十了。闹钟没响。手机不知何时被调成了静音模式。十二点退房。还剩下二十分钟。陈在这二十分钟里，收拾好了自己以及行李。通常，在没有时间限制的情况下，这些是她需要花两个小时才能完成的事。在莫斯科,这已经不是她第一次在二十分钟内收拾好行李了。不同的是,这次,没人塞吃的给她,也没人提醒她不要落下东西。陈在前台办好退房手续,在寄存行李之前,她犹豫了一阵:到底是去机场吃午餐,还是在这附近吃?她不觉得饿,但肚子在咕咕叫。两条街之外有家俄式煎饼店,就是Z曾带她吃过的那个连锁品牌。她把盘子里的黄油煎饼往嘴里塞,吃了两口,又放下,开始塞蘑菇煎饼。还是那个味道。煎饼在她眼里时而清晰时而模糊。最后,两个煎饼都没有吃完。

陈叫的第一辆网约车,车主在接单五分钟后取消了订单。同一个手机,同一个APP,重复的动作,重复的目的地,一模一样,再来一次。第二个接单的车主,离酒店有点距离。她等了十分钟。十分钟之后,她又在去机场的路上了,莫斯科正在离开她。

陈出门旅行前就订好的往返机票,回国的日期原本是明天。可是昨晚……

昨晚她在Z家楼下徘徊,她想上去找他,但她就是没办法走进那个单元的门洞,上那部电梯。她在他家楼下徘徊。突然,她发现他家的窗户亮了,灯被打开了。Z回来了吗?她望着那扇亮着的窗户,冷色调的灯光。她要上去。她决定要上去。现在就上去。去敲门。她准备往前迈腿,可她的腿一动不动……这时,她看见一个女人正走近那栋楼,熟悉的身影:黑短发,黑靴子,红手套,红围巾。那女人刚要进楼,楼里就冲出一队俄罗斯士兵,要抓捕她。那女人转身就跑,被揪住的围巾掉在了地上,眼看就要被抓住了……她忽然奋力一跃,跳到了空中,身体从跑的姿势变成了游蛙泳的姿势。追在前面的几个士兵也跳了起来,企图去够她已然离地的双脚。没够着。空气对那女人来说就像是水一样,她朝着一轮明月游去,越游越远,逐渐成了月轮上的一个黑点,最终消失不见。士兵们的皮靴和牙齿一样,咯咯作响。他们悻悻地转身,回头。他们看到了一个一动不动的女人,和飞向月亮的那个,一模一样……

昨晚陈就是在这个时候醒过来的。她从莫斯科河畔打车回到酒店,倒头就睡。精疲力竭的女人,枕着她的红围巾,趴在床上睡着了。她被自己的惊叫声吵醒。梦里,那一张张向她逼近的面孔狰狞到了不分彼此的地步。她坐起身,把机票从明天改签到了今天。莫斯科她一天也待不下去了。她睡不着了。浴缸她也不愿意再泡了。她在被子里翻滚,甚至比画了几下蛙泳的姿势……没有飞起来。她飞不起来。窗外溜进来的亮光映在空无一物的天花板上。她希望一切都没有发生过。如果一切都没有发生过就好了。可"一切"到底指的是什么?要回溯到什么时间,涵盖哪些事件?包括在口腔里与舌头捉迷藏的波斯尼亚咖啡渣吗?包括拂落墓碑上的积雪时手套所沾上的雪花吗?包括在伏努科沃机场买的那瓶只喝了一口的马林果汁吗?包括在梦里乘坐的那辆去莫斯科的绿皮火车吗?包括跟那个有妇之夫搅和在一起吗?包括毕业后回到重庆吗?包括出生在这个世界上吗?包括整个人类的诞生吗?……一件事的发生,是许多事合在一起所导致的结果,又会继续成为其他事发生的原因,延绵不断,难以追溯。

谢列梅捷沃机场到了。对,就是这个机场,这才是她来莫斯科时降落的机场。这才是离开莫斯科的正确的机场。她深呼吸了一口气,推开门,下了车。两件行李乖乖地被她拉着、前进着。莫斯科欢迎你再来。她不该回莫斯科,也不该去萨拉热窝,更不该来莫斯科。机场一如往常:繁忙,人来人往。执勤的安保在四处巡逻。以前,她从没注意过,机场里,竟然有那么多安保人员。

值机柜台前排着长队。陈排了一会儿,肚子疼了起来。她不得不先去找厕所。拉肚子了。两个箱子并排立在她进去的那个隔间门口。在她准备出隔间的时候,肚子又疼了起来。她只好坐回马桶上。坐回去之前,她又重新把卷纸一圈一圈地扯出来,一层一层地铺在马桶圈上。等到她从厕所里出来,时针已经往前走了大半格。

在重新排队值机时,陈不动声色地往四周张望,嗯,没有人在注意她。终于轮到她了。她跟办理值机的俄罗斯小伙子说,她要一个靠窗的位子。小伙子看了一眼屏幕上显示的空位,这趟班机正好还剩下一个靠窗的座位。这时,他的手机响了,他不应该在上班时间看短信的,更不应该在看完短信之后还回复。等着值机的乘客就站在他面前。但这是一条必须得立刻回复的信息——他单恋已久的姑娘在问他什么时候有空。他不假思索地打出一个词:"随时"。在要按下发送键时,他踌躇了,眯着眼想了两秒,而后,把"随时"删掉了,改成了"今晚"。在他回完信息后,电脑屏幕上那个唯一的靠窗的座位,已经变成了不可选择的灰色。于是他对陈说,没有靠窗的座位了,只有中间一列靠走道的了。

出关检查。陈把护照递进窗口,她看了一眼对着她的摄像头。

她感到紧张，那是一种自我强迫的紧张，因为她觉得自己"应该"紧张。边检的工作人员抬头瞅了她一眼，又瞅了瞅护照上的照片，"啪"的一声，在她的护照上盖了章，放行，出境。她所幻想的来逮捕她的警察，没有出现。

两个行李箱都托运了。陈在机场的商店里晃悠。快到晚饭点时，她路过了一家俄式餐厅，里面的俄罗斯食客正就着红菜汤吃黑面包，吃得津津有味。她找了一张角落里的桌子坐下来，照着那人点的要了一份。这红菜汤比她在煎饼店里吃过的要美味得多。机场的餐厅能做到这样的水准，实属难得，但这还是不如柳达做的红菜汤好吃，虽然我们谁也没吃过柳达做的。酸奶油在红菜汤里起到了画龙点睛的作用。不，我不适合来俄罗斯。但愿我从没来过。

航班开始广播登机了。如果倒回旁边那个航站楼的店里买下那个套娃，恐怕会赶不上飞机。刚才为什么不买呢？是因为贵吗，是因为无用吗，还是因为实在太喜欢了。很久以后，陈才明白过来，套娃是这趟行程中所有令她后悔的事情中最不重要的，但是，所有其他的后悔都凝固在了套娃这一具体的形象上。

陈按照登机牌的指引，找到了自己的座位。坐下之前，她把大衣脱了下来，塞进了行李架。在漫长的飞行过程中，她将反复地回忆，反复地咀嚼回忆，反复地琢磨回忆，以至于她开始认为有些事，其实根本就没发生过，是回忆自己杜撰出来的。

确实，回忆是会欺骗我们的，因为说到底，回忆只能是私人的，经历只能是个人的，根本没有所谓的"共同的经历"，就算是同一时间同一地点同一事件，也只是各自经历。现实中，谁能真的全知全能？

失眠最开始只是偶发状况，接着会断断续续地发生，继而发展出某种连续性，最终成为常态。谭暂时还处在这一系列衍化过程中的第二阶段。今天凌晨五点谭才勉强入睡，他醒来时，隔壁的柳达已经午睡了。昨天中午吓跑那只黑猫后，柳达的午睡泡了汤。她给玛莎打了电话，又把科里亚接回了家。红菜汤在炉灶上咕嘟作响。发生的事她一句都没向科里亚提起。被乌鸦羽毛浸染的天色在吞噬她的勇气。幸运的是，在科里亚睡着后，柳达竖着的耳朵也不知不觉地耷拉了下去。凌晨，她被噩梦吓醒，醒来后就没能再睡着了。隔壁没有动静。楼下猫在叫：喵呜——喵呜——喵呜……

早晨终于来了。柳达先把科里亚送去上学，随即去了趟教堂。一回到家，她就倒在床上睡了过去。谭离开Z家的时候，柳达在梦里看见一扇厚重的门正在缓缓关上，从门的另一边透过来的光，逐渐稀薄……咚——嚓，轻柔的关门声让她的睡梦重归黑寂。

谭是搭地铁去机场的。进站之前，他在地铁旁的麦当劳里买了两大份俄式薯条和一个牛肉卷饼。薯条全吃光了，卷饼剩了半个。十字路口的另外一边，有一家"巧克力女王"咖啡店。咖啡店的招牌让他想起了Z的那位女上司，从记忆里冒出来的不是她的脸，而是曾钻进他手掌里的她的乳房。

地铁里有空位。谭站在车门边，他的脸，在沾着指印和其他痕迹的车门玻璃里，暧昧不明。

如果有平行空间，事情所存在的上万种可能就不仅仅是可能。一切将一成不变，同时又变化万千。在这里Z已经死了，在那里Z可能还活着。那些被某种无法解释的纽带关联起来的人，他们的命运，全都会因为随机事件而发生改变，每一种改变都将切实存在，都将引出新的变化、新的空间、新的世界。那么，生活还有真相可言吗？什么才能称之为真相？未知真的是未知吗？对谁来说是未知？是未知还是不可知？

谭对着玻璃门，提出一个又一个问题。玻璃门没有回答他。莫斯科正在穿过他。

谭到谢列梅捷沃机场时已经快五点了。这是他第二次到谢列梅捷沃机场，还将会有第三次、第四次，就在一年后。他已经在网上选过座位了——前排边上靠走道。值机的小伙子问他有没有托运行李，他看了一眼自己的随身行李箱：没有。小伙子没有在帮他打登机牌的时候看手机，他已经和姑娘约好了时间，今晚，对，就在今晚。谭接过登机牌，看也没看一眼，就揣进了上衣口袋。就算他看了，他也很难意识到其中的问题。就算他意识到了，问题也已经解决不了了。男厕所几乎是从来都不用排队的。他在冲厕所之前，拉上了裤子拉链，在拉上拉链之前，不自觉地打了个颤。

这已经是SU220航班最后一次登机广播了。广播里，地勤正在用带着弹舌音的英语艰难地拼读着谭的名字。谭拖着行李箱朝登机口跑，上气不接下气。

时间原本是足够的，但谭的行李箱在过安检的时候，被要求开箱检查。谭打开行李箱，从黑色塑料袋里拿出骨灰罐和另一个软趴趴沉甸甸的黑色塑料袋。他用英文解释说这是他朋友的骨灰。安检那姑娘正准备开罐的手，被她旁边的同事摁住了，那同事在她耳边用俄语重复了一遍"骨灰"这个词，姑娘的手立刻触电一般缩了回去，同时往左边肩膀做了三次吐唾沫的动作。没人愿意打开检查，他们说这个得托运。谭拿出死亡证明等一系列材料，说他在网上查过了，骨灰是可以随身带上飞机的。对方仍然坚持要求托运。

就在谭准备屈服的瞬间，他突然感觉左脚有股炙烤般的灼热感在往上窜。他告诉他们，他一定得把骨灰亲自带上飞机。他在手机上查找相应的航空规定，找到了，俄航的中文网站上明确写着："机舱中可以携带重量超过 12 盎司（350 毫升）的医用粉末状物质、婴儿食品和人体遗骸……"慢着，350 毫升。Z 的骨灰，明显不止 350 毫升。他仔细查看网页，发现这是美国政府的规定，是飞往美国的乘客要遵守的。网页上没有写明俄航本身对骨灰是否需要托运的态度，也没有写中国政府对骨灰的规定。谭略过那项美国的规定，指着网页上列出的禁运清单，说："看，看呐！没有骨灰！"安检人员仍然不肯放行，双方坚持不下。谭说他是不会去托运的，因为没有哪一项规定表明骨灰必须得托运。他指着手表质问道："如果我误机了，你们谁来负责？"

如果不是一个官阶更高的安检负责人及时被叫了过来，如果不是这个负责人的母亲恰好在一周前去世了，如果不是她母亲的骨灰是她亲手下的葬，谭的行李箱是没法过安检的。

谭是这趟航班最后一个登机的乘客。他从兜里摸出登机牌，开始找自己的座位。他的座位既不在前排，也不在两侧，更不靠走道，而是在倒数第四排的中间。谭感到困惑，他明明记得自己在网上选的座位是前排靠走道的。飞机坐得很满，放眼望去，剩下不多的空位也都是中间的，无位可换。谭打开头顶上的行李架——几乎装满了。空姐迎了过来，解释说行李架放不下了，建议他把箱子放到后面去。他摇头，开始挪动行李架上的物品：把那个电脑包叠放在旁边的箱子上，把这个包往里再送送，把那件外套移到最边上……这一系列动作，都被他旁边座位上的女人注视着——那件外套是她的。

喏，概率论。

黑天鹅，满世界乱飞。

在任何一个彼时彼地，都无法分毫不差地预知此时此地。命运会画出它自己的轨迹。当人们回看已经发生过的事时，往往会发现一切早有蛛丝马迹可寻。于是，他们说：命运早已注定。

如果一切都将过去，时间上所有的点——过去、现在、将来——都将不可避免地成为过去，那么，只有站在那个没有尽头的尽头，才能说：一切都是注定的。但是，谁能站在那个尽头呢？

对于每一个沉浮在生命的洪流中的个体来说，只有过去了的才是注定的。当然，未来存在的许多种可能性，最终，也会随着线性时间的推移而只剩下一种。但这不是"注定",因为,终将成为过去的未来,还没来。

我们一直都处于正在过去和正在来到的当下。人在线性时间轴上的自由,只能凭借脑海中的回忆与想象。基于这两者,我们可以给自己创造一座小径分岔的花园①。只是那花园实在太过繁复,穷尽此生也难以将所有的可能性都试探完。而试探本身,是在错过现在。假使一个人一直在错过每一个现在,那么,对他来说,未来就不存在。如此,他的命运,就只能是注定的了。

---

① "小径分岔的花园"为博尔赫斯短篇小说的篇名。

36. 失眠的人

　　我的座位怎么会在这里?! 难道是选座没成功吗？还是系统出了问题？这种夹在中间的位置最烦了。应该看看登机牌的。真是奇了怪了，怎么会没选上呢？还是选上了被调整了？现在怎么办，难道跟空姐说我选的座位不是登机牌上的这个座位吗？估计会觉得我有病吧。也没有其他位子可换了，剩的都是中间的位子。不，不不不，箱子必须放在这个行李架上。把这些东西挪挪试试……真是够了。坐得这么满。遇上空难全完了。

　　这件衣服估计是她的。她的眼神，促使我蹲下身。我向她道歉。当然，我没有说是因为箱子里装着我的朋友，我不能这么说，也不可能这么说。幸亏反应快。刚才那眼神已经从她眼里消失了。她把腿侧向走道，让我过去。真是偷懒呐，就不能站起来让一下吗？腿倒是蛮长的。如果我是坐在她那靠走道的位置，而她是坐在里面，那么，这个不知道怎么分配出来的座位，还是能够让我满意的。

　　俄航空姐的制服是橙红色的，短裙的长度不到膝盖，空姐转过头来，是刚才那个叫我把行李放后面的空姐。背影比正面好看。空姐停在了我们这排，略微俯下身，比画着手势，意思是飞机马上要起飞了,让我旁边那女的把她的耳机取下来。她一边点头,一边取了下来。飞机开始移动,速度越来越快。旁边这女的把放在腿上的降噪耳机重新戴上。她的头发特别黑,就像是在黑发上再染了一层黑。她把红色的围巾取了下来,露出纤细的脖子。细长的脖子能让女人看起来优雅,同时也显得脆弱。

飞机离开了地面,莫斯科的地面。飞机在往回飞,飞回广州。

刚才跑出汗了,衣服湿了黏在身上怪不舒服的。飞机在向上攀爬。旁边这女的闭着眼睛,耳机遮住了她的部分面颊,使得她侧脸的轮廓分外凸显。侧脸比正脸优美的人,很适合观赏。在几次无伤大雅的气流后,平流层来了。飞机暂时还没有在空中解体,Z,飞机没有解体。

机舱里的灯亮了,旁边的女人睁开了眼。在发餐前,我无法确定自己还能不能吃下飞机餐。肚子觉得撑,同时也饿。你是知道的,失眠的人容易对身体不敏感,我也一样。麦当劳那剩下的半个牛肉卷,很让我为难。我不清楚自己到底是想吃还是不想吃:想到要吃完,觉得胃难受,想到要扔掉,又觉得没吃够。如果飞机餐看起来足够倒胃口,或者足够诱人(虽然后者的可能性很小),那么这个令人困扰的问题就迎刃而解了。两小盒沙拉,一盒黄瓜拌胡萝卜,一盒冷盘火腿加生菜叶子,四季豆烩胡萝卜配三文鱼。和来的时候一样,还有一块装在塑料袋里密封着的黑面包。真是伤脑筋啊。

喝什么饮料?可乐。空姐又问旁边那女的要喝什么,她摘下降噪耳机,礼貌地说她要半杯水,再要半杯橙汁,还要半杯可乐。

空姐耐着性子一一倒给她。能喝得了那么多？最后，果然不出我所料，那三杯饮料没有哪一杯是喝光了的。她把剩下的不同的饮料全都倒进了同一个杯子里，倒得很满，然后把三个杯子叠在了一起。长途飞行就是这么无聊。无聊到会不小心留意到旁边的人怎么吃的，吃了多少。除了这些，在三十分钟之后我还注意到了其他。

她就坐在我旁边，很难不注意到。开始的时候我想她大约是伏在桌板上睡觉。没过多久她坐了起来，闭着眼，皱着眉，耳机挂在脖子上，面色很难看。她是坐着的，双膝侧向一边。我不明白她是怎么做到的：在坐着、脚放在地上的情况下，整个身体竟然呈现出了蜷缩的姿态，看起来就像一根放得离火太近的头发。渐渐地，她的脸开始扭曲，脸色从苍白变成了青白，肌肤也失去了光泽，鼻尖和额头渗出细密的汗珠……简直就是一张用旧了的湿毛巾，正在被拧紧。她的呼吸越来越沉重，每一次呼吸都像是在痛苦地呻吟，有几个瞬间我几乎听到了轻微的呻吟声。在我忍不住问她"你还好吧"之前，她的脸色已经从青白转为灰白了。

这是个很蠢的问题。都这样了，还能好吗？这明显是疼痛。疼，Z也是这么的疼吗？Z。

她用细不可闻的声音回答：头疼。我问她有没有药。她摇头。我按铃叫来了空姐。还是那个空姐。那空姐又叫来了另一个空姐。剩下的就是她们跟她的事了。她艰难地用英文跟她们沟通，后来干脆就不回答了。那空姐转向了我。哎，真是麻烦呐。我跟她们解释说她头疼。"你经常头疼吗？"她点头。"你需要止痛的药吗？"

她再点头。每一次点头，她的眉毛都皱得比之前更紧。我告诉空姐们得去给她找点止痛药。其中一个问我需要哪种止痛药。这还用问吗，治头痛的呀。

我看着她，没有差别，好看的脸难看的脸，最终都会变成一片灰白，而后不复存在。对，不复存在，一堆灰。空姐半天没把药拿来。她额角的汗开始沿着脸往下淌。真是倒霉，比坐在中间还倒霉。药，止痛药。Z家里那瓶就是止痛药吧？一瓶叫"去痛片"的药还能是其他作用吗？药就在行李箱里。要不要拿呢？那群安检的人在放行之前，要我保证不在飞机上打开行李箱。在三万米的高空，骨灰罐确实可能会使其他人产生不适。可是她看起来很痛苦。可是空姐已经去帮她找药了。找个药需要那么长时间吗？其实我根本不用在乎自己向那些安检人员保证过什么。但最后帮我的那个大婶，我也是在向她保证……算了，还是把药拿出来吧，未必有人会注意到骨灰罐，而且谁又能看出那里面装的是骨灰呢？顺便还可以把那本普希金诗集拿出来翻翻。我正要起身，空姐来了。空姐对我说，说飞机上只有阿司匹林，问我行不行。我又不是医生，哪知道行不行。我转述给她，她接过药，没喝水，直接吞了下去。

后来她告诉我，她有偏头痛。这是她在醒过来之后说的。现在她在椅子上一动不动，大约是睡着了。头疼，我也会头疼，但不是她这样的。去痛片，Z平时也会头疼吗？或者他是专门买来为了减轻自杀的痛苦？不，要避免痛苦就不会用这样的方式自杀。普希金不是自杀，是在决斗中腹部中枪，治不了，只能等死。至少网上是这么写的。什么样的人会用这样的方式自杀?偏偏我还知道他是个什么样的人。不过,人是会变的。所有的一切,都是会变的。人会变老、死去,或是还没来得及变老就死去。关系会结束。美貌会凋零。记忆中的人,在现实中面目全非。衣服不再合身,鞋子会过时,床单会旧,食物会过期。药也会过期。那瓶去痛片没有过期,是四个月前生产的。Z的那位女上司说Z很久没回过国了。也许这个药根本不是他的?他也不是自杀……他为什么要自杀呢?父母意外亡故?缪缈?缪缈……在以后的很长时间里,我会后悔,会为没拿走缪缈的照片而后悔。如果重来一次,我仍旧不会拿,我不应该拿,在这件事上,没有需要重来的地方。要重来的是别的事:比如不要把他送去火葬场;比如及时回复他的留言,不,是及时看到他的留言并且立马打给他,而不是去忙那该死的毫无意义的狗屁项目。这么一来,他的死也许就是可以避免的,我就能阻止他,如果我真能阻止他的话。如果他不是自杀的我怎么阻止他呢?那瓶药很可疑,Z的死法也蹊跷。或者可以像电影里那样,雇个私家侦探,来查警察不愿意管的案子。也许那侦探会胡乱打发我,随便查查了事,或者会告诉我说,是缪缈杀了他,天花板上的照片是缪缈自己贴上去的。缪缈。或是其他女人,如果真的还有其他女人的话。当然可以有其他女人。到处都是女人,我旁边就坐着一个女人。Z,你不可能一辈子就只有那一个女人吧?警察说,他从腹部受伤到死亡,经历了很长时间,没有斗殴迹象,完全有时间求救。是谁杀了他,或者,是什么杀了他?也许侦探能多少告诉我一点线索,告诉我他死前去了哪里,见了什么人，为什么要去摩尔曼斯克，去干什么。蛛丝马迹，总会有的。现在来不及了。已经来不及了。Z，为什么？你要对我说的，就只是"有个忙要你帮"吗？你应该告诉我怎么帮，你想要我做什么，具体怎么做。还有今后，回去之后，怎么处理你的骨灰，你想要葬在哪里……还是你已经告诉我了？你曾经告诉过我……

两个小时后，旁边那女的醒了，她睡眼惺忪地看着我，说刚才谢谢我。我只好问她好些了没。人，在很多时候，都不得不说一些显而易见的废话。这类话有个笼统的称呼，叫作：寒暄。飞机上的时间是难熬的，难熬的时间会增加人们对废话的宽容度。我跟她聊了几句。她说她是来莫斯科旅行的。我问她耳机好用吗？她说很好用，她说她出门旅行总是带着降噪耳机。她把挂在脖子上的耳机套上脑袋，调了一下，递给我。确实。嗡嗡声立马减弱了。耳机里在放歌，一首很难形容的歌，女歌手的声音迷迷糊糊地飘在半空中，听起来冷飕飕的，让人起鸡皮疙瘩。粤语歌。在广州待了那么多年，我还是一点粤语也不会。也许她就是广州本地人，但长相不太像。歌很短，我把耳机还给她。确实不错，回头去买一个。她把盖在身上的外套拢了拢，有个东西从衣服口袋里滑到了地板上，就落在我的脚边——烟盒，我捡起来还给她。

连Z都在抽烟了。他曾经比我更厌恶烟味。Z抽烟，他家里却没有烟。至少我没看见。也许那不是他抽的。也许他依然是不抽烟的。那么，那烟是谁抽的？这类问题还将反复地跑回我的脑子里，被我思来想去。可能他的烟抽完了，还没来得及去买；也可能他最近才学会抽烟;还可能他其实没有烟瘾,只是抽应酬烟而已。连Z也已经变得开始要抽应酬烟了么……这比他抽烟更让我难以想象。

那女人接过烟,塞进包里,又从包里摸出一个装着香蕉的保鲜袋,袋口裹着超市的称重贴纸。她没有试图揭下贴纸,而是用食指抠破了保鲜袋。她把另外一只手的食指也伸进了那个洞里,袋子被撕扯开来。她的指甲修剪得很干净,没有留长指甲,没有涂指甲油。三根香蕉。她递给我一根。我接了过来。她剥开香蕉,吃了起来。我猜她的头已经不疼了。我也吃了起来。Z家旁的超市,也有香蕉卖。那天我就买了一根,但不太熟。假如时间能倒回,回到我吃那根香蕉的时候,我就还有机会,有机会不把他送去火葬场。

她吃完一根,又接着吃另外一根。如果我仔细观察她,我会发现她吃得越来越快,越来越大口,吃得腮帮子都鼓起来了,就好像她跟那香蕉有仇。泪珠顺着她的脸颊滚了下来。如果女人可以不这么情绪化,她们将更为可爱。她哭了起来,肩膀一抽一抽的。哎,真是麻烦呐。我把手伸进口袋里——空的,什么也没有。

大学的时候,有一次我和Z傍晚在操场闲逛,看到一个女孩坐在看台上哭,虽然看不见脸,但感觉那女孩应该长得不错。我说我们是不是去递张纸巾给她,安慰一下,Z说不要去打扰她,或者说的是"你又来了",我记不得他到底是怎么说的了,总之最后我递了纸巾过去,Z兜里的纸巾。

我起身去找空姐拿回一叠纸巾,递给她。她接了过去,什么也没说。一直以来,我的直觉总能准确地告诉我,对方是否是我能够得手的。但现在的我,已经失去了付诸行动的基础和动力。

她逐渐止住了哭泣。我们没有再说话。过了一阵,她闭上眼睡了。她像蜷缩在她的外套里,腿脚全都放在椅子上。能在飞机上睡着,真是叫人羡慕。她换了个姿势,靠在座椅靠背上的脸,转向了我,裹在白色袜子里的脚尖,越过了两个座位的中线。我忽然很想看看她袜子里的双脚。她头不疼、不哭的时候,看起来是吸引人的,这张闭着眼的熟睡脸庞,让我觉得眼熟。像谁呢?——缪缈。天花板上的缪缈。她们长得像吗……或许是有点像吧。什么才叫"像"?都有两只眼睛一个鼻子一张嘴吗?就算像又能怎么样呢。她的眼珠在眼皮下面颤动,是在做梦吗,还是其实根本就没睡着?

我撒完尿坐在马桶上,天花板上的缪缈……那女人的脚、腿、脖子……飞机开始颠簸,越颠越厉害。空姐在敲门提醒。我不得不腾出手来抓牢扶手。颠过之后,我觉得想吐。那次出差,不该没跟他们打招呼就回家的,以至于看到了那场面,以至于后来……直到现在……不论是天花板上的缪缈,还是邻座的那个女人,都不再管用。不行。算了。洗手液搓出的泡泡在手指间破灭,我按了好几下水,才把手冲干净。出了洗手间,两个空姐在操作室里用俄语在聊天。我说我想要一罐啤酒。其中一个空姐转了个身,背对着我,弯下腰,去取推车里的啤酒。她的裙子,令人厌恶地绷紧了。

十个小时的飞行,有的人就是有本事能从头睡到尾。我在耳机里循环播放着那首四十多分钟的歌,歌词我仔细地看过了,往后,我还会一遍遍地,反复再看,企图从中找到答案。如果我记得飞机上的梦,记得梦的内容,也许就能有答案。可我根本没睡着。我睡不着。脑子,像一架高速运转却毫无效率的机器,变换着马戏团的把戏,漫无止境。其中有一个画面,是一只黑色的猫崽子,横躺在路中间,被车碾过。我曾处身于这一场景中,只是我想不起来是在哪里、在什么时候了。

37. 做梦的人

我以为旁边没人坐，直到那个最后上飞机的男人在我身旁停了下来。他正拿着登机牌找他的座位。他看看登机牌又看看座位号码，随即重复这个动作，随即再次重复这个动作，满头是汗。只差一点他就要错过飞机了吧。出发晚了，又遇上堵车，大多都是这样的原因，我几乎能想象出他是怎么催促司机开快点的。

行李架已经放满了，空姐过来让他放在其他位置，他不肯，执意要把箱子塞进头顶上的行李架。他倒腾着行李架上其他行李的摆放位置，以便腾出地方把他自己的行李箱塞进去。空姐站在他旁边，看着他。周围的乘客也坐在自己的座位上，看着他。那行李箱里一定有什么贵重的东西吧，贵重到了必须得放在离他最近的行李架上。

他在移动我的外套。他把我的外套拿了出来。他一只手拿着我的外套，另一只手把他的行李箱硬塞进了行李架。而后，他打开旁边的行李架，把我的衣服叠好，塞了进去。呵。我看着他。他看到我在看着他。他立马蹲了下来，望着我的眼睛，语带歉疚地开始解释："对不起，实在抱歉……"

他有一张好看的脸。我听他说着。他的眼神。那眼神，直接望进了我的眼睛里。我想起Z。蹲在沙发边上看着我的Z。Z……我还能说什么呢？我侧身让他进去。这个人就坐在我旁边。我戴上降噪耳机。飞机还有多久才起飞呢？

中间这一列座位是看不见窗外的，因此，我无从得知，此刻的莫斯科，是否和那晚在另一个机场上空俯瞰到的莫斯科一样灯火通明。城市拥有自己的生命，夜以继日地运转着。人也一样，不分昼夜，白天体验现实，晚上经历梦境，或是，白天体验梦境，晚上经历现实，直到两者不可避免地纠缠在了一起，分不开，分不清。每次飞机升空的时候，我都会想：如果掉下去。掉下去的速度一定会比升上来快，对，一切都将会很快，就不需要分开，也不需要分清了。飞机升空，是一个重复的情境，就像那些重复的梦境。我不记得我有没有梦见过坠毁，但我梦见过下坠，我常常梦见下坠，不断地下坠，一直下坠，只有下坠，没有地面，没有底部，没有一个尽头可供毁。

旁边的男人闭着眼睛，耳朵里塞着入耳式耳机，脸上的急躁已然平复。靠过道的位子，和靠窗一样，只用和一个人邻座。但坐在走道边上，得时不时地让里面的人出去，这也是一件麻烦的事，除非里面的人都睡着了。中间这一排，有四个座位，两个靠走道，只有邻座的人才会从我这边出去。这个人会睡着吗？我遇到过有些人，他们就算在飞机上也会打呼噜。睡眠能缩短飞行时间，还能躲避疼痛。如果有头痛粉，一切都会迎刃而解。头痛粉比去痛片管用。管用的东西才需要"戒"。如果我带了头痛粉，我就能在先兆出现的时候把它倒进嘴巴里，幸运的话，疼痛就可以避免了。该在机场买杯咖啡的。

眼前出现的光斑开始闪烁时，飞机还在上升。飞机上也提供咖啡，但我知道，一旦出现这类闪光的先兆，咖啡是解决不了问题的。如果我见过极光，我就会知道，极光和现在我眼里出现的光带类似，只是我看到的不是绿色；如果我见过极光，我还会知道，肉眼看到的极光常常都不是绿色。可惜，我从没亲眼见过极光。

这么多年了。为什么，为什么偏偏是我？我们家没有偏头痛的家族病史，除了我，亲戚里，没听说谁有这毛病。偏头痛到底有多痛？体会过的人才会明白，没体会过的人只能用想象去临摹别人的描述，照着一张猫的照片是画不出老虎来的。语言在切身的疼痛面前，就如同一滴咸水颟望着大海。如果生命消失，我就不用头疼了。一了百了。一了百了。一了百了……

假使，假使我没有偏头痛，也许很多事情就不会发生。一切都会不一样。我就不会在此时此处忍受太阳穴上长出的心脏，那心脏是块烙铁，会跳动、烧得通红。我现在的样子一定很骇人，否则邻座那人不会叫来空姐。空姐来了又走。我可能需要呕吐袋，不止一个呕吐袋，但我没办法伸手去拿，我不想动，不只睁开眼和说话是"动"，听到声音和闻到味道，也是"动"。

阿司匹林不是我的常用药，它也没有助眠的作用。幸运的是，在吞下两片空姐给的阿司匹林后不久，我睡着了。一个素未谋面的男人出现在了我的梦里。我不知道他长什么样子,因为他所在的空间里没有镜子,没有玻璃,也没有电视屏幕。没有任何一个可反光物能映照出他的相貌。这男人在和另一个男人交谈。另一个男人我认识,他肚子上插着一把刀,脸上挂着温和又淡漠的神情,像一张面具。而那个我看不见脸的男人,他在微笑。我当然知道他在微笑,因为我感到自己的脸因为努力保持微笑而开始变得僵硬。

Z指着自己的肚子,对我说:"没事。这样也挺好的。"

我很无语。不,不是我无语,是那个男人很无语,脸上的微笑难以为继。我只感到吃惊。我听他们交谈,我从自己的嘴巴里说出其中一部分对话。那男人问Z怎么了,为什么会这样。

Z像老外那样耸耸肩。这就是他的回答。

我知道那男人和我一样,是第一次见他耸肩,以前我们谁都没见他做过这个动作。我想问他怎么样了,问出来的却是:这是谁干的。我不得不明知故问,毕竟那张嘴不是我的。那个男人和我不同,他只意识到他自己本身,没有意识到还有我。他感到愤怒,我感到恐惧。我害怕听到这个问题,更害怕听到这个问题的答案。

而Z张开嘴,说了四个字。他说:"这不重要。"

这怎么能不重要呢?那男人想。这不重要吗?我想。那什么才重要呢?我们问。

Z说:"活着。"

说完，他就消散了，在空气中变得越来越稀薄。我们站起来，试图去触摸他、追寻他，试图去挽回他、留下他……徒劳。他不见了，什么也没剩下。这雪白的空间没有墙壁，一望无垠，没有出口，不论怎么走，都还在原地。Z可以凭空消失，我们却哪里也去不了。

梦境里的时间和醒着的时间，不是同一种时间。空间也是如此。浮生若梦，梦却不若浮生。梦要宽广得多。睡梦有时候是像清溪一样的沼泽，有时候是如浅塘一样的海沟。这些都是我在梦里思考的，边做梦，边思考；边做梦，边知道自己在做梦。我到底是谁？为什么我是个男人？这男人又是谁？我们被困在有着广袤视觉效果的封闭空间里，我们在暴走，在呼喊，在寻觅。他在拍打自己的脑袋，我在不许他拍打我们的脑袋……

他还在拍。我看着他。我终于看清他了。一张男人的脸出现在我刚睁开的眼前。他请我让他一下，他要出去。我想告诉他，他是出不去的，我们都出不去……可这是什么地方？我在哪里？飞机。噢，飞机。他要出去，他要去洗手间。是啊，除了洗手间又还能去哪里。我侧身让他，而后重新闭上眼睛，试图潜回那个出不去的海沟。他从洗手间回来了。我又得侧身让他。海沟是回不去的。我看着旁边这男人，尝试着把他的脸想象成梦里那个男人的脸，那张我看不见的脸。反正没看见，那就随便安上一张脸好了，就用离我最近的这张脸吧。他觉察到了我在看他，也转过眼看着我，语气温和地问我："怎么样，好些了吗？"

我听见了自己的心跳声。

"怎么样,好些了吗?"Z也这样问过我。Z问的时候,脸略微俯向了沙发上的我。曾经近在咫尺的Z的脸,和如今近在咫尺的这个男人的脸,重叠在了一起。Z。Z他到底怎么样了?他在梦里说:活着最重要。可说完他就失踪了。为什么那个女人那么凶恶。为什么她要给警察打电话。为什么我要跑。又为什么一个警察也没出现。如果我跟他有一个共同认识的人,哪怕只有一个,我就能去打听。但没有,一个也没有。他问过我,要不要找他在广州的大学室友接待我。我说不用。我为什么要说不用呢?真是太蠢了!如果我认识了他那个室友,或许我就能知道,或许就还有希望……希望。哪有什么希望。我又真的想要希望吗?希望除了变质成失望,还有其他用途和下场吗?

"嗯,好些了。"我回答他。我也曾这样回答Z。我打了个冷战,把毯子裹了裹紧。他问我要不要帮我再拿一条毯子。我说不要毯子。我问他能不能帮我拿一下行李架上的外套。他站起来,我侧身让他。我接过衣服,重新侧身让他。他坐下来,打开啤酒,喝了起来。看着他滚动的喉结,我竟然也生出想喝啤酒的念头。

我披上衣服,拿起包,走到舱尾,厕所没人。我不喜欢公共马桶,坐下去要垫厕纸,垫好的厕纸老往马桶里掉,如果不垫厕纸,屁股撅高了尿容易流到腿上,撅低了腿又会酸,腿酸就不容易尿出来,就需要撅更长时间,腿就更酸。厕所的镜子里,映出一张蜡黄的灰败面孔,面孔上,额头和鼻翼泛着油光。得收拾一下。扑完粉,再上点妆,镜子里的脸即刻有了光彩,不再非人。镜子是一张会变脸的照片。我的照片也可以在天花板上……这一刻,这个情景,这个念头,曾经出现过,在我来俄罗斯之前就出现过。是梦见过吗?我觉察到"似曾相识"的这一刻,比让我产生"似曾相识"感的上一刻,更加真实。接着,就在下一刻,真实感消失了,变成了"我记得好像是这样",而回忆,是那么的不可靠。

我打开厕所的门,我的邻座站在门旁,他在找空姐要啤酒。伊甸园里的蛇朝我笑了笑。"我也想要一罐啤酒。"他找空姐要了两罐。"我还要一个餐盒。""她还要一个餐盒。""多给我两片面包。""多给她两片面包。""还要一杯咖啡。""再来一杯咖啡。"我对他讲中文,他对空姐讲英文。

我站在座位旁,让他先进去。我其实不饿。刚才没吐。现在也不会吐了。啤酒。是要忍住还是打开呢?喝了也许头又会痛。我吃了一片黑面包。旁边的男人在看我。我也看向他。他问我黑面包好不好吃。为了回答他,我又吃了一片。他每次把啤酒罐送到嘴边时,挂在脖子上的耳机就会轻微地晃动。这种入耳式耳机的降噪功能,远不如头戴式的。我把我的耳机戴上。耳机里,《The Dark Side of the Moon》刚好循环到六分多钟时的那一阵闹铃,我打了个激灵,进到下一首,递给他。《飞人生活》正适合在飞机上听。我说:"你试试。"他听完还给我,点头说降噪效果确实不错。说完他又喝了一口啤酒。啤酒是那么诱人。我拉开了啤酒罐上的易拉环。

啤酒真凉。常温的啤酒也这么凉。我拿出在机场买的俄文书。这是一本普希金诗集,机场的书店里有好几个版本,这个版本最为素雅,封面上没有普希金的肖像。坐在旁边的男人问我是不是会俄语。我摇头。真是,拿出来干什么呢,根本看不懂。我把书塞进前方座椅靠背的口袋里。我不知道自己为什么要买,我一个俄文字母也不认识。回家后,这诗集,我一次也没翻过,我想不起自己把它放哪里了,我找不到了。

如果两个人能在长途飞机上连续聊十个小时,大约就能相互了解到可以相爱的程度。一个人有多少东西可供人了解,又有多少东西可以被人了解呢?我完全可以和旁边这个男人聊得更多一点,为什么不呢?相爱是个笑话,但时间总能打发得快一些,就像平常旅行中遇到的陌生人那样,聊聊各自的旅途,聊聊对旅行地的印象。可惜,对我来说,不论是莫斯科,还是这趟旅途,都不是可以聊的。我没有再和他说话。他也一样。

啤酒喝完了。没事,头痛没有再发作。我套上耳机,把音乐调回《The Dark Side of the Moon》,单曲循环。再听上几遍,应该就到广州了。这一路,我都忘记把眼罩拿出来了。眼罩能挡住光。会不会有一个东西,能帮我挡住我不想看的一切?我不该来莫斯科的。萨拉热窝是个避难所,莫斯科原本也是个避难所。结果,根本没有避难所。避无可避。

我坐在这架回广州的飞机上,觉得自己像是从没去过萨拉热窝。要不了多久,当我站在广州机场的自动人行道上时,我将会觉得自己像是从没去过莫斯科。我还会觉得一切都似曾相识,一切都在重复，螺旋里面还有螺旋，变换着不同形态的圈，都是同一个螺旋。我想逃避的一切，都在原封不动地等着我。我睡着了，睡着的时候，就可以不去想，就可以什么都不想。至少我是这么妄想的。

尾 声

38. 某种永恒

我又在一架飞机上了。

我知道飞机即将起飞,飞往下一个目的地,开始下一段旅程。旅程结束了,会再开始;旅程开始了,就会结束。
我知道只有在旅程结束后,我才会明白,这是一段什么样的旅程。就像现在。
我知道只有在一架飞机上时,我才能想起另一架飞机,我才能想起过去我曾经乘坐过飞机,我才能想起将来我还会乘坐飞机。
我知道我只有在飞机上时才知道这些。
我被自己推搡着往前。

我又上了一架飞机。

后　记

2019年夏天,我从外地回重庆,坐在从机场往家开的出租车上,一个情节莫名地跳进了我的脑海里——一个人要去莫斯科给另外一个人收尸。当时的我,并不知道,死的人是谁,死因为何。

我想,应该有不少作品就是这样开始的——一个突然出现的念头,牢牢地攫住了作者的心,使他不得不去思索、去琢磨、去探究这个念头,让它现形,将它丰满,努力帮它成为它自己想要成为的样子。

我自初中开始学习俄语,到研究生毕业,一共学了12年。毕业之后我并没有干与俄语或与俄罗斯相关的工作,而我写的第一本长篇小说,竟然发生在莫斯科。这就是所谓的"语言对思维方式的影响"吧。通过对一门语言的学习,会潜移默化地了解一个民族的文化,从而更深入了解他们的思维方式,了解他们的内心。而事实上,无论种族,无论国籍,我们的心,在本质上是一体的;因而我们所要面对的东西,在本质上也是一样的。

死亡,是一件每个人都终将要面对的事;生活,是一件每个人都时时要面对的事。然而很多时候,这两者,我们都不想面对。现实常常太过难看,真相往往太使人难堪。最初,在构思好小说的大致结构时,我认为Z的选择是一种面对——他觉得自己活得像个死人,于是,以主动选择死亡来面对与死无异的生活。写到最后,我才明白我小时候曾明白过的一个事实:生活是一件只能面对,不能逃避的事。死是生的一部分,而非生的结束。

在创作这部小说的过程中,我自己也经历了心理上的动荡和认知上的变迁。布尔加科夫在《大师与玛格丽特》中写道:"怯懦是人类最大的缺陷。"人类,有许许多多的缺陷。怯懦是恐惧的表现形式,而恐惧是人类其他缺陷的表现形式。有光的地方未必一定有阴影,但有阴影的地方一定有光。这种种缺陷,正是因为,我们有幸,生而为人。

2024.3.6